KB017390

기묘한 민박집

AYAKASHI MINSHUKU NO YUKAI NA OMOTENASHI
©Kurosuke Kaitou 2022
First published in Japan in 2022 by KADOKAWA CORPORATION, Tokyo.
Korean translation rights arranged with KADOKAWA CORPORATION, Tokyo
through Danny Hong Agency.

이 책의 한국어판 저작권은 대니홍 에이전시를 통한 저작권사와의 독점 계약으로 서사원 주식회사에 있습니다.
저작권법에 의해 한국 내에서 보호를 받는 저작물이므로 무단전재와 복제를 금합니다.

기묘한 민박집

가이토 구로스케 지음

김진환 옮김

서사원

등장인물 소개

야모리 슈

상대방을 노려보면 몸상태를 망가뜨리는 '저주의 눈'을 가진 소년. 눈 탓에 사람들과 어울리지 못하고 고독해졌다. 고등학교 진학을 계기로 아야시 장으로 이사를 오게 된다.

쿠스노키 미노리

슈와 같은 고등학교에 다니는 선배. 슈에게 해체 직전인 요괴 연구 동호회에 들어올 것을 권유한다.

야모리 스에노

아야시 장의 사장이자 슈의 친할머니. 요괴 같은 웃음소리를 낸다.

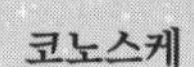

코노스케

어디서도 찾아볼 수 없는 요괴 햄스터. 기운이 넘친다.

손츠루 님

정체불명인 아야시 장의 수호신.

선생님

아야시 장에서 장기 숙박 중인 만화가. 모두 그를 '선생님'이라고 부른다.

일러두기

1. 한국어판 역주는 괄호 처리하였고, 별도의 표기는 생략했습니다.
2. 본문의 강조 처리는 원서의 표기를 따랐습니다.
3. 인명 및 지명은 국립국어원의 외래어 표기법에 따라 표기했으며, 규정에 없는 경우에는 현지음에 가깝게 표기했습니다.
4. 원어 병기는 본문 안에 작은 글씨로 처리했습니다.
5. 본문에 등장하는 이야기는 모두 픽션이며, 실존하는 인물, 단체와는 관련이 없습니다.

차례

제1장

아야시 장은 수상해

맛을 상상하기도 싫은 괴상한 음식을 나르고, 농구 경기도 할 수 있을 만큼 넓은 대형 연회실을 청소하고, 총 길이가 10미터는 될듯한 이불에 커버를 씌우고, 인형의 집만큼 작은 객실을 면봉으로 청소했다. 슈는 눈이 돌아갈 만큼 바쁜 일상에 짓눌리며 자신의 경솔한 행동을 한없이 후회하고 있었다.

떠올려보면 이렇게 된 건 순간적인 충동 때문이었다.

절대 밀지 말라고 하면 밀고 싶어지고 절대 들여다보지 말라고 하면 보고 싶어지는 게 인지상정이라는 말은 변명에 불과하다. 호기심을 이기지 못한 슈는 보란 듯이 출입이 금지된 문을 별생각 없이 열어버리고 말았다.

그 안에서 기다리고 있던 건 요괴 같은 목소리로 웃는 그의 친할머니와 이형異形의 손님들.

여기는 아야시 장荘. 사람과 요괴, 바깥세상과 안쪽 세계를 이어주는 이상한 민박집이다.

슈가 여기서 부려져 먹히게 된 경위를 설명하려면 시간을 조금 앞으로 되돌려야 한다.

종점을 알리는 안내 방송에 야모리 슈의 의식이 꿈의 세계에서 돌아왔다. 아무래도 푹 잠들어버렸던 모양이다. 황급히 입가의 침을 소매로 닦고 옆으로 비뚤어진 선글라스를 고쳐 쓴 뒤 캐리어를 잡아끌며 열차에서 내렸다.

개찰구를 빠져나오자 제일 먼저 바닷바람이 코를 자극했다. 그다음으로는 다른 역이라면 보기 힘든 것들이 시야에 가득 차 들어왔다.

눈알을 본뜬 가로등과 캐릭터 모양 동상. 그 뒤쪽에는 끝까지 올려다보다간 그대로 뒤통수를 바닥에 처박게 될 것만 같은 거대한 광고판이 보였다. 그곳에 독특한 그림체로 다양하게 그려진 것은 바로 '요괴'였다.

돗토리현. 사구砂丘 쪽을 제외하면 인구가 적다는 걸로만 알려진 이 현의 지도 모양은 좋게 말하면 사냥감을 향해 몸을 날리는 용맹한 사자, 나쁘게 말하면 더위 먹고 늘어진 고양이 같은 모양새다. 둘 중 어느 쪽이든 그 꼬리 끝부분에 있는 곳이 바로 슈가 내려선 이곳, 사카이미나토시市였다.

이 도시는 요괴 만화의 일인자인 미즈키 시게루水木しげる(《게게게의 키타로》로 유명한 일본 요괴 만화의 창시자. 민담으로만 전해지다 잊혔을지도 모르는 일본 요괴들을 만화라는 대중매체를 통해 부활시켰다는 평가를 받는다)의 고향이다. 그 인연으로 요괴를 지역 관광 상품에 십분 활용하는 것 같다. 관광객이 처음 발을 내딛는 사카이미나토역驛 앞에서는 사방팔방에 자리 잡은 요괴들이 부담스럽게 환영해줄 정도다. 그에 반해 슈의 도착을 기다리는 사람은 한 명도 보이지 않았다.

"……뭐야. 마중 나오는 게 그렇게 힘든가?"

스마트폰으로 확인한 시각은 오후 한 시. 사전에 알렸던 도착 시각 그대로였다. 그런데 아무도 없다는 건 슈가 온다는 걸 깜빡한 걸까? 아니면 마중 나올 생각이 처음부터 없었던 걸까?

슈는 땅이 꺼져라 한숨을 쉬고 나서 캐리어를 고쳐 잡고 걷기 시작했다.

역을 기점으로 북동쪽으로 이어지는 상점가는 '미즈키 시게루 로드'라고 불리는 관광지로 여유 있는 넓이로 정비된 길에는 요괴 모양의 동상이 곳곳에 세워져 있었다. 봄방학 시기라서 그런지 거리는 많은 관광객으로 붐볐다.

갈색 계통 위주로 꾸며진 20세기 초 분위기의 복고풍 거리는 익숙하지 않은 풍경인데도 왠지 모를 그리운 느낌을 주었다. 슈는 요괴 모양의 기념품이나 사진 촬영 명소 등에 눈길을 빼앗기면서 무심결에 자꾸만 멈춰 서곤 했다.

"모처럼 관광지에 온 거니까 좀 느긋하게 가볼까?"

이렇게 천천히 걷다 보니 아무도 마중 나오지 않은 것에 대한 불만은 씻은 듯 날아가버렸다.

손에 든 스마트폰 내비게이션의 붉은색 핀이 가리킨 곳은 미즈키 시게루 로드 중간쯤에 있는 사거리의 모퉁이였다. 바로 그곳에 슈의 목적지인 민박집, 아야시 장이 있었다.

아주 어릴 때 부모님이 돌아가신 슈는 먼 친척 부부의 집에서 오랫동안 신세를 졌다. 친할머니가 있긴 했지만 슈와는 아무 연락도 나누지 않던 사이였다. 할머니와는 앞으로도 계속 그렇게 지낼 거라 믿었던 중학교 2학년 겨울쯤, 슈는 갑자기 친할머니에게 여기 와서 살지 않겠냐는 권유를 받았다. 물론 슈도 나름대로 생각하는 바가 있어서 고등학교 입학을 계기로 이렇게 먼 사카이미나토시로 옮겨 오게 된 것이다.

친할머니는 어린 시절에 본 적이 있다고 하는데 죄송하게도 전혀 기억나지 않았다. 그런 할머니가 경영하는 민박집이 바로 아야시 장이며 오늘부터 생활하게 될 곳이기도 했다.

"민박집 생활이라……. 기대되네."

현을 대표하는 관광지의 노른자위 땅에 자리를 잡고 있는 만큼 분명 운치 있는 전통 가옥 스타일의 민박집일 것이다. 방은 당연히 일본식이고 창밖으로는 아담한 정원도 보이겠지. 베란다 쪽에는 작은 책상과 의자가 놓여 있고 욕실은 당연히 천연 온천 노천탕일 것이다. 민박집에서 산다는 건 여행지에서의 설렘이 계속되는 거나 마찬가지라는 생각에 슈의 가슴은 기대로 부풀었고, 자연스레 웃음이 흘러나왔다.

"……응?"

'여기가 맞나?' 하고 내비게이션을 확인했다. 슈가 도착한 곳은 그의 이상과는 크게 동떨어진 낡은 건물 앞이었다.

정취가 있다는 말로 좋게 포장할 수도 있겠지만 눈앞에 선 2층 목조 가옥의 지붕은 기와가 여기저기 빠져 있고 외벽도 표면의 회반죽이 벗겨져 흙벽이 그대로 드러나 있었다. 물받이는 잔해만 남아 처마 끝에 간신히 매달려 있고, 목제 창문은 여닫이 상태가 심각한지 북쪽에서 불어오는 부드러운 바닷바람만으로도 지진이 난 듯 시끄럽게 덜컹거렸다.

내비게이션의 실수라고 믿고 싶었지만 입구 옆의 작은 문패에는 정확히 '아야시 장'이라는 글자가 새겨져 있었다. 아무래도 여기가 틀림없는 것 같았다.

"말도 안 돼……."

한눈에도 수상해 보이는 이 건물이 목적지인 아야시 장일 줄이야. 슈가 꿈꾸던 유서 깊은 일본식 민박집의 이미지가 소리를 내며 무너져 내렸다. 입구의 나무 문에 끼워진 유리에 나이보다 어려 보이는 자신의 얼빠진 얼굴이 반사됐다.

"……아니, 내부는 깔끔할지도 몰라."

외관만으로 모든 걸 판단해선 안 된다. 사람도 외모보단 내면이 더 중요한 법이니까. 슈는 한 가닥 희망을 걸고 선글라스를 치켜올린 다음, 덜컹거리는 현관문을 밀어젖혔다.

그러나 내부도 훌륭하게 낡아빠진 모습이었다. 그래도 벽에 걸린 이번 달 달력이나 싱싱한 관엽식물, 먼지 없는 현관홀 등이 이 건물이 폐허가 아니라 지금도 정상 영업 중이라는 사실을 여실히 말해주고 있었다.

이런 곳에 숙박객이 묵으러 오기는 할까? 슈는 오지랖 넓게 경영 상황을 염려하면서 가슴에 손을 얹고 짧게 숨을 들이마셨다.

"안녕하십니까! 야모리 슈입니다!"

첫인사는 중요하다. 평소 같으면 거의 낼 일 없는 큰 목소리로 어둑어둑한 복도 안쪽을 향해 외쳤다. 그러자 끼익끼익 하고 삐걱거리는 소리를 내며 누군가가 계단을 내려왔다. 마지막으로 할머니와 만났던 건 기억도 안 날 만큼 어릴 때라 당연히 얼굴도 몰랐다. 그러니 오늘이 첫 대면이라고 해도 틀린 말은 아니었다. 긴장하며 기다리는데 슈를 맞이한 것은 할머니……가 아닌 젊은 남성이었다.

그는 겉보기에 20대 중반 정도로 보였다. 그에게서 풍겨오는 침착한 분위기에서 어른의 여유가 느껴지는 걸 보면 그보다 좀 더 많을지도 모르겠다. 어깨에 닿을락 말락 할 만큼 긴 밤색 머리는 부스스했지만 작은 얼굴에 오밀조밀하게 배치된 이목구비가 완벽한 조화를 이루고 있다. 솔직히 말해 분할 만큼 잘생긴 남자였다.

얼굴뿐만이 아니다. 신장도 틀림없이 180센티미터는 되어 보여서 또래보다 키가 조금 작은 게 콤플렉스인 슈는 살짝 질투가 났다. 체형도 늘씬했고 회색 진베이甚平(소매와 바지 기장이 짧고 헐렁한 일본의 여름 전통 의상) 차림으로 배를 벅벅 긁으며 하품하는 흐트러진 모습조차 패션 잡지의 표지를 장식할 수 있을 만큼 한 폭의 그림 같았다.

"안녕."

수수께끼의 미남이 친근하게 손을 들며 인사했다.

"네가 슈 군이구나. 스에노한테 이야기는 많이 들었어."

"스, 스에노?"

"응? 왜 그래? 네 할머니 이름이잖아."

그걸 몰라서 하는 말이 아니다. 슈가 깜짝 놀란 이유는 그가 이제 여든 살이 된다고 들은 할머니를 스에노라고 편하게 불렀기 때문이었다.

"멀리까지 오느라 피곤하겠네. 네가 쓸 방이 어딘지는 들어 뒀어."

할머니와 그가 무슨 사이인지는 아직 잘 모르겠지만 안내해주겠다는 것 같았다. 그는 슬리퍼를 꺼내 슈 앞에 놓고는 친절하게 안쪽으로 손짓했다. 슈는 조금 머뭇거렸지만 따르지 않을 수도 없었기에 신발을 갈아 신었다.

복도는 어디를 밟아도 끼익끼익 울어댔다. 이 정도로 낡았으면 어딜 잘못 밟기라도 하면 함정처럼 바닥이 푹 꺼질지도 몰랐다. 불길한 상상을 해버린 슈는 까치발로 조심조심 남자의 뒤를 따라갔다.

슈는 처음 만난 사람과 편하게 대화하는 성격은 아니었다. 아니, 그 이전에 사람과 대화하는 것 자체가 서툴렀다. 그래도 묻고 넘어가야 할 건 꼭 물어봐야 하는 법이다.

"저기…… 우리 할머니는 외출 중이신가요?"

"응. 뭐, 곧 만나게 될 거야."

그는 뒤를 돌아보더니 "선글라스 멋진데?" 하고 슈의 눈 쪽을 가리키며 칭찬했다. 사람들이 선글라스에 대해 한마디씩

하는 건 익숙해진 지 오래다. 이건 특별히 관광 온 기분을 내기 위해서나 멋을 부리기 위해 쓴 것이 아니었다. 그저…… 어쩔 수 없이 필요해서 쓴 것뿐이었다.

이 동네에서도 선글라스 탓에 사람들과 원만하게 지내지 못할지도 모른다. 그런 불안을 떨쳐내려는 듯 고개를 세차게 흔드는 슈의 발밑으로 작은 그림자가 갑자기 휙 스쳐 지나갔다. 자기도 모르게 "우와앗!" 하는 비명을 지르며 넘어질 뻔했지만 간신히 벽에 손을 짚으며 균형을 잡았다.

"무슨 일 있어?"

"죄, 죄송합니다. 갑자기 뭔가가 발밑으로 쑥 지나가서요."

"아~ 이 민박집에는 여기저기 구멍이 많아서 작은 손님들과 조금 자주 마주칠지도 몰라."

완곡한 표현이지만 아마 벌레나 쥐를 가리키는 것일 테다.

"으에엑……."

"괜찮아. 금세 적응될 테니까."

핫핫핫 하고 소리 높여 웃는 모습까지 멋져 보이는 이 사람의 정체는 대체 뭘까? 이제 그만 확실히 짚고 넘어가야겠다고 생각했을 때, 이쪽의 생각이라도 읽은 것처럼 그가 먼저 이름을 밝혔다.

"그러고 보니 아직 내 소개를 안 했구나. 난 하츠코이 키라리初恋きらり('첫사랑의 반짝임'이라는 뜻)라고 해."

뭔가 엄청나 보이는 이름이었다.

"저기…… 본명이세요?"

"그럴 리가. 필명이야. 만화 그리는 일로 먹고살거든. 난 꽤 오랫동안 여기 묵으면서 만화를 그리고 있어."

"그, 그렇군요……. 필명처럼 연애 만화를 그리시나요?"

"아니, 오싹오싹한 요괴 만화를 그리는데."

슈는 지금 장난치는 거냐고 한마디 하고 싶었지만 방금 처음 만난 어른에게 그런 말을 할 만한 배짱은 없었다. 그래서 최대한 무난하게 들릴 만한 질문을 던졌다.

"저…… 어쩌다가 그런 필명을 갖게 된 거예요?"

"출판사에서 날 연애 만화가로 키우려고 했던 시절의 흔적 같은 거지. 지금은 작가명하고 작품의 갭이 커서 오히려 재밌다고들 해. 그래서 나도 꽤 마음에 들더라고."

그의 필명에는 아무래도 이런저런 어른들의 사정이 있는 모양이었다.

"하츠코이 선생님은 왜 이런 낡은 민박집에……?"

"슈 군. 하츠코이 선생님이라고는 부르지 말아줄래?"

그는 뒤통수를 긁적이며 "그렇게 불리니까 영 쑥스러워서 말이야."라고 말하고는 멋쩍은 표정을 지었다. 마음에 드는 필명이라고 한 지 몇 분 지나지도 않았는데…….

"그럼 뭐라고 부를까요?"

"주위에서는 심플하게 '선생님'이라고 부르니까 슈 군도 그렇게 불러주면 좋을 것 같아."

로마에 가면 로마 법을 따르라고 했던가. 본인이 그렇게 말하니 슈는 거기에 따르기로 했다.

"만화가면 선생님은 여기보다 훨씬 좋은 데서 살 수 있지 않아요?"

"큰돈을 버는 건 일부 인기 작가들뿐이야. 나 같은 건 간신히 입에 풀칠이나 하는 정도지."

"그래도 민박집에서 지내는 것보단 월셋집을 구하는 게 싸지 않나요?"

"그렇긴 해. 그래도 여기서 살다 보면 좋은 영감을 많이 얻거든."

만화가란 기본적으로 책상 앞에 온종일 앉아 있는 직업일 것이다. 조용한 아파트를 빌려 틀어박혀 있는 것보다는 이렇게 활기 넘치는 동네에서 살아야 좋은 자극을 받는 건지도 몰랐다.

하물며 이곳은 요괴를 주력 상품으로 내세우는 관광지였다. 요괴 만화를 그리는 작가 선생님에겐 더할 나위 없는 거주지일지 모른다.

계단을 올라간 뒤 슈가 안내받은 곳은 2층에 있는 살풍경한 일본식 방이었다. 다다미 네 장 반짜리 크기에 북쪽으로 창문이 나 있었다. 벽지 대신 흙을 바른 벽은 곳곳이 갈라져서 떨어지기 일보 직전이었고, 천장에는 비에 젖었던 얼룩이 선명히 남아 있었다. 슈는 더럽다고 중얼거릴 뻔하다가 간신히 입을 틀어막았다.

그래도 창밖 경관은 좋을 거라 기대하며 창문을 열었는데 보이는 거라곤 옆 건물의 빛바랜 외벽뿐이었다.

"그럼 난 이만 일하러 가야 해서."

임무를 끝마친 선생님은 자기 방으로 돌아갔다. 그가 들어간 곳은 미즈키 시게루 로드와 인접한 남쪽 방이었다. 구조상으로 볼 때 햇볕이 잘 드는 아야시 장의 VIP 룸에 해당하는 곳일 것이다.

애초에 더부살이에게 좋은 방을 배정해줄 리 없었다. 이상과 크게 다른 현실 앞에서 피곤함이 몰려온 슈는 다다미 위로 벌렁 드러누웠다.

"나, 잘해나갈 수 있을까……."

한숨과 함께 새어 나온 불안이 다다미 위로 흩어졌다. 그런 슈의 시야 구석에서 또 한 번 검은 그림자가 빠르게 스쳐 지나갔다. 반사적으로 몸을 일으켰지만 이미 그쪽에는 아무것도 보이지 않았다.

"큰일이네. 벌레는 질색인데……."

슈는 그렇게 투덜거리면서도 다시 드러누웠고 서서히 무거워지는 눈꺼풀을 이기지 못해 이윽고 눈을 감았다. 먼 길을 떠나오느라 지친 탓인지 아니면 다다미가 너무 편안했던 건지는 몰라도 슈는 어느샌가 깊은 잠에 빠져들고 말았다.

얼마나 잠들었던 걸까? 슈가 퍼뜩 눈을 뜨자 방 안은 이미 캄캄했다. 전등 스위치가 어디 있는지도 몰랐기에 스마트폰 불빛에 의지해서 주변을 둘러보다가 일단 복도로 나와 계단을 내려갔다. 1층 복도 끝에 빛이 새어 나오는 방이 있어서 들여다봤더니 그곳은 다다미 여덟 장 정도 넓이의 작은 식당이었다.

"잘 잤어? 슈 군."

선생님이 젓가락 집은 손을 들어 보이며 인사했다. 식탁 위에 놓인 건 하얀 쌀밥과 된장국에 타르타르소스를 잔뜩 끼얹은 새우튀김이었다. 그밖에 잘게 썬 양배추와 방울토마토, 감자샐러드도 곁들어져 있었다.

배에서 꼬르륵 소리가 났다. 쑥스러워하는 슈에게 선생님은 "당연히 네가 먹을 것도 준비했지."라며 조심성 없게 젓가락으로 맞은편 자리를 가리켰다. 그곳에는 뒤집힌 밥그릇과 국그릇 그리고 랩으로 싸인 새우튀김 접시가 놓여 있었다.

"고, 고맙습니다! 선생님이 만드신 거예요?"

"설마. 스에노가 만든 거야."

"앗! 할머니, 돌아오셨어요?"

"또 나가버렸지만 말이지."

오래되었다는 걸 한눈에 알 수 있는 시계추 달린 벽시계를 보자 시각은 밤 아홉 시를 지나고 있었다. 이런 늦은 시간에 할머니는 대체 어디로 간 걸까?

랩에 싸인 음식을 만져보니 아직 따뜻했다. 슈가 내려오기 직전에 스에노가 만들어놓고 간 것 같았다. 슈는 되도록 오늘 중에 인사 정도는 해두고 싶었지만 스에노는 슈가 자는 걸 보고 굳이 깨우지 않은 것 같았다.

"식기 전에 먹어."

슈는 선생님이 권하는 대로 밥과 국을 퍼서 자리에 앉았다.

"잘 먹겠습니다."

양손을 맞대며 인사한 뒤 제일 먼저 새우튀김을 한 입 물었다. 아삭아삭한 튀김옷 안에 통통한 식감의 새우가 들어 있었다. 적당히 시큼한 타르타르소스와는 최고의 궁합이었기에 입가에는 자연스레 미소가 지어졌다.

"맛있니?"

선생님이 물었다. 슈는 입에 음식을 너무 많이 집어넣은 탓에 말을 할 수 없었기에 대신 열심히 고개를 끄덕여 보였다. 그는 눈웃음을 지으며 말했다.

"다행이네."

저녁 식사를 마친 뒤 슈는 선생님과 같이 설거지를 하고 식당을 빠져나왔다. 그때 별생각 없이 계단 반대쪽으로 시선을 돌린 슈는 복도 끝에서 이상한 것을 봤다.

"선생님. 저건 뭐예요?"

그곳에는 낡아빠진 목조 건물에 어울리지 않는 회색 철제문이 있었다. 가까이 다가가보니 경고문이 붙어 있었다.

'관계자 및 요괴 외 출입 금지'

슈는 이게 무슨 뜻인지 의아하게 생각하며 옆에 있던 선생님에게 물었다.

"이게 대체 뭔가요?"

"보이는 대로야. 이 문 안으로는 관계자와 요괴만 들어갈 수 있어."

"농담이시죠? 아……."

'그러고 보니…….'

슈는 아야시 장으로 오는 길에도 이런 식의 경고문을 목격했던 걸 떠올렸다. 상점가의 ATM 문 옆에는 '요괴가 비밀번호를 물어봐도 알려주지 마십시오.'라고 적힌 간판이 주의를 환기하듯 세워져 있었다. 그때는 이상하게만 보였지만 가만히 생각해보면 여기는 요괴를 주력 상품으로 내세우는 관광지인 사카이미나토시였다. 그 간판은 이 도시를 찾은 관광객에게 즐거움을 주기 위한 요괴 유머였던 것이다.

이 문에 붙은 경고문도 그것과 같은 맥락일 테고 안으로 들어가면 대충 수건이나 이불을 보관하는 창고 같은 게 있을 것이다.

예상은 가지만 안에 뭐가 있을지 조금 궁금해진 슈는 문손잡이 위로 손을 얹었다. 그러자 선생님이 그의 팔을 붙잡았다.

"아직 열지 않는 게 좋을 거야."

그가 진지한 표정으로 꺼낸 말에는 반론할 수 없게 하는 묘한 박력이 있었다. 슈는 선배 입주자가 하는 말이니 따르는 편이 좋을 거라 판단했다.

"알겠습니다."

슈는 얌전히 문손잡이에서 손을 뗐다.

하지만 아무래도 신경이 쓰여서 계단으로 향하는 도중에 한 번 뒤를 돌아보았다. 그러자 무슨 일인지 철제문이 살짝 열려 있는 것처럼 보였는데 눈을 깜빡인 순간, 언제 그랬냐는 듯 닫혀 있었다.

슈는 선글라스를 벗고 눈을 비빈 뒤 다시 선글라스를 쓰고 문을 한 번 더 살펴봤다. 하지만 육중해 보이는 이질적인 문은 역시 굳게 닫혀 있었다.

"슈 군?"

앞에서 걸어가던 선생님이 불렀다. 슈는 자신이 잘못 본 거라고 결론짓고 "아무것도 아니에요."라고 대답하며 계단을 올라가기 시작했다.

다음날은 고등학교 입학식이었다. 새로운 환경에서 슈의 고등학교 생활이 막을 연 것이다.

슈가 다니게 될 현립 사카이니시境西 고등학교는 시내에 두 개뿐인 고등학교 중 한 곳으로 무난한 대학 진학을 목표로 하는 인문계 고등학교였다. 중학교 때는 블레이저 교복을 입었던 슈에게 차이나 칼라 교복은 신선하게 느껴졌다. 목까지 올라오는 앞깃이 조금 답답해서 익숙해질 때까지는 시간이 조금 걸릴 것 같았다.

입학식은 순조롭게 끝났고 학생들은 각 반으로 이동해 첫 HR 시간을 가졌다. 첫 순서는 당연히 학생들의 자기소개였다. 출석 번호순이었기에 성의 앞 글자가 '야'인 슈의 순서는 거의 마지막이었다.

"야, 야모리 슈입니다. 올봄에 사카이미나토로 이사 왔습니다. 눈에 병이 있어서 선글라스를 쓰고 생활해야 하지만 잘 부탁드립니다."

최소한의 자기소개를 마치고 자리에 앉자 여기저기서 소곤

거리는 목소리로 술렁이는 게 느껴졌다. 화젯거리는 당연히 그가 쓴 선글라스였다.

선글라스를 쓴 학생이 있다면 당연히 눈에 띌 수밖에 없다. 조만간 건방진 1학년이 있다는 소문이 돌며 선배들에게 찍힐지도 몰랐다. 뒤에서 몰래 험담하는 사람도 많겠지만 그래도 전에 살던 곳에 비하면 천국이나 다름없었다.

설령 학교생활에 무슨 문제가 생기더라도 슈의 일상생활에서 선글라스는 절대 빼놓을 수 없는 것이었다. 오늘날까지 슈는 씻을 때와 잘 때를 제외하고는 선글라스를 절대 벗지 않고 살아왔으니까.

그러니 물론 학교에서도 벗을 수 없었다. 눈에 질환이 있다는 핑계를 대면 학교의 허가를 받을 수 있었고 다른 학생들도 어느 정도는 이해해주었다. 하지만 눈에 띄는 것만은 어쩔 수 없는 일이다.

결국 여기서도 평범한 학교생활은 할 수 없는 걸까?

"너, 야모리라고 했지?"

HR 시간이 끝나고 집에 돌아갈 채비를 하는데 그렇게 말을 거는 사람이 있었다. 갈색 머리카락의 명랑해 보이는 남자애와 침착하고 어른스러운 분위기를 풍기는 짧은 흑발의 남자애가 슈를 내려다보고 있었다.

"응, 맞는데. 너희는……."

"뭐야. 우리가 자기소개할 때 자고 있었어? 난 미코시바고 이쪽은 카타쿠라."

갈색 머리의 미코시바가 이름을 말하자 흑발인 카타쿠라는 "잘 부탁해." 하고 한 손을 살짝 들어 보였다. 아무래도 떠드는 담당은 주로 미코시바인 것 같았다.

"너 눈이 안 좋다면서. 많이 힘들겠다."

말을 걸어온 건 슈를 챙겨주려는 마음 때문인 듯했다. 슈는 기쁘기는 했으나 갑작스러운 대화에 동요를 감추지 못하고 선글라스를 치켜올리며 횡설수설로 대답하고 말았다.

"그그그, 그렇게 심각한 건 아니고……."

"우리 할아버지도 백내장을 앓고 계셔서 그게 얼마나 불편한지 알거든. 뭔가 도움이 필요하면 나한테 말해. 내가 없을 땐 카타쿠라한테 말해도 되고. 꼭 힘이 되어줄 테니까."

"고, 고마워."

미코시바는 씩 웃더니 "그럼 또 보자." 하고 인사하며 카타쿠라를 데리고 슈의 자리를 떴다. 그리고 그를 기다리던 남자애들 무리로 합류했다. 착한 애들이랑 같은 반이 되어 다행이라고 생각한 순간, 그쪽에서 흘러나온 대화가 슈의 귀에 들리고 말았다.

"너네, 왜 저런 이상한 애한테 말을 걸고 그래?"

이름도 모르는 남자애가 웃으며 지껄이는 그 말이 가슴 깊은 곳에 날카롭게 박혔다.

이상한 애. 그게 당연한 반응이었다. 먼저 말 좀 걸어줬다고 들뜨다니. 슈는 자신이 한심하게 느껴졌다. 두 사람이 다가온 건 어차피 단순한 호기심 때문일 것이다. 기대 같은 건 하지 않는 편이 좋았다.

이 선글라스만 벗을 수 있다면…… 어쩌면 상황이 많이 바뀔지도 모른다. 하지만 슈는 절대 이 선글라스를 벗지 않을 것이다. 정확히 말하면 벗을 수 없다. 벗으면 분명 돌이킬 수 없는 일이 벌어질 것이다.

왜냐하면 이 눈은 '저주'를 받았으니까.

"다녀왔습니다."

평소엔 집에 돌아오면 선생님이 아무리 바쁠 때라도 '어서 와.' 하고 대답해주는데 오늘은 아무 말도 들려오지 않았다. 슈가 계단을 올라가보니 그의 방 앞에는 '외출 중'이라고 적힌 문패가 걸려 있었다.

이사 온 지 어느새 일주일이 지났다. 하지만 슈는 오늘까지도 할머니와 단 한 번도 만나지 못했다. 어쩌면 이 낡아빠진 민박집을 계속 운영하기 위해 불철주야 힘쓰고 있는 걸지도 몰랐다. 하지만 아무리 그래도 이 정도로 얼굴을 보기 힘들까? 이쯤 되면 정말 여기서 살고 있는지조차 의심스러울 정도였다.

"사실은 요괴였다거나."

슈는 그렇게 중얼거리며 혼자 웃었다. 바보 같은 생각이라고 자조하며 방구석에 가방을 던져놓았다. 그러자 쿵 하는 소리에 맞춰 작고 까만 그림자가 튀어 오르더니 복도를 굉장한 속도로 가로질러 1층으로 내려가는 게 보였다.

선생님이 말한 대로 이 민박집 곳곳에는 구멍이 많은지 작은 손님들과 이따금씩 마주칠 때가 있었다. 선생님은 금세 익숙해질 거라고 했지만 벌레를 싫어하는 슈는 보이는 족족 붙잡아서 집 밖으로 던져버려야 직성이 풀릴 것 같았다. 슈는 그림자의 정체를 밝히기 위해 계단을 따라 내려갔다.

슈는 계단 밑에 놓여 있던 아무 빗자루나 손에 들고 까만 그림자를 뒤쫓았다. 하지만 너무 재빠른 탓에 복도에서 놓치고 말았다.

"젠장, 어디로 튄 거야?"

주위를 이리저리 두리번거리다 문득 깨달았다.

"……열려 있네."

복도 끝, 출입이 금지된 그 철제문이었다. 그 문이 아주 조금이지만 분명히 열려 있었다.

저 안으로 도망친 걸까? 슈는 자연스럽게 문을 열려다가 불현듯 선생님의 충고를 떠올렸다. 하지만 호기심이 그걸 쉽게 억눌러버렸고 잠깐 들여다보는 정도는 괜찮을 거라 생각하며 문을 살짝 열고 고개를 들이밀었다.

"……아무것도 안 보이는데."

아직 해가 중천에 있는 시간대였는데 문 안쪽은 칠흑처럼 깜깜했다. 유난히 무거운 문을 활짝 열어젖혔더니 사람 한 명이 간신히 드나들 수 있는 좁은 통로가 안쪽으로 이어지고 있었다. 정체 모를 그 통로는 입을 활짝 벌린 괴물의 목구멍 같아서 온몸에 소름이 돋았다. 암흑 너머에서 미적지근하고 불쾌한 바람이 불어왔다.

문 안쪽에 기껏해야 좁은 창고 같은 게 있을 거라는 예상이 보기 좋게 빗나갔다.

"뭔가 으스스하네."

이대로 문을 닫고 못 본 척 넘어가는 건 쉬운 일이다. 하지만 슈는 문을 닫을 수가 없었다. 이 통로가 대체 어디로 연결되어 있는지, 순수하게 그게 궁금했다.

"……난 할머니 손자니까 일단 관계자긴 하잖아. 여기로 도망친 녀석을 가만히 놔둘 수도 없는 거고."

그런 변명으로 자신을 설득한 슈는 스마트폰 불빛을 켜고 빗자루를 힘껏 쥐었다.

정체를 알 수 없는 긴장감 때문에 식은땀이 배어 나오고, 마른침을 꿀꺽 삼키는 소리가 암흑 속으로 빨려 들어갔다. 할머니나 선생님에게 나중에 혼날 수도 있다는 불안은 모험심 앞에서 사그라들었다. 슈는 문 안쪽으로 한 걸음을 내디뎠다.

"뭐가 이렇게 길어……."

수명이 다해가는 백열등이 드문드문 천장에 매달려 있는 것 외에는 아무것도 없는 복도였다. 그 좁고 긴 통로를 계속 나아간 지 어느새 5분 정도가 지나 있었다.

"역시…… 이상하단 말이지?"

이 아담한 민박집 안에 이 정도로 길게 뻗은 복도가 어떻게 존재할 수 있는 걸까? 아무리 생각해도 이 통로를 설명할 방법이 없었다. 자신이 이상한 공간을 헤매고 있다는 걸 실감하자 슈의 어설픈 모험심은 거짓말처럼 사라졌다.

돌아가는 게 낫겠다는 생각이 들자 슈는 왔던 길을 빠른 걸음으로 되돌아갔다. 하지만 이번엔 5분 넘게 걸었는데도 철제 문이 보이지 않았다. 슈는 공포심에 눈물이 맺히기 시작했다.

"대체 뭐가 어떻게 된 거야?!"

잔뜩 겁에 질린 슈는 누구에게랄 것도 없이 크게 소리쳤다.

너무 캄캄한 탓에 본인도 모르는 사이 다른 길로 새고 만 것일까? 아니, 여기까지 오는 동안 갈림길 같은 건 없었다. 그 밖에도 수많은 의문이 머릿속에서 소용돌이쳤지만 어쨌든 지금은 여기서 나가는 것부터 생각해야 했다.

심호흡하며 조금이나마 냉정을 되찾자 스마트폰으로 외부와 연락을 취하면 된다는 생각이 났다. 하지만 이상하게도 전파가 전혀 잡히지 않았다.

"방에서는 잘 잡혔는데……."

스마트폰에 하소연해봤자 안테나 아이콘에 변화가 생길리 없다. 지금은 배터리가 충분하지만 계속 조명을 켜둔다면 금방 바닥날 것이다. 그때까지는 어떻게든 밖으로 탈출해야만 했다.

슈는 무작정 달리며 이리저리 스마트폰 조명을 비춰서 탈출할 단서를 찾았다. 지나가면서 보이는 내벽은 나무판일 때도 있고, 타일일 때도 있고, 콘크리트일 때도 있어서 이것저것 이어 붙인 것처럼 일관성이 없었다.

필사적인 탐색 결과, 슈는 왼쪽에 직각으로 뻗은 다른 길을 발견했다. 이런 길이 있었다면 분명 아까 올 때 알아차렸을 것이다. 슈 스스로가 생각해도 말도 안 되는 이야기였지만 이 길이 마치 방금 새로 생겨난 샛길 같아서 들어가기 꺼려졌다. 하지만 다른 선택지가 있는 것도 아니었다. 슈는 어쩔 수 없이 그 통로 쪽으로 가보기로 했다.

왼쪽으로 꺾은 길의 끝에 도달하자 적갈색으로 녹이 슨 나선계단이 하늘을 향해 빙글빙글 뻗어 있었다. 그 계단을 조심스레 올라가니 정면에 커다란 창문이 나타났다.

"됐다! 밖으로 나갈 수 있겠어!"

슈가 그렇게 생각하며 열어젖힌 창문 너머로 펼쳐진 건 체육관만큼이나 넓은 대형 연회실이었다. 잠시 어안이 벙벙해졌다가 건물 밖이 아니라는 걸 깨달은 슈는 고개를 힘없이 떨궜다.

"정말, 뭐가 어떻게 된 건지……."

지금 상식의 범주를 뛰어넘은 일이 벌어지고 있다는 건 분명했다. 결심을 굳힌 슈는 창틀을 넘어 대형 연회실로 내려섰다.

슈의 방에 깔려 있던 전병 과자 같은 다다미와 달리 골풀 냄새가 나는 새싹 같은 색의 깨끗한 다다미가 슈의 발에 닿았다. 사방의 벽면은 형형색색의 맹장지(종이로 두껍게 안팎을 싸 바른 문)로 빈틈없이 장식되어 있었다. 아름답고 화려한 모양새지만 상황이 이렇다 보니 뭔가 오싹한 느낌을 줬다. 높은 천장을 올려다보니 박력 넘치는 용 그림이 그려져 있었다.

슈는 잠시 넋 놓고 연회실을 구경했다. 하지만 그럴 때가 아니었다. 여기서 빠져나갈 다른 통로를 찾아야만 했다. 무수히 늘어선 장지문 중 하나를 열고 조심스레 안을 들여다보았다. 그곳에는 일본식 화장실이 있었다. 재래식인지 다다미 한 장 정도의 넓이에 까만 구멍이 한참 아래까지 이어졌다.

"뭐야. 그냥 화장실이었네."

괴물이라도 튀어나올까 봐 잔뜩 경계하던 슈는 자신이 바보처럼 느껴졌다. 다음 장지문을 열자 이번엔 나무가 울창하게 우거진 숲이 끝없이 펼쳐졌다.

"……응?"

슈는 너무 놀란 나머지 그대로 굳어버렸다가 생전 처음 보는 벌레가 이쪽을 향해 날아오는 걸 발견하고 다급히 문을 닫았다. 당황해서 뒷걸음질을 치다가 바닥에 엉덩방아를 찧고 말았다.

방금 그건 프로젝션 맵핑Projection Mapping(대상물의 표면에 빛으로 이루어진 영상을 투사하여 전혀 다른 물체처럼 보이게 하는 기술) 같은 게 아니었다. 나무와 풀, 흙냄새가 선명히 느껴졌다. 틀림없이 진짜 숲과 이어진 것이다.

"……난 대체 어떤 세상에 갇혀버린 거지?"

단순한 호기심으로 출입 금지라고 적힌 문을 통과했을 뿐인데. 슈는 선생님의 충고를 듣지 않은 걸 후회했지만 이미 늦었다. 살아서 여길 빠져나가려면 자기 힘으로 발버둥 치는 수밖에 없었다. 슈는 양 뺨을 짝짝 때리면서 자신에게 용기를 불어넣고 몸을 일으켰다.

각오가 흔들리기 전에 장지문을 닥치는 대로 열어보았다. 문 너머에는 사우나나 보일러실, 엘리베이터 같은 현실적인 장소가 있는가 하면 사막이나 설산, 초원과 바닷속 등 말도 안 되는 공간으로 이어지기도 했다.

당연히 무서웠지만 다음엔 또 뭐가 나올지 조금 기대되는 것도 사실이었다. 그런 와중에 열어젖힌 한 장지문 너머에 한없이 넓은 하얀 공간이 펼쳐졌다. 그리고 그 한가운데에는 위쪽으로 이어지는 긴 사다리가 걸려 있었다.

"꽤 높네……."

저 위에서 떨어지면 무사하지 못할 것이다. 아니, 그 전에 이 정도면 아야시 장의 지붕을 뚫고 올라갈 정도의 높이였다. 비현실적인 광경의 향연 속에서 슈는 차츰 이게 꿈이 아닐까 하는 생각이 들기 시작했다. 오히려 지금까지 그런 생각을 하지 못했다는 게 신기할 정도였다. 꿈이라면 지금까지 겪은 모든 게 설명이 된다.

"뭐야, 그냥 꿈이네!"

꿈이라면 이야기가 달라진다. 지금 상황을 즐기지 않는 게 손해다. 슈는 다른 장지문 너머엔 뭐가 있는지도 궁금했지만 전부 확인하다간 끝이 없을 것이므로 일단 사다리를 올라가보기로 했다.

미끄러지지 않도록 손바닥의 땀을 교복 바지에 닦고 나서 한 단 한 단씩 신중히 올라갔다. 되도록 아래를 보지 않도록 노력하며 시간을 들여 올라간 끝에 간신히 절반 근처까지 도달할 수 있었다.

"허억, 허억…… 꿈속인데도 꽤 힘드네."

슈가 잠시 쉬려고 사다리에 팔을 감으며 고개를 숙인 순간, 귀에서 쓱 미끄러진 선글라스가 밑으로 떨어지고 말았다.

"앗!"

아득히 멀어진 바닥에서 툭 하고 떨어지는 소리가 났다. 오랫동안 애용한 선글라스였지만 다시 주우러 갈 마음은 생기지 않았다. 이 긴 사다리를 내려갔다가 다시 올라올 만한 체력이 남아 있을 리 없다. 게다가 어차피 이건 꿈이 아닌가.

끙끙대며 간신히 올라온 사다리 끝에서 뚜껑 같은 것을 머리로 밀어젖혔더니 다다미 네 장 반 크기의 일본식 방이 나왔다. 막고 있던 뚜껑의 정체도 다다미였다. 슈는 순간적으로 자기 방에 돌아온 걸로 착각했지만 창문은커녕 아무 물건도 없었다. 아무래도 비슷하게 생긴 다른 방인 것 같았다.

이쯤 되자 지쳐버린 슈는 그 자리에 벌렁 드러눕고 말았다.

"재밌는 곳이긴 한데 이제 그만 깨어나면 안 되나…… 어떻게 하면 잠에서 깰 수 있지?"

혼자 중얼거린 순간, 시야 끝에서 뭔가 움직이는 게 보였다.

몸을 일으켜 자세히 보니 그곳엔 쥐 한 마리가 웅크린 채 둥글둥글한 눈으로 이쪽을 올려다보고 있었다.

"……쥐구나. 아무리 쥐라도 이런 곳에 혼자 쓸쓸히 있는 것보단 낫겠지."

"쥐가 아니라 햄스터인데요."

"아아, 미안, 미안…… 어?"

눈앞의 햄스터가 방금 분명히 목소리를 냈다. 슈의 눈이 동그랗게 커졌지만 꿈속이니까 특별히 신기할 일은 아닐 것이다.

"나, 한 번쯤은 동물하고 이야기해보고 싶었어. 지독한 악몽이라고만 생각했는데 이것도 나쁘지 않네."

"정신 차려요. 이건 꿈이 아니니까."

"무슨 소리야. 꿈이 아니면 쥐가 어떻게 말을 하겠어?"

"쥐가 아니라고 했잖아요! 전 정글리안 햄스터라고요!"

슈는 갑작스러운 호통에 놀라 뒤쪽으로 움찔거리다가 뒤통수를 기둥에 부딪치고 말았다. 슈는 고통에 신음하며 뭔가 이상하다는 걸 깨달았다.

뺨을 꼬집어보는 것이야말로 꿈인지 생시인지 확인하는 가장 흔한 방법이다. 그리고 슈는 지금 엄청나게 아팠다. 그 말인즉슨…… 이건 꿈이 아니었다.

"헉?!"

슈는 목소리도 안 나올 만큼 다급한 비명을 지르며 방구석으로 도망쳤다. 꿈이 아니라면 손바닥에 쏙 들어올 만한 크기의 저 동그란 생물이 유창한 일본어로 이야기한 셈이 된다. 슈는 마구 뛰는 심장쪽을 손으로 꾹 누르며 눈앞의 햄스터를 자세히 관찰한 끝에 그나마 현실적인 가능성을 생각해냈다.

"소, 소형 스피커 같은 게 달린 건가? 아니면 이 햄스터 자체가 로봇이라던가……?"

"제 이름은 코노스케입니다. 이 햄스터, 저 햄스터 하지 말아요."

말소리와 손짓, 몸짓이 정확히 일치하는 걸 보면 스피커를 통해 다른 사람이 이야기하는 것 같지는 않았다. 관절이 매끄럽게 움직이는 모습도 기계와는 거리가 멀다.

그렇다면 사람 말을 하는 정글리안 햄스터가 확실하다고 봐야 했다. 그나마 귀여운 햄스터라는 게 다행이라면 다행일까. 만약 무섭게 생긴 생물이었다면 보자마자 기절했을 것이다. 아니, 차라리 그냥 기절해버렸다면 편했으려나.

자신의 이름이 코노스케라고 밝힌 햄스터는 두 앞발을 옆으로 쫙 펼치며 말했다.

"그럼 슈 님. 제가 출구까지 안내해드리죠."

슈는 의외의 제안에 흠칫하고는 몸이 굳어버린 채 대답했다.

"……넌 출구가 어딘지 알아?! 그렇다면 다행이지만……."

이 햄스터를 믿어도 될까 하는 당연한 의문이 머리를 스쳤다. 흰색과 회색 털에 싸인 복슬복슬하고 귀여운 모습은 가짜고 슈가 방심한 순간 머리부터 콱 잡아먹으려는 건지도 모른다. 이렇게 꿈 같으면서도 꿈이 아닌 이상한 공간에서는 무슨 일이 벌어져도 이상할 게 없지 않은가. 경계하지 않는 게 오히려 바보였다.

그때 슈는 문득 의아한 생각이 들었다.

"……어라. 내 이름을 어떻게 아는 거야?"

"그야 뭐, 계속 가까이서 지켜봤으니까요."

분명 처음 만나는 거지만 짚이는 구석이 전혀 없는 것도 아니었다. 아야시 장에 온 뒤로 몇 번인가 마주쳤던, 너무 재빨라서 붙잡지 못한 작고 까만 그림자…….

"그 그림자가 설마 너였던 거야?"

"네. 슈 님이 선글라스를 벗어준 덕분에 겨우 절 볼 수 있게 된 거죠."

코노스케의 말에 슈는 퍼뜩 놀라며 자신의 눈가를 만졌다. 그랬다. 선글라스는 사다리를 오르다가 중간에 떨어뜨려버렸다. 급류처럼 밀려드는 불안감은 이 기괴한 공간에 대한 공포와 이 정체 모를 햄스터에 대한 불신과 함께 슈의 마음을 잠식하기 시작했다.

슈는 인제 와서는 늦었다는 걸 알면서도 두 눈을 굳게 감아버렸다.

"슈 님. 눈을 떠주세요."

"미안, 하지만 안 돼! 선글라스가 없으면 난 안 된다고!"

암흑이 슈의 과거를 들춰냈다. 떠올리고 싶지 않지만 마주할 수밖에 없는 과거였다.

자신의 눈이 이상하다는 걸 슈가 처음으로 깨달은 건 초등학교 저학년 때였다.

옥상에 사람의 형체가 보였다고 담임 선생님에게 말했더니 확인했지만 아무도 드나든 흔적이 없었다며 혼이 났다. 교실에 있는 낯선 아이에게 말을 걸었더니 누구하고 말하는 거냐며 같은 반 아이들이 기분 나빠했다. 집 천장에 불구슬 같은 게 떠 있어서 가만히 보고 있었더니 슈를 키워준 친척 부부는 '뭘 보는 거니?'라며 고개를 갸웃거렸다.

아무래도 자신은 남들이 보지 못하는 걸 보는 것 같았다. 그 사실을 깨달은 이후로는 되도록 다른 사람들의 말에 맞추려고 노력했다. 다른 사람들에게는 보이지 않는 걸 보인다고 말하면 대부분 불쾌한 반응을 보이니까.

그게 전부라면 큰 문제는 아니었다. 보이는 걸 못 본 체하기만 하면 되는 일이었다. 문제는 이 눈에 또 다른 힘이 숨겨져 있었다는 점이다.

슈는 아주 어릴 때 부모님이 돌아가셨기에 친척 부부의 집에서 신세 지며 살았다. 친척 부부가 친부모가 아니라는 말을 처음부터 들었기에 슈는 그 둘을 아빠, 엄마라는 말 대신 삼촌, 숙모라고 불렀다.

부모님이나 조부모가 아닌 사람들과 같이 산다는 것. 그게 조금 특이한 가정환경인 것 정도는 반 아이들의 놀림 덕분에 서서히 이해할 수 있었다.

"너, 왜 부모님도 아닌 사람들 집에서 살아?"

이름도 생각나지 않는다. 하지만 반에서 체격이 꽤 컸던 그 남자아이의 깔보는 눈빛만큼은 지금도 선명히 기억했다. 슈가 아무 대답도 하지 못하자 바보라고 놀렸고 그 옆에 선 똘마니들도 다 함께 깔깔 웃어댔다.

슈는 몸집이 작아서 싸워봐야 이길 가망이 없었고 애초에 그럴만한 배짱도 없었다. 그래서 유일하게 저항할 방법이라곤 상대를 노려보는 것뿐이었다. 하지만 그걸로도 충분했다.

슈를 괴롭히던 아이는 갑자기 비틀거리다가 그 자리에서 쓰러져 결국 보건실로 실려 갔다. 심각한 증상까진 아니었는지 다음날에 멀쩡히 학교에 왔는데 또 시비를 걸기에 노려보았더니 어제와 똑같이 몸이 안 좋아졌다. 그런 일이 몇 번이나 반복되었다.

무슨 일이 벌어지고 있는지는 몰라도 슈는 솔직히 통쾌했다. 자신에게 못되게 구니까 천벌을 받았다고 생각했다.

"뭐야, 너…… 기분 나쁘니까 그 눈깔로 쳐다보지 마!"

쓰러졌다가 회복하기를 다섯 번 정도 반복한 그 아이는 그때부터 슈를 괴롭히지 않았다.

몸집이 작은 슈가 덩치 큰 남자아이를 물리쳤다는 이야기는 반 아이들 사이에서 화제가 되었다. 하지만 무용담보다는 괴담에 가까운 이야기였다.

슈가 노려보면 몸이 이상해진다. 슈를 괴롭히던 아이가 퍼트린 그 소문은 순식간에 학교 전체로 퍼졌다. 처음엔 믿지 않는 아이들이 대부분이었지만 허세 부리기 좋아하는 일부 상급생들은 담력 시험이라도 하는 것처럼 괜한 트집을 잡으면서 슈에게 시비를 걸었다.

반항할 힘이 없는 슈가 할 수 있는 일이라곤 당연히 노려보는 것뿐이었다. 하지만 그것만으로도 상대방은 갑자기 몸이 이상하다면서 도망쳐버렸다.

자신의 눈에는 노려본 상대의 몸 상태를 망가뜨리는 힘이 있다. 그 사실을 확신하기까지 그리 오래 걸리진 않았다.

"야모리가 5학년 남자 선배를 노려봤더니 입원해버렸대."

"그거 알아? 야모리가 노려보면 영혼이 빠져나간대."

"왜 하필 야모리하고 같은 반인 거야? 혹시라도 눈이 마주

칠까 봐 무서워 죽겠어."

소문은 날이 갈수록 부풀려졌고 슈를 피하는 아이들도 점점 늘어났다. 하지만 그런 흐름을 거부하는 아이도 있었다.

"노려보기만 하면 나쁜 놈들을 쓰러뜨릴 수 있다니 완전 만화 주인공 같다!"

그 남자아이만큼은 슈의 힘을 겁내지 않고 친하게 지내주었다. 자신을 이해해주는 친구가 한 명이라도 있다면 그것만으로 충분했다.

하지만 슈는 이내 깨닫고 말았다. 이 힘이 괴롭히는 아이만 쫓아내주는 편리한 능력이 아니라는 걸.

계기는 사소했다. 슈가 그 아이에게 빌린 게임을 깜빡하고 돌려주지 못했다. 슈는 사과하는데도 친구가 들으려 하지 않자 살짝 짜증이 났다.

노려보려고 한 건 아니었다. 그저 아주 조금 답답하다고 생각하며 시선을 마주쳤을 뿐이다. 단지 그것뿐이었는데도 그 아이는 거품을 물며 쓰러져버렸다.

술렁이는 교실 안에서 슈는 깨달았다. 이건 만화처럼 나쁜 사람을 물리치는 편리한 능력이 아니라 자신의 인생을 망가뜨리는 '저주'라는 걸.

그 아이는 금방 회복했지만 슈에게 완전히 겁을 집어먹고 어딘가 먼 곳으로 이사가버렸다. 슈는 끝내 사과조차 하지 못했다.

선글라스를 쓰면 이상한 존재가 보이지 않는다는 것은 열 살 때 알았다. 친척 부부의 차를 타고 가다가 문득 발견한 선글라스를 생각 없이 써본 순간, 방금까지 시야 구석에 보이던 기묘한 모양의 벌레가 사라진 것이다. 이렇게 간단한 방법이 있었다니. 눈이 확 트이는 기분이었다.

선글라스가 상대방을 기절시키는 능력까지 억제하는지는 알 수 없었다. 누군가를 상대로 실험해볼 수도 없는 일이니까. 그래도 선글라스를 쓰고 있는 동안은 눈의 힘을 실수로 사용한 적이 한 번도 없었다. 선글라스만 있으면 괜찮다는 심리적인 효과 덕분인지도 몰랐다.

중학교에 들어간 뒤부터는 눈에 병이 있다는 핑계로 선글라스를 끼고 생활했다. 그 덕분에 누군가에게 저주를 걸거나 이상한 존재를 보는 일은 사라졌지만 그렇다고 초등학생 시절의 어두운 소문까지 지워지는 건 아니었다.

괴롭힘을 당하진 않았다. 오히려 존재 자체를 무서워해서 아무도 먼저 말을 걸지 않았고 슈에게 괜한 원망을 살까 무서워서인지 험담조차 들리지 않았다. 슈는 마치 투명 인간이라도 된 것 같은 기분이었다.

친척 부부도 섬뜩한 소문을 들었을 테지만 그 두 사람만은 슈를 변함없이 대했다. 그 점은 늘 감사하고 있고 나중에 사정이 허락한다면 다시 함께 살고 싶은 마음도 있었다. 하지만 집

밖에 나온 순간부터 그 도시에서 슈가 마음 편히 지낼 곳은 어디에도 없었다.

그곳에서 고등학교로 진학한다 해도 저주에 대한 소문은 반드시 슈를 따라다닐 것이었다. 새출발을 위해서는 장소를 옮길 필요가 있었다.

그때 마침 스에노 할머니의 권유가 있었다. 그래서 슈는 사카이미나토로 이사한 것이다.

"어지럽지 않아? 어디 아픈 데는 없고?!"

"진정하세요. 그 눈은 원망이나 시기심을 품지만 않으면 상대에게 악영향을 끼치지 않습니다. 슈 님도 알고 있을 텐데요?"

알고 있었다. 알고는 있지만 두려워서 견딜 수 없었다. 그래서 선글라스를 늘 끼고 다녔다. 슈는 욱하는 감정을 통제할 수 있을 만큼 성숙하진 못했으니까.

"자기 눈을 무서워하지 마세요. 슈 님이 선글라스를 벗은 덕분에 이렇게 저를 제대로 보고 이야기할 수 있게 된 거니까요. 자, 눈을 뜨세요."

그 말에 슈는 슬며시 눈꺼풀을 올렸다. 눈앞에는 빙긋 웃는 코노스케의 모습이 있었다. 방금 만난 사이지만 그와 이야기하다 보면 신기하게 마음이 편안해졌다.

"그것보다도 어떻게 내 눈에 대한 걸……. 넌 대체 누구야?"

"평범한 사람들 눈엔 보이지 않고 사람 말을 하는 기괴한 햄스터. 이 도시에서 저 같은 존재를 표현하는 단어는 한 가지밖에 없죠."

슈도 어렴풋이 생각하고는 있었다. 어린 시절부터 이따금 보이던 이질적인 존재, 코노스케도 분명 그런 부류일 것이다.

"……요괴?"

조심스레 그 단어를 입에 올리자 코노스케는 고개를 끄덕였다.

"네. 주인 할머니는 친근하게 '도깨비'라고 부르시기도 하지만요."

"주인 할머니면, 우리 할머니 말이야? 코노스케는 우리 할머니를 본 적이 있어?"

"네. 슈 님도 곧……."

코노스케는 중간에 말을 멈추더니 귀를 쫑긋 세우고 집중해서 소리를 들었다. 슈는 코노스케의 모습이 마치 사실적인 컴퓨터 그래픽으로 묘사된 동물 영화의 한 장면 같다고 생각했다. 하지만 그런 느긋한 감상은 조금씩 들려오는 기괴한 소리에 지워졌다.

끼이, 끼이, 끼이.

무언가를 질질 끄는 소리였다. 그것도 상당히 거대한 무언가를.

"이, 이게 무슨 소리지?!"

"안심하세요. 이건 **손츠루** 님이 이동하는 소리예요."

"손츠루 님?"

"이 민박집에 깃든 수호신이죠. 그의 진짜 모습은 주인 할머니 말고는 본 사람이 없대요. 소문에 따르면 거목의 줄기만큼 굵고 끝없이 긴 거대 지렁이라고 하더군요."

"거대 지렁이……."

무심결에 상상하다가 징그러운 생각이 들어 슈는 얼굴을 찡그렸다. 하지만 수호신이라고 하는 걸 보면 분명 이로운 존재일 것이다. 굳이 만나보고 싶진 않지만.

코노스케는 손츠루 님이 이동하는 소리가 작아지길 기다렸다가 천천히 몸을 일으켰다.

"그럼 슬슬 가볼까요?"

"잠깐만. 아직 물어보고 싶은 게 잔뜩 있는데……."

"그건 가면서 이야기하도록 해요. 빨리 출발하지 않으면 저녁 식사에 늦을 테니까요."

식탐이 잔뜩 오른 햄스터는 탐스러운 엉덩이를 뒤뚱뒤뚱 흔들며 앞장섰다.

슈와 코노스케는 벽장 안에 있던 엘리베이터를 타고 맨 위층에서 내렸다. 그곳에는 호수만큼 넓은 온천이 펼쳐져 있었다. 여길 어떻게 건너갈지 고민하다가 마침 노 젓는 보트 한 척이 떠 있는 걸 발견하고 고맙게 사용하기로 했다.

온천을 겨우 건너 나타난 유리 장지문을 활짝 열었더니 천장과 바닥이 반대로 뒤집힌 방이 있었다. 조명 기구가 발밑에 있어 지나가기 불편했고 문손잡이도 높은 곳에 있어서 열기 힘들었다. 그런 기묘한 공간을 지나니 이번에는 단순한 정육면체 방이 나왔다. 사방으로 각각 문이 나 있고 어딜 열어도 완전히 똑같아 보이는 방으로 이어져 있었다.

"음, 이런 식의 재난 영화를 어디서 본 것 같은데."

"호오. 저도 보고 싶은데요. 다음에 꼭 같이 봐요!"

"아니, 직접 갇혀본 다음에는 트라우마 때문에 보기 힘들지 않을까."

서로 어색하지 않도록 대화하며 걸어가는 사이, 어느새 슈는 코노스케와 편하게 이야기할 수 있을 만큼 친해졌다. 여전히 기괴하게 느껴지긴 하지만 사람 말을 한다는 것만 빼면 제법 귀여운 게 사실이니까.

그런데 아무리 가도 계속 똑같은 방만 나오다 보니 기분이

가라앉을 수밖에 없었다.

“내가 어쩌다 이런 꼴이 된 거지…….”

“슈 님이 주인 할머니의 허락도 받지 않고 문 안으로 들어왔으니까 그렇죠.”

코노스케가 말하는 문이란 ‘관계자 및 요괴 외 출입 금지’라고 적힌 철제문이다. 슈가 호기심을 이기지 못하고 들어가버린 건 사실이었다.

처음 아야시 장에 온 날 밤, 철제문을 열려는 슈를 선생님이 제지한 적이 있었다. 혹시 선생님은 문 너머에 이런 장소가 있다는 걸 알고 있었던 게 아닐까?

“원인을 따지자면 코노스케가 그 문 안으로 도망쳐서 이렇게 된 거잖아.”

“슈 님이 저를 알아봐줬으면 해서 가끔 그렇게 나타났던 건데요.”

“그러면 왜 도망쳤는데?”

“볼 때마다 막대기 같은 걸 들고 저를 쫓아왔잖아요!”

“벌레 같은 건 줄 알았으니까 그랬지! 그리고 코노스케가 문을 제대로 닫아뒀으면 나도 무턱대고 열지는 않았을 거 아냐!”

“급하게 도망치는 와중에 누가 문을 꼭 닫겠어요!”

누구 잘못인지 따져봐야 괜히 피곤해지기만 할 것 같았다.

"……미안."

"저야말로 미안합니다."

서로 사과한 뒤, 한 사람과 한 마리의 햄스터는 다시 방을 걸어가기 시작했다.

"그건 그렇고 여기는 대체 어떤 장소인 거야?"

슈가 다음 문을 열면서 물었다. 끝없는 의문을 하나씩이나마 풀고 싶었다.

"이 복잡하게 뒤얽힌 구조는 손츠루 님의 힘으로 만들어진 겁니다. 그분은 이 민박집의 구조를 자유자재로 바꿀 수 있어요. 이 미궁은 침입자를 헤매게 만드는 방범 시스템이라고 할 수 있죠."

"침입자라니……. 나는 일단 이 민박집 주인의 손자인데."

"주인 할머니의 허락을 받지 않고 들어온 것도 사실이니까요."

"허락이고 뭐고 여기 온 지 일주일이나 됐는데 할머니가 너무 바쁘셔서 아직 만나지도 못했단 말이야."

투덜거리며 걸어가는 사이, 똑같은 방만 이어지는 미로를 겨우 빠져나왔다. 문 너머로 펼쳐진 복도 천장에는 스테인드글라스 갓을 씌운 전등이 하나 매달려 있어서 오동나무 서랍장을 은은히 비추고 있었다. 그 서랍장 위에 덩그러니 놓인 빨간 소 인형의 불그스름한 광택이 묘하게 인상적이었다.

"이쪽입니다!"

코노스케가 자신만만하게 오른쪽으로 걸어갔다. 계단을 올라갔다가 내려가고, 구멍이 잔뜩 난 바닥을 조심스럽게 지나간 뒤에 산더미처럼 쌓인 잡동사니를 피해가며 출구로 향했다. 그 결과, 아까 봤던 빨간 소 인형과 다시 마주쳤다.

"이런, 실수했네요. 이쪽이었어요."

코노스케는 이번엔 왼쪽으로 걸어갔다. 이쪽 길도 상당히 험난했지만 결국 다다른 곳은 원래의 출발점이었다.

빨간 소 인형과 눈이 마주치며 그대로 멈춰버린 코노스케에게 슈가 물었다.

"……혹시 길을 모르는 거야?"

"죄송합니다!"

코노스케는 고개를 깊이 숙이며 사과했다.

"저도 여기 온 지 아직 일주일 정도밖에 되지 않아서 길을 정확히 알진 못해요."

여기서 꽤 오래 산 줄로만 알았는데 코노스케도 슈와 비슷한 시기에 여기로 온 모양이다.

"사과하지 않아도 돼. 이런 말도 안 되는 구조에서 길을 다 외우는 게 이상한 거지."

결국 마구잡이로 길을 찾을 수밖에 없는 상황이었다.

둘은 일단 아직 가보지 않은 길로 가기 위해 아무 장지문이나 열고 그 너머에 있는 계단을 내려갔다. 그러자 계단의 발판이 갑자기 툭 하고 접히며 미끄럼틀처럼 바뀌어버렸다. 아무 저항도 못 한 채 미끄러져 내려간 슈와 코노스케는 잔디가 자라난 넓은 공간으로 내던져졌다.

"아파라……. 코노스케, 괜찮아?"

"네, 그런 것 같아요. 그건 그렇고 이번에도 또 이상한 곳으로 와버렸군요."

사방이 탁 트인 그곳은 조명 없이도 대낮처럼 밝았다. 드러누우면 기분 좋을 것 같은 잔디밭 한가운데에 억새 지붕 건물 하나가 덩그러니 있었다.

경계하면서 다가가보니 고개를 숙여야 할 만큼 낮은 입구문에 작은 자물쇠가 채워져 있었다. 하지만 심하게 낡고 녹이 슬어서 슈가 시험 삼아 건드리니 기다렸다는 듯이 뚝 부러져버렸다.

"……열어볼까?"

코노스케는 고개를 끄덕이고는 슈의 어깨에 올라탔다. 문을 살짝 열고 함께 안을 들여다보았다. 내부는 지극히 평범한 일본식 방이었다. 안쪽에 장식된 다구茶具나 방 중앙의 다다미를 빼고 설치한 화로를 보면 아마 독립된 다실茶室 같았다.

"안으로 들어가볼까요?"

코노스케가 제안했다.

"거봐. 문 너머에 수수께끼의 공간이 있으니까 너도 들어가 보고 싶지?"

정곡이 찔리자 코노스케는 민망했는지 얼굴을 감싸며 세수하듯 비벼댔다. 하지만 어떤 곳인지 궁금한 건 슈도 마찬가지였다. 손잡이를 잡고 뻑뻑한 문을 옆으로 힘껏 당겼다.

다실은 오랫동안 사용하지 않았는지 먼지가 잔뜩 쌓여 있었다. 문을 열면서 바람이 흘러들자 피어오르는 먼지가 빛에 반사되어 반짝거렸다. 탈출할 실마리를 찾아 실내를 살펴보다가 코노스케가 무언가를 발견했다.

"슈 님. 이건 뭘까요?"

코노스케가 작은 손가락으로 가리킨 건 화로 안에 놓인 작고 네모난 물체였다. 손에 들고 먼지를 털었더니 스마트폰과 비슷한 크기의 오동나무 상자라는 걸 알 수 있었다.

안에는 대체 뭐가 들었을까? 긴장된 표정으로 뚜껑을 열자 나타난 것은 까만 머리카락 한 가닥 같은 물체였다.

"뭐지, 이건?"

슈는 코노스케와 마주 보며 고개를 갸웃거렸다. 보물이라도 나올 줄 알았는데, 하고 상자를 내던지려는 순간 뭔가 움직임을 느꼈다.

"……코노스케. 이 머리카락, 방금 움직이지 않았어?"

"슈 님도 참, 무슨 소리하는 거예요. 머리카락이 움직이다니 그게 말이 되나요?"

"말하는 햄스터가 할 말은 아니지 싶은데……."

그런 대화를 나누는 사이, 머리카락이 한 번 더 움찔거렸다. 슈가 잘못 본 게 아니었다. 게다가 기묘한 현상은 계속해서 이어졌다.

"뭔가, 끝이 갈라진 것 같은데?"

상자를 열었을 때만 해도 분명 곧게 뻗은 한 줄기의 털이었다. 그런데 지금은 끝이 두 갈래로 갈라져 있었다. 원래 두 줄기였던 털이 겹쳐 있었던 것인지도 모르지만 그런 생각을 하는 사이 털의 갈래는 두 배인 네 개로 늘어났다.

머리카락이 멋대로 움직이며 여러 갈래로 분열하고 있다. 그 사실을 인식한 순간 털이 무수히 갈라지더니 순식간에 길게 뻗어와서 마치 식물 뿌리처럼 슈의 손을 확 휘감아버렸다.

"우와앗?!"

슈가 깜짝 놀라며 뿌리쳤더니 털 다발이 다실 벽에 부딪혔다. 그러자 다음에는 그곳을 기점으로 실내 전체로 털이 뻗어나갔다. 좁은 다실이 순식간에 검은색으로 뒤덮였고 뱀처럼 꿈틀거리는 털이 슈와 코노스케를 향해 일제히 꾸물꾸물 뻗어왔다.

"코노스케!"

슈는 코노스케를 집어 들고 양손으로 감쌌다. 다음 순간,

시야 전체가 새카맣게 변했다. 털 다발에 집어삼켜진 것 같았다. 증식하는 털에 버티지 못했는지 다실이 우르르 무너지는 소리가 났다.

좁은 공간에서 해방된 털은 거센 물길처럼 잔디밭으로 퍼져나갔다. 털은 멈출 줄 모르고 계속 증식했기에 거기 삼켜진 슈는 꼼짝없이 휩쓸릴 수밖에 없었다.

털이 입안까지 들어오면서 숨을 쉬기 힘들었다. 이대로 가면 질식할 거라는 생명의 위협을 느꼈을 때, 등으로 뭔가 딱딱한 물체를 뚫고 지나가는 느낌이 났다. 그 순간, 몸이 공중에 붕 뜨고 말았다.

눈앞에 주황색 노을로 물든 하늘이 가득 펼쳐졌다. 슈는 입안에서 털을 뱉어내고 그토록 그리던 바깥 공기를 있는 힘껏 들이마셨다.

"해냈어, 코노스케! 밖으로 나왔다아아앗?!"

기쁨은 금세 공포로 바뀌었다. 등으로 뚫고 나온 게 위층 창문이었는지 슈의 몸은 지면을 향해 머리부터 떨어지고 있었다.

"이, 이제 글렀어어!"

"제게 맡기세요!"

슈의 손안에서 뛰쳐나온 코노스케는 몸을 빙글 돌리더니 수십 배나 커지며 커다란 방석으로 변신했다. 슈는 그 위로 안

전하게 떨어졌다.

"괴, 굉장해……! 정말 대단하다, 코노스케! 이런 능력이 있었다니!"

원래 햄스터의 모습으로 돌아온 코노스케는 과한 칭찬이 쑥스러웠는지 얼굴을 마구 문질러댔다. 모르긴 몰라도 단순히 사람 말만 할줄 아는 햄스터는 아닌 것 같다.

"방금 그건 뭐였어?"

"변신술이랍니다. 저는 요괴 햄스터니까요."

여우나 너구리, 고양이가 요괴가 된다는 이야기는 들어봤어도 요괴 햄스터는 금시초문이었다. 하지만 만약 그런 짐승들이 요괴가 될 수 있다면 햄스터라고 안 될 건 없지 않냐고 슈는 생각했다. 어쨌든 이렇게 코노스케의 변신술 덕분에 목숨을 건진 건 사실이니 말이다.

"다른 것들로도 변신할 수 있는 거야?"

"극단적으로 크거나 구조가 복잡한 것만 아니라면 웬만한 걸로는 변신할 수 있죠."

"오오, 굉장해! 그럼 예를 들면……."

코노스케의 능력에 흥분했던 슈는 갑자기 딱딱하게 굳으며 할 말을 잃었다. 주변 풍경 때문이었다.

이형.

여길 봐도, 저길 봐도 눈에 보이는 건 사람이 아닌 이형의 존재들뿐이었다. 커다란 외눈이 달린 꼬마와 5미터는 족히 넘는 거구의 남자. 눈알이 백 개는 달린 듯한 고깃덩이에 양팔에 집게발이 달린 괴물까지. 생전 처음 보는 동물이 있는가 하면 팔다리가 달려서 움직이는 물건까지 있었다.

"히이이익!"

슈는 힘없는 비명을 지르며 코노스케의 뒤로 숨었다.

"왜 그렇게까지 놀라요?"

"어떻게 안 놀라겠어! 요괴가 이렇게 잔뜩 있다는 말은 못 들었다고!"

"그야 당연히 잔뜩 있죠. 인간계 쪽이 '큰길'이라면, 여기는 미즈키 시게루 로드의 '뒷골목'. 요괴들이 생활하는 상점가니까요."

"뭐어?!"

당연히 코노스케의 말을 곧이곧대로 믿을 수는 없었다. 하지만 거리에 늘어선 가게들은 실제로 큰길과는 다른 모양새였고 간판에 적힌 이름도 달랐다. 그리고 결정적인 증거는 뒤를 돌아본 곳에 있었다.

그곳에는 방금 슈와 코노스케가 튕겨져 나온 아야시 장……이 있어야 했다. 그런데 그 건물은 슈가 아는 아야시 장의 낡아빠진 외관과는 전혀 다른 모습이었다.

3층 높이의 순수한 일본식 목조 건물로 지붕은 방금 옻칠

한듯 반들거리는 기와로 덮여 있었다. 일정한 간격으로 늘어선 창문에서는 따뜻한 오렌지색 불빛이 새어 나오고, 완전히 새것처럼 회반죽이 발라진 외벽에는 작은 균열 하나 없었다.

현관 지붕 위에 걸린 멋진 나무 간판에는 '아야시 장'이란 글자가 정성껏 새겨져 있었다. 현관 앞에 '천객만래千客萬來(천 명의 손님이 만 번씩 온다는 뜻으로, 많은 손님이 번갈아 계속 찾아옴을 이르는 말)'라는 팻말이 달린 금색 양은 주전자가 매달려 있는 것이 조금 의아하긴 했지만, 그걸 감안해도 폐허나 다름없는 현실 세계의 모습과는 차원이 다른 고급 숙박시설이었다. 슈가 사카이미나토에 오기 전에 꿈꾸던 이상적인 하숙집의 모습을 그대로 옮겨놓았다고 해도 과언이 아니었다.

"말도 안 돼……. 이게 그 무너져가는 민박집하고 같은 건물이라고?!"

도무지 믿기지 않았다. 진부하게 뺨을 꼬집었더니 기둥에 머리를 부딪쳤을 때처럼 아팠다. 역시 틀림없는 현실이었다.

"……슈? 니가 왜 여기에 있는 겨?"

슈가 자신을 부른 쪽을 돌아보니 한 여성이 서 있었다. 덩굴풀 무늬가 전체적으로 들어간 옅은 하늘색 기모노에 치자색 오비帯(기모노를 입을 때 허리에 두르는 띠)를 허리에 두르고 있었다. 낯설게 들리는 말투는 이 근방의 사투리일까?

조금 야위었지만 전혀 병약해 보이지는 않았다. 머리 위로 단정하게 땋아 올린 백발은 상당한 나이를 먹은 노인을 우아하고 기품 넘치는 존재로 보이게 했다.

"어어…… 할머니?"

설마 하는 생각으로 반신반의하며 물었더니 그녀는 천천히 고개를 끄덕였다.

이제야 만난 것이다. 한때는 존재 자체가 의심스러웠던 스에노 할머니는 분명히 실존했다. 슈는 안도하는 한편, 갑자기 화가 솟구쳤다. 이런 영문 모를 민박집에서 아무 설명도 없이 일주일이나 방치되었으니 항의할 권리 정도는 있을 것이다.

"할머니! 대체 뭐가 어떻게 되고 있는 거예요? 전 뭐가 뭔지 도저히 모르겠……"

슈의 분노는 아야시 장의 창유리가 일제히 쨍그랑 깨지는 소리에 가로막혔다. 그리고 모든 창틀에서 엄청난 양의 까만 털이 스멀스멀 기어 나왔다.

이런. 조금 전 발견한 무한히 증식하는 수수께끼의 머리카락을 완전히 까먹고 있었다.

"그 상자……."

스에노는 조금도 당황하지 않고 슈의 주머니에서 삐져나온 오동나무 상자를 가리켰다. 머리카락에 휩쓸리기 직전에 재빨리 쑤셔 넣은 물건이었다. 슈가 그것을 꺼내 건네자 스에노는 얼굴을 찡그렸다.

"역시 '눈썹'의 봉인을 풀어버렸구먼."

"눈썹이요?"

스에노는 자기 눈썹을 매만지는 슈를 보며 어처구니가 없다는 듯 한숨을 쉬었다.

"그 눈썹 말고. 흔히 '눈썹'이라 불리는 마통모麻桶毛는 한 번 공기에 닿으면 무한으로 갈라져 증식하는 신체神体여. 분명 자물쇠로 잠가서 봉인혔었는디……."

"그, 그게…… 죄송해요. 자물쇠가 너무 낡아서 그냥 건드리기만 했는데도 부서져버렸어요."

사과하며 설명하자 스에노는 "참 사람 성가시게 하는 손자 놈일세."라며 탐탁잖은 표정을 지었다.

마통모의 증식은 멈추지 않았고 이제는 뒷골목 전체를 집어삼킬 기세였다. 털의 대군은 한 줄기 한 줄기가 살아 있는 뱀처럼 꿈틀거리며 이쪽을 향해 밀려들었다. 위험했다. 너무 넓게 퍼져 있어서 어디로 몸을 피해야 할지도 알 수 없었다.

"저를 잡으시죠!"

그때 코노스케가 제자리에서 몸을 빙글 돌며 커다란 매로 변신했다. 등에 슈와 스에노를 태우고 날아오른 덕분에 털의 급류를 피할 수 있었다.

"덕분에 살았어, 코노스케!"

"하지만 두 분의 체중을 오래 버티진 못해요!"

매로 변한 코노스케가 다급하게 말하면서도 최선을 다해 날갯짓했다. 하지만 어쩔 도리가 없어 우물쭈물하는 슈의 뒤에서 스에노가 "별수 없구먼." 하며 양손을 짝 맞대었다.

"손츠루 님, 부디 잘 부탁드려유."

그건 분명 이 민박집 수호신의 이름이었다. 슈가 그 사실을 떠올렸을 때는 이미 변화가 시작되고 있었다. 그렇게나 맹렬하던 털의 급류가 갑자기 딱 멈춘 것이다. 아니, 그냥 멈춘 것뿐 아니라 오히려 아야시 장 안으로 되돌아가기 시작했다.

마통모는 주변 건물에 매달리듯 한동안 버티고 있었지만 이윽고 힘이 다해 엄청난 기세로 민박집 안을 향해 빨려 들어갔다. 건물 안쪽에서 들려오는 끼이끼이 하는 소리가 마치 라면을 후루룩 빨아들이는 것만 같았다.

지상으로 내려선 코노스케는 햄스터의 모습으로 돌아오더니 녹초가 되어 쓰러졌다. 스에노는 그 자리에 유일하게 남은 한 가닥의 털을 회수해서 다시 오동나무 상자 안에 봉인했다.

마통모의 폭주로 인해 호화찬란하던 아야시 장은 처참하게 망가지고 말았다. 창유리는 거의 다 깨져버렸고 기와는 주변으로 흩어진 데다 건물 자체가 크게 기울었다.

이건 전부 호기심에 봉인을 풀어버린 슈의 잘못이었다. 슈의 얼굴이 죄책감에 창백해졌을 때, 그 일은 갑자기 벌어졌다. 아야시 장이 마치 빠르게 역재생이라도 되는 것처럼 원래 상태로 복구되기 시작한 것이다.

"무, 무슨 일이 벌어지는 거예요?"

"손츠루 님의 힘이여. 그분이 여기 계시는 한 아야시 장은 무너지지 않아."

그게 대체 무슨 뜻일까? 무슨 일이 벌어져도 이상할 게 없는 판타지의 영역이라는 생각에 슈는 머리를 감싸 쥐었다. 손자의 반응이 웃겼는지 스에노는 입꼬리를 올리며 싱글거렸다.

"자, 따라와라."

스에노가 그렇게 말하며 부활한 아야시 장 입구로 걸어갔기에 슈는 코노스케를 어깨에 태운 채로 그 뒤를 쫓았다.

빨간색과 갈색, 주황색 등 온색 계통으로 통일된 로비는 인간 세계 쪽 낡은 민박집 전체가 통째로 들어올 수 있을 만큼 넓었다. 머리 위로는 안개가 낀 것처럼 흐릿해서 천장이 제대로 보이지도 않았다. 그렇게 아득할 만큼 높은 위치에 보석 같은 펜던트 조명 여러 개가 매달려 로비 전체를 따뜻하게 비췄다. 구석에 놓인 고급스러운 가죽 소파에서는 크고 작은 다양한 요괴들이 즐겁게 담소를 나누고 있었다.

"화기애애하네요……. 방금 그런 소동이 벌어졌는데도……."

"여기서 그 정도는 대수롭지도 않어. 늘 있는 일이니께."

인간 기준에서 보면 죽을 뻔할 정도의 대사건이었는데 말이다. 요괴란 존재는 제법 담력 좋은 녀석들인 모양이었다. 그렇게 따지자면 눈앞의 스에노도 담력만큼은 요괴 못지않은 셈이다. 물론 혼날까 봐 그런 소릴 입 밖에 낼 수는 없었지만.

슈 일행은 밝은 로비를 빠져나온 뒤 몇 개의 문을 지나 인간 세계와 달리 바닥이 삐걱거리지 않는 번들번들한 바닥의 복도를 걸어갔다. 슈와 코노스케는 그 끝에 자리 잡은 다다미 여덟 장짜리 일본식 방으로 안내되었다. 슈가 방석 위에 양반다리로 앉자 스에노가 맞은 편에 정좌했다. 그 모습을 보고 슈도 퍼뜩 놀라며 다급히 무릎을 꿇어 앉았다.

"슈야, 일단 입학 축하혀. 인사가 늦어서 미안허고."

"……그런 건 상관없어요. 이상한 일이 너무 많아서 뭐부터 여쭤봐야 할지도 모르겠으니까요."

민박집 안에서 미궁에 갇히고, 말하는 햄스터와 만나고, 요괴로 북새통을 이루는 미즈키 시게루 로드의 뒷골목이라는 곳으로 튕겨져 나와 엄청난 양의 털에 집어삼켜질 뻔했다. 처음 겪는 일이 너무 많아서 아직도 심장이 격렬하게 뛰었다.

"그럼 처음부터 이야기혀야겄네."

스에노는 등을 꼿꼿이 세우며 잠시 생각한 다음 입을 열었다.

"우리 야모리 집안은 선조 대대로 '밤을 지키는 일족'으로 살아왔구먼."

"밤을 지킨다고요?"

"퇴마사를 말하는 겨. 슈가 이해하기 쉽게 말하자면 음양사나 뱀파이어 헌터 비슷한 거겠지."

스에노의 말에 따르면 야모리 가문은 특수한 술법이나 도구를 통해 요괴를 퇴치하는 일로 먹고살았다고 한다.

"이 할미도 원래는 퇴마사였어. 그런디 요괴들이랑 서로 죽일듯 미워하며 살아가는 게 신물이 난 겨. 그러다 내가 쉰 살 때, 여기에 미즈키 시게루 로드가 생겼잖여. 그때부터 사람들은 요괴 하고 사이좋게 지내려고 한 겨. 사이가 좋아지믄 할미도 굳이 싸울 필요가 없잖여. 그래서 원래 여기 세워져 있던 집을 사다가 요괴들도 묵을 수 있는 민박집을 열기로 한 겨."

"그래도 얼마 전까지 서로 으르렁거렸을 거 아니에요. 요괴들이 순순히 묵으러 와준 거예요?"

"아까 그렇게 북적거리는 로비 못 본 겨? 봤으면 그런 소릴 못할 텐디."

실제로 많은 요괴가 오는 걸 보면 인기는 증명된 게 아니냐는 말인듯했다. 방금 지나온 로비에서는 분명 셀 수 없이 많은 요괴를 볼 수 있었다. 지금의 인기는 30년이라는 세월 동안 스에노가 노력해온 결과물일 것이다.

"큰길 쪽 아야시 장에서 받는 인간 손님은 거의 없지만 뒷골목의 아야시 장은 이렇게나 번창하고 있잖여. 슈가 여기에 오고 나서 먹고 마신 것들도 전부 뒷골목에서 번 돈에서 나온 거니께 요괴들한테는 늘 감사해야 하는구먼."

애초에 요괴들도 돈 같은 걸 갖고 다니는지가 의문이지만 실제로 이렇게 영업이 이뤄지는 걸 보면 현금은 아닐지라도 뭐든 받아내고는 있는 것 같다.

"그러면 손님도 거의 없는 큰길 쪽 아야시 장은 왜 영업을 계속하는 거예요? 선생님이 묵고 있어서?"

"그것도 있는디 가장 큰 이유는 따로 있지."

스에노는 눈을 가늘게 뜨며 말했다.

"이 할미 꿈은 언젠가 사람과 요괴의 구분 없이 공존할 수 있는 세상을 만드는 겨. 아야시 장은 그걸 위해 사람과 요괴를 이어주는 가교 역할을 하라고 만든 곳이여."

사람과 요괴를 잇는 가교. 슈는 그 말을 들으며 자기 어깨에서 내려와 손바닥 위에서 몸을 둥글게 만 코노스케를 내려다보았다.

슈는 이 민박에 온 덕분에 코노스케와 만났다. 그에 대해 모르는 게 아직 많지만 앞으로도 친하게 지내고 싶었다. 할머니가 말하는 가교란 이런 식으로 사람과 요괴를 만나게 해준다는 의미인 걸까?

"큰길 쪽 건물에 있는 그 철제문은 말이여, 정식으로 숙박 등록을 끝낸 사람이 들어가믄 뒷골목 쪽 로비로 직행하게 되어 있구먼. 그리고 숙박 중인 사람은 손츠루 님의 힘으로 일시적으로 요괴를 볼 수 있게 되는 겨. 반대로 허가받지 못한 사람이 들어가면 미궁처럼 복잡한 곳으로 흘러들게 되고."

"그럼 저한테도 허가를 내줬어야죠! 제가 그것 때문에 얼마나 고생했는데……."

슈가 힘없이 고개를 떨구자 스에노는 "핫핫핫!" 하고 요괴처럼 소리 높여 웃었다. 하지만 슈에게는 웃을 일이 아니었다. 평생 못 빠져나갈지도 모른다고 생각했으니까.

"미안혀. 솔직히 말하믄 계속 고민혔어. 슈를 요괴들과 만나게 해야 허나, 말아야 허나. 근디 야모리 집안의 피를 이어받은 슈한테는 역시 강한 영력靈力이 있나벼."

"영력이요?"

"요괴를 감지하는 감각 기관 같은 거지. 그동안 선글라스를 쓰고 댕긴 것도 요괴를 보기 싫어서 그랬던 거 아녀?"

선글라스라는 말에 슈는 퍼뜩 놀라며 천천히 시선을 피했다. 스에노는 그러는 이유를 바로 알아챘다.

"슈야. 니가 가진 저주의 눈이 무서운 겨?"

"……할머니는 이 눈이 왜 이런 건지 아세요?"

스에노는 조용히 고개를 끄덕였다.

"니를 사카이미나토로 부른 이유 중 하나가 그거여. 이제 그만 알려줘도 되겠다 싶었구먼. 그 저주의 정체가 뭣인지."

오랜 시간 자신을 괴롭힌 저주의 정체가 드디어 밝혀질 대목이었다. 긴장한 탓에 슈는 목이 바싹 타들어가고 이마에서는 불쾌한 땀이 배어 나왔다. 눈의 저주에 대해 알고 있을 텐데도 스에노는 전혀 겁먹지 않고 슈의 시선을 정확히 마주 보며 입을 열었다.

"니가 가진 저주는 귀신에 씌어서 그렇게 된 겨."

"……씌다니. 여우 귀신에 씌었다거나 하는 그런 거 말인가요?"

"맞어. 니헌티 씐 것의 이름은 '우엉종牛蒡種'이여."

"우엉종?"

"먹는 우엉에다가 씨 종種자를 써서 우엉종이라 혀."

"아……."

이름만 들으면 그렇게 대단한 존재는 아닌 것 같다.

스에노는 자리에서 일어서더니 서랍장 위에 놓인 칠기 상자를 들고 돌아왔다. 금색 꿩이 그려진 뚜껑을 여니 안에는 벼루와 먹, 물통과 붓 한 자루가 들어 있었다.

"코노스케야. 여기에 물 좀 받아와라."

"맡겨만 주시죠!"

코노스케가 도자기로 된 작은 물통을 들고 방을 빠져나갔

다. 금세 돌아온 그의 손에서 물통을 받아 든 스에노는 "단단혀(고맙다는 뜻의 사투리는 '단단だんだん'이라는 일본어 원문을 살려 번역했다)." 하고 웃었다.

"단단?"

"응, 이쪽 사투리로 '고마워'라는 뜻이여. 요새 애들은 잘 모르겄지."

스에노는 그렇게 설명하면서 솜씨 좋게 먹을 갈았다. 이윽고 벼루 안에 약간의 먹물이 완성되자 그것을 붓끝에 묻혔다.

"슈야, 왼손을 내밀어봐라."

"네? 아, 여기요."

"반대로 혀야지."

시키는 대로 손을 뒤집어 손바닥이 위를 향하게 했다. 그러자 스에노는 손목의 맥박 짚는 곳 근처에 먹물을 한 방울 떨어뜨렸다.

먹물은 피부에 침투하더니 마치 살아 움직이는 것처럼 모양을 바꿔나갔다. 그렇게 해서 나타난 것은 한문으로 적힌 '칠십사七十四'라는 숫자였다.

"이건 그 사람 안에 얼마나 많은 요괴가 씌었는지 표시해주는 특수한 먹물이여. 퇴마사가 퇴마할 때 쓰는 거구먼. 그리고 요괴를 다 쫓아낼 때까정 아무리 비비고 씻어도 절대 안 사라질 겨."

"네에? 안 사라진다니 학교는 어떻게 가라고요?!"

"걱정 안 해도 되는구먼. 그 숫자는 요괴거나 요괴가 보일 만큼 영력이 강한 사람한테만 보이니께."

그렇더라도 미리 설명해주면 좋았을 텐데. 슈는 우울한 기분으로 자신의 왼쪽 손목을 다시 내려다보았다. 그리고 그제야 사태의 심각성을 깨달았다.

"아니, 칠십사?! 제 안에 요괴가 74마리나 있다는 거예요?!"

"핫핫핫! 그걸 인저 안 겨?"

자신이 지금까지 그렇게 수많은 존재와 동거해왔을 줄이야. 그 사실을 알자마자 슈는 온몸이 가려워지며 소름이 돋았다.

"우엉종이라는 건 75마리의 요괴가 모여서 만들어진 귀신이여. 씌인 사람한테 사시邪視의 힘을 주는디 상당한 질투심이나 원망을 품고 노려본 상대방의 몸에 이상을 일으켜. 원래는 집안 전체에 씌어서 가족 구성원 모두에게 영향을 끼쳐야 허는디 야모리 집안의 혈통 덕에 영력이 강한 슈가 그걸 전부 혼자서 짊어져버린 겨."

"그건…… 대단한 일인 건가요?"

"뭐, 그걸로 이득 볼 일은 특별히 없긴 혀. 같은 야모리 집안 사람이라도 영력은 각자 다 다르니께 말이여. 내 둘째 아들, 그러니께 니 숙부는 영력이 전혀 없었구먼. 평범한 사람헌티도 약간의 영력은 있는 법인디 그 아이는 참 특이혔어."

야모리 가문의 일원이라고 반드시 영력을 갖고 태어나는 건 아닌 듯했다.

"할머니는 퇴마사였다면서요? 저한테 들러붙은 요괴를 쫓아낼 수는 없는 거예요?"

"한두 마리면 일도 아녀. 그런디 그만한 숫자가 뭉쳐 있으믄 아무래도 힘들지."

단호한 대답을 듣자 슈는 다다미에 이마가 닿지 않을까 싶을 만큼 고개를 축 늘어뜨렸다. 결국 자신은 앞으로도 이 지긋지긋한 눈 때문에 고생하며 살아가야만 하는 걸까.

잔뜩 절망하고 있다가 문득 뭔가 이상하다는 걸 깨닫고 다시 왼쪽 손목을 내려다보았다.

"……할머니. 방금 우엉종은 75마리의 요괴라고 하지 않았어요? 제 손목에 적힌 숫자는 74잖아요."

그렇다면 앞뒤가 안 맞는다. 나머지 한 마리는 어디로 갔단 말인가.

"뭐래는 겨. 한 마리는 니랑 이미 만났잖여."

스에노의 말에 이끌리듯 눈이 마주친 건 다다미 위에서 이쪽을 올려다보는 코노스케였다.

생각해보면 코노스케는 슈의 눈에 대해 전부 알고 있었다. 게다가 이곳에 온 것도 슈와 똑같이 일주일쯤 전이라고 하지 않았던가. 코노스케가 원래 슈의 몸속에 있던 존재라면 전부 설명이 된다.

“우엉종은 말이여, 원래 니 엄마 쪽 집안에 씌었던 귀신이여.”

“……엄마 쪽이요?”

“그려. 니 엄마가 죽고나서 귀신이 갓난아기던 니헌티로 옮겨간 거지.”

“그것 참, 대단한 걸 물려주고 가셨네…….”

이 눈 때문에 엉망진창인 인생을 살아왔다. 그게 돌아가신 어머니의 유산이었다니 참 얄궂은 일이었다.

“그랴도 니 안에 있는 게 전부 나쁜 것들만은 아녀. 지금이라면 니도 알겄지?”

슈는 다시 코노스케를 내려다보았다. 미궁으로 흘러 들어간 자신을 굳이 찾으러 와주었다. 창문에서 떨어질 때는 커다란 방석으로 변신해 지켜주었고, 마통모의 급류에 휩쓸릴 뻔할 때는 거대한 매로 변해서 구해주었다.

계속 자신의 몸속에 있었다는 코노스케와 만나 함께 보낸 시간은 그리 길지 않았다. 그래도 코노스케가 얼마나 착한 요괴 햄스터인지 알기에는 충분했다.

“우엉종은 원래 각자 자아를 가진 요괴여. 억지로 쫓아내려고 허지 않아도 이 민박집에서 요기妖氣를 쐬다 보믄 자연스레 의식을 되찾을 것이고, 그러다 적당한 계기만 있으믄 코노스케처럼 한 마리씩 떨어져 나올 겨.”

“계기라니요?”

“그건 슈 님의 감정 변화입니다.”

대답한 건 그때까지 옆에서 듣고만 있던 코노스케였다.

“제 경우에는 새로운 생활을 불안해하는 슈 님의 감정이 도화선이 되어 분리되었던 거죠.”

그러고 보니 이곳에 온 뒤 선글라스 너머로 까만 그림자를 본 건 늘 마음속 어딘가에서 불안을 느낄 때였던 것 같다. 불안한 감정 때문에 분리된 만큼 코노스케는 슈의 불안을 없애 주기 위해 도움을 줬던 건지도 몰랐다.

“……아니, 그렇다면 왜 할머니는 저를 처음부터 여기서 키우지 않았던 거예요? 어렸을 때부터 여기서 살았다면 우엉종은 지금쯤 전부 떨어져 나갔을 거 아니에요?”

묻고 나서야 멍청한 질문이었다는 생각이 들어 슈는 후회했다. 어쩌면 단순히 귀찮아서 그랬을지도 모른다. 만약 그런 대답을 듣게 된다면 슈는 앞으로 할머니를 볼 때마다 무슨 표정을 지어야 할까?

“요괴를 쫓아내려믄 상당한 체력이 필요혀. 어린애, 하물며 갓난아기의 몸으로 그걸 어찌 버티겄냐. 적어도 고등학생 정도로는 커야지.”

하지만 돌아온 건 슈가 염려하던 대답이 아니었다. 그래서 스에노는 일부러 슈를 멀리했고 고등학교로 진학할 때가 돼서야 사카이미나토에 오지 않겠냐고 권한 모양이다.

"지금까정 못 챙겨줘서 미안혔다, 슈야."

슈는 백발의 머리를 정중히 숙이는 조모에게 무슨 대답을 해야 할지 당장은 생각나지 않았다. 부모님이 모두 돌아가신 자신에게 그나마 가장 가까운 핏줄은 스에노였다. 슈는 오랫동안 스에노가 손자인 자신에게 관심이 없는 줄로만 알고 살았다.

하지만 몸에 씐 요괴를 쫓아낼 때의 위험성에 대한 설명을 듣고, 이 정도로 복잡한 사정이 있다는 걸 알게 된 지금이라면 그동안 어떤 심정으로 떨어져 살았던 건지는 충분히 헤아리고도 남았다.

"……사과하지 마세요, 할머니."

슈가 부드러운 어조로 말하자 스에노는 미안하다는 듯 살짝 미소 지었다.

"단단혀."

아직도 낯설게 느껴지는 고맙다는 뜻의 사투리. 왠지 쑥스러워져서 뺨을 긁적이자 스에노는 기모노 소매에서 필통 크기의 상자를 스윽 꺼냈다. 그리고 그걸 슈에게 내밀었다.

"자, 조금 늦었지만 입학 선물이구먼."

"어? ……가, 감사합니다!"

놀라며 상자를 받아 든 슈는 상자를 바로 열어보았다. 안에는 가느다란 까만 뿔테에 모서리가 둥근 사각 렌즈가 들어간 안경이 들어 있었다. 상자의 크기만 보고 고급 만년필 같은 것을 기대했는데 전혀 예상치도 못한 선물이라 솔직히 기쁘진 않았다.

"……할머니, 선물은 감사한데 전 시력이 그렇게 나쁘지 않아요. 그리고 선글라스랑 안경을 같이 쓰고 다닐 수는 없잖아요."

스에노의 안색을 살피며 억지로 기뻐하는 척하지 않고 본심을 말했다. 그러자 스에노는 자신만만하게 설명을 덧붙였다.

"그건 뒷골목 상점가의 안경원에서 특별 주문해서 만든, 우엉종의 힘이 밖으로 새어 나가지 않게 해주는 특수한 안경이여. 학교에서도 선글라스보다는 눈에 덜 띨 거 아녀."

"저, 정말요?!"

그건 슈에게 다른 무엇보다도 필요한 물건이었다.

"아니 뭐, 필요 없다니께 반품해야 쓰겄구먼."

"피, 필요해요! 진짜 필요해요! 고마워요, 할머니!"

짓궂게 말하는 스에노에게 감사를 표하며 바로 안경을 써보았다. 안경은 마치 맞춤 제작한 것처럼 슈에게 딱 맞았다.

"이렇게 좋은 게 있으면 빨리 좀 만들어주시지 그랬어요!"

"그렇게 편리한 물건을 말처럼 쉽게 얻을 수 있겄어? 그만한 시간과 적지 않은 돈을 들여야 하는 겨."

너무 기쁜 나머지 선물 받은 입장이면서도 건방진 소리를 하고 말았다. 가만히 반성하고 있는 슈의 기운을 북돋우려는 듯이 코노스케가 박수를 보냈다.

"잘 어울려요, 슈 님!"

"고마워, 코노스케."

그 순간, 뭔가가 이상하다는 걸 느꼈다.

"……어라? 어떻게 코노스케가 보이는 거지? 이 안경이 눈의 힘을 막아주는 거 아니었어요?"

"무슨 소리여. 니헌티 요괴가 보이는 건 니가 가진 영력 덕분이라 했잖여. 그 안경이 막아주는 건 우엉종이 가진 사시의 힘뿐이여. 게다가 이번 일 덕분에 어중간하던 영력이 완전히 각성한 것 같어. 인저 선글라스를 써도 요괴들이 선명히 보일 거구먼."

믿고 싶지 않지만 이제부터 아무리 발버둥 쳐도 요괴와는 떼려야 뗄 수 없는 인생을 살아가게 될 것 같다. 슈는 충격을 받은 나머지 다다미 바닥에 양손을 짚었다.

"그, 그럴 수가……."

"뭐, 금세 익숙해질 겨."

스에노는 절망하는 손자에게 대수롭지 않게 말하고는 종이 한 장을 내밀었다. 받아 들고 보니 그것은 청구서였다. 적힌 금액은 무려…… 백만 엔이었다.

"……할머니, 이게 뭐예요?"

"안경값이여."

"아니, 아까는 입학 선물이라고……."

"백만 엔. 돈이 없으면 일해서 갚으면 되는구먼."

당했다. 분하게도 완벽히 코가 꿰인 것이다.

우엉종을 쫓아내려면 여기서 지내야만 했다. 거기에 고등학생이 갚기엔 너무 많은 백만 엔이라는 부채. 안경을 포기하면 되는 문제지만 이건 슈가 꿈에도 그리던 보물이었다. 그러니 여기서 일하는 것 말고는 다른 선택지가 슈에게는 없었다.

"마침 종업원이 부족해서 곤란하던 참이었구먼. 앞으로 실컷 부려줄 테니께 그런 줄 알어라. 핫핫핫!"

악덕 여주인의 요괴 같은 웃음소리가 한동안 민박집 안에 메아리쳤다. 앞으로 정말 잘 헤쳐 나갈 수 있을까? 슈의 마음 속에서 불안이 소용돌이치고 있었다.

제2장

타타리못케가 향하는 곳

익숙한 상점가에 온 것뿐인데 어느새 분위기가 전혀 다른 장소에 서 있었다.

건물 뒤에서 조심스레 내다보니 거리는 처음 보는 생물들로 가득해 어린 소녀는 공포에 몸을 부르르 떨었다.

이형의 존재들 속에서 사람을 발견한 소녀는 뛰어가서 도움을 요청했다. 하지만 그 사람 역시 뒤통수에 커다란 입이 달린 이형의 존재였다. 소녀가 견디지 못하고 비명을 지르자마자 "여기 사람이 있어!" 하는 외침과 함께 주위가 술렁거렸다.

소녀는 도망쳤다. 작은 몸으로 건물과 건물 틈 사이를 빠져나가 미로 같은 뒷골목을 계속 달렸다.

여기에 있는 건 괴물뿐이다. 의지할 사람 따윈 없다. 놈들에게 잡히면 분명 잡아먹힐 것이다. 소녀는 이형의 존재들이 멀찍이서 자신을 찾는 소리를 들으며 웅크려 앉은 채 무릎을 끌어안았다.

그 상태로 얼마나 많은 시간이 지났을까? 목마름도 배고픔도 한계를 넘은 지 오래였다.

소녀는 자신이 이대로 조용히 죽어갈 거라 생각했다. 단념하며 눈을 감으려는 순간, 그것은 갑작스럽게 하늘에서 소녀에게로 내려왔다.

뒷골목 쪽 현관 앞에 매달린 '천객만래'라는 팻말이 달린 금색 양은 주전자는 사실 '야캉즈루薬缶吊る'라는 이름의 요괴다. 안에는 돌 같은 게 들어 있어서 손님이 올 때마다 몸을 흔들어 딸랑거리는 소리를 내서 알려준다고 한다. 아야시 장에 없어선 안 될 어엿한 종업원이다.

5월의 황금연휴 기간에는 그런 야캉즈루 소리가 멈출 일이 없다. 요괴에게도 연휴라는 개념이 있는지는 의문이지만 사람들이 들뜨면 그들도 함께 들뜨는 건지도 모른다.

고등학교 입학 이후로 처음 맞는 귀중한 연휴였지만 슈는 남색 사무에作務衣(역승복과 비슷하게 생긴 일본 전통 작업복)를 입고 아야시 장에서 아르바이트를 하고 있었다.

오늘은 키가 10미터가 넘는 요괴인 오오뉴도大入道의 숙박을 위해 거대한 이불을 고생해가며 말리고, 사람 머리카락 먹기를 좋아하는 요괴의 식재료 확보를 위해 시내 이발소를 돌아다니고, 색깔부터 위험해 보이는 요리를 들고 주방과 연회장을 몇 번이나 왕복해야 했다.

"여어, 고생이 많네."

마쿠라가에시枕返し(자는 사람에게 다가와 베개를 뒤집는 장난을 치는 요괴)에게서 베개 싸움을 하고 싶다는 요청을 받고 대량의 베개를 나르고 있을 때, 누군가 슈에게 말을 걸었다. 짐을 내려놓고 돌아보니 무수한 눈알이 달린 빨간 고깃덩이에 팔다리가 달린 요괴가 이쪽을 향해 손을 흔들고 있었다.

"으앗, 하, 하쿠메 씨……. 안녕하세요."

그는 하쿠메百目라는 이름처럼 몸에 백 개나 되는 눈알이 달려 있었다. 슈의 안경을 제작해준 뒷골목 상점가 안경원의 주인이기도 했다. 그동안 몇 번이나 만났는데도 하쿠메는 전형적인 요괴의 형상을 하고 있어서 마주칠 때마다 반사적으로 깜짝 놀란다. 언젠가 익숙해질 날이 오긴 할까?

"안경 상태는 어때?"

"괘, 괜찮습니다."

"그렇다면 다행이고. 모처럼 여기 왔으니 난 온천에나 들어가야겠네."

안경에 대해 물어보러 이렇게 가끔 아야시 장을 찾는다. 하지만 진짜 목적은 안경보다 온천인 것 같았다. 목욕 세트를 겨드랑이에 낀 햐쿠메 뒤에는 일행으로 보이는 요괴들도 함께 서 있었다.

"어라, 처음 보던가? 소개할게, 슈 군. 상점가 동료들인데 이쪽은 문방구를 운영하는 아미키리網切(어촌의 그물이나 민가의 모기장을 집게발로 자르는 장난을 치는 요괴)라고 해."

새의 부리에 전갈 같은 집게발이 양손에 달린 요괴가 "잘 부탁해."라며 악수를 권했다. 손이 칼날처럼 예리했기에 마주 잡지 못하고 있자 아미키리가 익살을 부렸다.

"이런, 하마터면 네 손을 잘라버릴 뻔했네?"

농담으로 하는 말이겠지만 슈는 아무 대꾸도 못 하고 쓴웃음만 지을 뿐이다.

"그리고 이쪽은 악기점을 하는 샤미쵸로三味長老(뛰어난 연주자가 쓰던 일본 전통 악기 샤미센이 요괴가 된 것)."

이번에는 거꾸로 된 샤미센의 가죽 부분에 낙서 같은 얼굴이 새겨진 요괴가 "잘 부탁해." 하며 인사했지만 이번엔 악수할 손 자체가 없었다.

"어이쿠, 난 샤미센이라서 손이 없지!"

샤미쵸로가 익살스럽게 혀를 내밀자 햐쿠메와 아미키리가

배를 잡고 폭소했다.

유쾌한 뒷골목 상점가의 삼인조가 온천으로 향하고 나니 슈는 온몸에서 진이 다 빠져나간 기분이었다. 사람이든 요괴든 세대 차이가 나는 아저씨들과의 대화는 똑같이 피곤한 것 같다.

슈가 아야시 장에서 일한 지 한 달 정도가 지났다. 요괴들의 모습은 아직도 적응되지 않지만 막상 상대해보니 다들 괜찮은 이들이라는 건 조금씩 알 수 있었다. 처음 할머니가 빚을 갚는 대신 여기서 일하라고 했을 때는 걱정이 태산이었지만 아직까지는 어떻게든 잘해나가고 있었다.

"자, 그럼……."

슈는 다시 대량의 베개가 든 보자기를 짊어졌다. 하지만 무게를 이기지 못하고 비틀거리며 보자기에 깔리듯 넘어지고 말았다.

"아이고, 아파……. 이걸 어떡한다."

"아이구, 그것도 제대로 못 들어?"

마침 슈의 곁을 지나가던 스에노가 신랄하게 말했다. 스에노의 복장은 오늘도 처음 만난 날과 똑같은 옅은 하늘색 기모노였다. 그 외의 옷을 입은 모습은 본 적이 없는 걸 보면 똑같은 옷을 여러 벌 돌려 입는 건지도 모른다.

"그렇게 답답하면 할머니가……."

들어보시던가요, 라고 말하고 싶었지만 스에노는 슈가 들고 있던 보따리보다 훨씬 무거워 보이는 술통을 짊어지고 있었다. 슈는 술통을 보고 말을 도로 삼킬 수밖에 없었다.

"니랑은 다르게 코노스케는 의외로 똑부러지는구먼."

베개에 깔린 채 간신히 고개를 돌려 스에노의 시선을 좇았다. 그곳에는 짧은 금발에 까무잡잡한 근육질 몸매를 가진 20대 중반의 남자가 보였다. 그가 바로 인간의 모습으로 변신한 코노스케였다. 그는 숙박객을 유쾌한 말솜씨로 즐겁게 해주고, 길을 잃은 요괴가 보이면 바로 다가가서 도와주는 등의 센스를 통상 업무 중에도 틈틈이 보여주고 있었다.

그런 코노스케가 슈의 상황을 알아채고 달려왔다.

"슈 님! 괜찮으세요?"

정글리안 햄스터일 때와는 전혀 다른 굵은 남자 목소리였다. 슈와 똑같은 사무에를 입은 장신의 코노스케가 듬직한 팔을 뻗어 슈를 베개 더미에서 꺼내주었다.

"고마워, 코노스케. 덕분에 살았어."

"방금 저는 좀 댄디했나요?"

"응. 상당히 댄디했어."

그렇게 대답하자 코노스케는 하얀 이를 드러내며 기뻐했다.

지금까지 같이 지내면서 알게 된 사실인데 코노스케는 아무래도 '귀엽다'라는 말을 쑥스러워하는 것 같았다. 햄스터니까 귀여운 게 당연했지만 그의 성별은 수컷이었다. 코노스케는 수컷인 이상 귀여움을 받는 존재가 아니라 모두에게 인정받는 댄디한 남자가 되고 싶다고 했다.

코노스케가 요새 꽂힌 '댄디'라는 단어는 민박집 안의 책장에 있던 〈월간 댄디즘〉이라는 오래된 남성 패션지를 통해 알게 된 말이었다. 인간으로 변신한 모습도 그 잡지에 실린 '하와이안 셔츠 완벽하게 입기'라는 특집 기사에 첨부된 서핑 애호가 남자의 사진을 그대로 따라 한 것이다. 코노스케의 눈에는 그 사람이 가장 댄디해 보였나 보다.

만화가 선생님이 요즘 시대의 아이돌이나 배우에 가까운 꽃미남이라면 코노스케의 인간 모습은 또렷한 이목구비에 건강미 넘치고 선이 굵은 미남이라 할 수 있었다.

"자, 너희는 이제 슬슬 쉬어라."

스에노는 그 말만을 남긴 채 술통을 고쳐 들며 가버렸다. 여든 살이나 됐는데 어떻게 저렇게 힘이 넘치는 걸까? 근력뿐만 아니라 작업 속도와 요령, 지식 등도 압도적이라서 설령 슈가 열 명이 있다 한들 스에노 한 명의 작업량도 따라가지 못할 것 같았다.

"사장님도 저리 말씀하시니 숨 좀 돌릴까요?"

코노스케는 주머니에서 작은 종이 상자를 꺼내더니 안에서 하얀 봉 형태의 물건을 뽑아 입에 물었다. "슈 님도 하나 하실

래요?"라고 권하기에 한 개비 받아서 입술에 물었다.

이건 담배처럼 생겼지만 담배가 아니었다. 그저 담배 모양 과자였다. 이것도 오래된 패션지의 영향인데 코노스케는 댄디한 남자라면 담배를 피워야 한다고 믿었다. 하지만 진짜 담배는 기침이 나서 도저히 필 만한 것이 못 되었다. 그래도 멋을 부리고 싶었던 그가 찾아낸 대안이 바로 이 과자였다.

하지만 코노스케의 의도가 어떻든 간에 무게를 잡으며 담배 모양 과자를 쭉쭉 빨아들이는 모습은 역시 댄디보다 귀여움에 가까웠다.

아야시 장은 사람과 요괴의 가교 역할을 하기 위해 스에노가 시작한 민박집이다. 바로 그런 이유에서 손님이 거의 없는 큰길 쪽 건물에서도 사람을 대상으로 한 영업을 계속 이어가고 있다.

인간은 대부분 어느 정도의 영력을 갖고 태어나는데 아야시 장에 숙박 등록을 마친 손님은 손츠루 님의 힘으로 그 영력이 일시적으로 강화된다. 그 상태로 철제문을 통과하면 뒷골목 쪽 아야시 장에서 요괴들과 교류할 수 있게 된다고 한다.

"그런 일을 당하면 보통 혼란에 빠지지 않을까요?"

저녁 식사 때였다. 슈는 국그릇을 한 손에 든 채, 아야시 장에 대해 설명해주는 선생님에게 그런 의문을 제기했다. 옆에서는 햄스터 모습의 코노스케가 어육 소시지 하나를 통째로 들고 우물거리며 먹고 있었다. 평범한 햄스터라면 그런 음식은 먹지 않겠지만 요괴인 그와는 상관없는 이야기였다.

선생님은 가자미찜을 젓가락으로 발라내며 슈의 의문에 답변했다.

"요괴와 지낸 기억은 사람의 머릿속에서 오래 보존되지 못하거든. 그래서 이 민박집을 나가면 요괴와 지낸 추억이 마치 어젯밤 꿈처럼 금세 희미해지다 사라져버려. 기억에서 앞뒤가 맞지 않는 부분은 뇌가 알아서 그럴듯한 해석으로 얼버무리지. 뭐, 슈 군처럼 강한 영력을 가진 사람은 별개지만."

슈는 뇌가 참 편리하게 되어 있다고 감탄하면서 단무지 한 장을 입에 넣었다. 아삭아삭한 단무지를 씹으며 다음으로 떠오른 질문을 꺼냈다.

"선생님이 계속 여기에서 지내는 건 요괴들과의 기억이 지워지는 게 싫어서인가요?"

선생님은 이 민박집의 양쪽 세계를 자유롭게 왕래하고 있다. 평소엔 자기 방에 틀어박혀 만화 그리기에 열중하지만 불쑥 뒷골목 쪽에 나타나 요괴에게 말을 붙이거나 큰길 쪽 아야시 장엔 없는 넓은 욕탕을 애용하는 식이다.

"전에도 말했잖아. 내가 여기 머무는 건 좋은 영감을 얻을 수 있기 때문이야."

영력 없이 요괴와 교류하는 건 어디서도 체험할 수 없는 값진 경험이었다. 하물며 요괴 만화를 그리는 게 직업이니만큼 이곳에서의 생활은 더할 나위 없는 양분이 될 것이다.

그런데 왠지 모르게 얼버무리는 대답처럼 느껴지는 건 그저 기분 탓일까?

"그런데 슈 군은 휴가 받아서 친구들이랑 놀러 가고 싶지는 않아?"

갑자기 아픈 곳을 찔려 우엉조림을 집으려던 슈의 젓가락이 멈춰버렸다.

스에노 할머니에게 선물 받은 아니, 백만 엔의 빚을 떠안는 대가로 받은 안경이 우엉종의 힘을 봉인해준 덕분에 더 이상 선글라스를 쓸 필요는 없어졌다. 슈가 고등학교에 적응하지 못하는 가장 큰 원인은 사라진 셈이지만 정작 친구 사귀는 방법을 잘 모른다는 게 문제였다.

게다가 지금은 미즈키 시게루 로드의 유령 저택이나 다름없는 낡은 민박집에서 살고 있다는 게 주위에 알려지면서 다들 기분 나빠하며 꺼리는 눈치였다. 산 넘어 산이라는 말은 바로 이럴 때 쓰는 것이다.

선생님은 슈가 아무 대답도 하지 않아 민망했는지 "아직 한 달밖에 안 지났잖아. 곧 좋은 친구를 사귈 수 있을 거야."라고 격려했다. 그리고 재빨리 화제를 바꿨다.

"아, 그러고 보니 말이야. 이거 떨어져 있더라. 네 거 맞지?"

선생님이 테이블 위에 올려놓은 물건은 미궁 안에서 잃어버린 선글라스였다. 놀라며 확인해보니 슈가 쓰고 다니던 것이 확실했다. 상당히 높은 곳에서 떨어뜨렸을 텐데도 깨지지 않았다.

"정말 감사합니다! 그런데 이걸 어디서 찾으셨어요?"

"뒷골목 쪽 온천에 갔는데 물 위에 떠 있더라고. 이곳의 수호신은 민박집 구조를 계속 바꾸니까 그때 튕겨져 나온 게 아닐까?"

선생님의 추측을 들으며 슈는 손츠루 님의 엄청난 능력을 새삼 실감했다. 어쨌든 애착을 갖고 쓰던 물건을 되찾았다는 건 순수하게 기뻤다. 하지만 안경을 얻은 슈는 이제 선글라스를 쓰고 다닐 필요가 없었다.

"코노스케. 괜찮으면 이 선글라스, 네가 쓰지 않을래?"

"뭐라고요! 정말 그래도 되겠습니까?"

코노스케는 거의 다 먹어치운 어육 소시지를 내던져버리더니 두 앞발로 끌어안듯이 선글라스를 받아들었다. 하지만 아무리 좋은 선물이라도 햄스터가 쓰고 다니기엔 너무 컸다.

"미안. 이렇게 커다란 물건을 받아도 짐만 되겠네."

사과하며 다시 가져가려는 순간, 코노스케는 "걱정은 접어두십쇼!"라며 선글라스를 머리 위로 높이 던졌다. 그러자 신기하게도 선글라스가 공중에서 회전하며 점점 작아지더니 마침내 코노스케의 작은 머리에 딱 맞는 크기로 줄어들었다.

"오오!"

무심결에 짝짝짝 하고 박수가 나왔다. 코노스케는 의기양양하게 선글라스를 이마 위로 올리더니 식탁 위에 널브러져 있던 어육 소시지를 주워 들고 마저 먹기 시작했다.

"방금 그 기술은 뭐였어?"

"변신술을 응용한 거죠. 여우나 너구리가 나뭇잎을 돈으로 바꾸지 않습니까? 그것과 비슷하다고 생각하면 된답니다."

납득이 가는 한편, 어쩌면 괜한 짓을 한 건지도 모른다는 생각이 들었다. 생각해보니 코노스케는 변신술을 이용해 장신구 같은 것을 자유자재로 만들어낼 수 있었다. 쓸모없는 선물이었나 생각하는 슈를 향해 코노스케가 만면에 미소를 지었다.

"정말 감사합니다, 슈 님. 소중히 간직할게요!"

아무래도 진심으로 마음에 든 것 같았다. 그렇다면 다행이라는 생각으로 슈도 코노스케에게 미소로 화답했다.

황금연휴가 끝난 다음 날, 학교에 간 슈는 점심을 사 먹기 위해 홀로 매점으로 향했다.

"오늘도 같이 밥 먹을 친구를 못 찾았네요."

낙담하는 목소리로 중얼거린 건 슈의 어깨에서 본인보다 풀이 죽은 코노스케였다. 이마에는 슈가 선물한 선글라스를 걸치고 있다.

코노스케는 요괴라서 사람한테는 보이지 않았고 당연히 목소리도 안 들렸다. 슈가 걱정돼서인지 아니면 아침부터 민박집에서 일하기 싫어서인지는 모르겠지만 거의 매일 이렇게 학교까지 따라왔다.

"창가에 있던 삼인조라면 끼워줄 것 같지 않았나요?"

"하지만 걔네 중 한 명이 좀 불량스러워 보였잖아."

"그러면 슈 님처럼 전원 안경을 쓰고 있던 그룹은요?"

"거긴 오타쿠 집단이잖아. 대화 주제를 따라갈 자신이 없어."

"그럼 미코시바 님과 카타쿠라 님은요?"

그 질문에는 쉽게 대답할 수가 없었다.

미코시바와 카타쿠라는 입학식 날에 먼저 말을 걸어준 아이들이었다. 안과 질환 때문에 선글라스를 쓰는 척을 했을 때 그게 신경 쓰였는지 먼저 다가와준 것이다. 안경으로 바꿔 쓰고 온 날도 "눈이 좀 나아진 거야?"라며 미코시바가 기쁘게 말을 걸어주었지만 그 이후로는 딱히 교류가 없었다.

일주일 만에 선글라스를 벗었기 때문에 반에서는 병 같은 건 전부 거짓말이었고 아이들의 관심을 끌려다가 실패한 것이라는 소문까지 돌고 있었다. 실제로 병 때문이라는 건 거짓말이었으니 자업자득이라는 생각도 들었다.

"……그 둘은 괜찮은 애들인 것 같아. 하지만 친구도 많아 보이고 모두한테 친절한 걸 보면 특별히 나하고 친해지고 싶어서 말을 건 것 같지는 않거든."

"아이고, 참. 슈 님, 잘 들으세요. 그냥 기다리기만 해서 친구를 어떻게 사귀겠습니까? 그렇게 핑계만 대다간 졸업할 때까지 청춘을 낭비할 뿐이라고요."

코노스케에겐 미안한 일이었지만 햄스터에게 혼나면 상당히 비참한 기분이 든다. 슈는 잔소리를 한 귀로 흘리면서 멍하니 창밖으로 시선을 향했다.

맑게 갠 하늘에는 나는 새들 틈에 섞여 푸른 불구슬 같은 게 붕붕 날아다녔다. 창유리 바깥 면에는 머리가 셋 달린 도마뱀 같은 생물이 달라붙어 있었다.

어린 시절부터 이상한 것을 많이 봐왔기 때문에 알고는 있었지만 바깥세상에서도 요괴들은 아무렇지 않게 살아간다. 마주치는 빈도도 전혀 뜸하지 않았다. 요괴들이 뒤섞인 인간 세상의 풍경이 아직 낯설게 느껴지긴 해도 서서히 적응할 필요는 있었다.

"잠깐, 거기 1학년!"

갑자기 등 뒤에서 기운 넘치는 여자 목소리가 날아들었다. 뒤를 돌아보니 그곳에는 짧은 포니테일을 한 여학생이 서 있었다. 사카이니시 고등학교의 실내화는 학년마다 색이 달라 그녀가 한 학년 위라는 건 바로 알 수 있었다.

"……저, 저 말인가요?"

"너 말고 또 누가 있겠어?"

그녀의 말대로 주변에 다른 학생은 아무도 없었다. 그 덕분에 코노스케와 편하게 대화할 수 있었던 거니까.

"창밖에 뭐라도 있어?"

"아, 아뇨……. 고양이가 얼핏 보여서요."

슈는 얼버무리며 이마에 식은땀이 배는 것을 느꼈다. 혹시 방금 한 대화가 들렸던 걸까? 그렇다면 혼잣말을 중얼거리는 수상한 녀석으로 보였을지도 모른다.

이쪽으로 다가오는 그녀와 안경 너머로 시선이 마주쳤다. 남학생 중에선 키가 작은 편에 속하는 슈지만 그래도 웬만한 여학생보다는 컸다. 자신을 올려다보는 그녀의 얼굴은 선명한 눈매가 특징적이었고, 솔직히 말해 예뻤다.

"왜, 왜, 왜 그러시는데요?"

같은 반 남자애들과도 제대로 대화하지 못하는 슈였다. 하물며 이렇게 예쁜 여학생 앞이라면 더더욱. 긴장에 상기된 목소리로 묻자 그녀는 싱긋 웃으며 이렇게 물었다.

"너, 들어간 동아리 있어?"

아무래도 단순한 동아리 권유였나 보다.

"아쉽게도 좋아한다는 고백은 아니었네요."

어깨 위에서 코노스케가 쓸데없는 소리를 덧붙였다. 하지만 그런 모습도, 목소리도 눈앞에 있는 그녀는 전혀 인식하지 못한다. 코노스케에게 대꾸하면 수상한 녀석이라는 걸 인증하는 셈이므로 꾹 참고 대답하지 않았다. 그런 슈의 사정을 전혀 모르는 그녀는 빠르게 말을 이어갔다.

"내가 속한 동아리…… 정확히 말하면 동호회인디 나 말고는 인제 다들 3학년이 된 겨. 그래서 말여, 신규 회원을 모집하지 못하면 동아리가 없어지거든."

스에노만큼 심하진 않아도 그녀 역시 사투리를 썼다. 동아리 해체를 막으려고 회원을 모집하느라 분주하게 돌아다니는 모양이었다.

"갑자기 말 걸어서 미안혀. 난 2학년 쿠스노키 미노리. 넌?"

"어…… 1학년 야모리 슈인데요."

"야모리라. 성이 귀엽네!"

아마 다른 의미의 야모리(도마뱀이라는 뜻도 있다)로 받아들인 눈치였지만 지적하진 않았다.

"저기…… 쿠스노키 선배."

"선후배 사이에 딱딱하게 굴 것 없지. 미노리라고 불러."

그녀의 압도적인 소통 능력이 눈부시게 보일 정도라 슈는 눈을 가늘게 뜨며 물었다.

"동호회면, 무슨 동호회인가요?"

"아! 먼저 그것부터 설명해야 혔는디! 미안!"

미노리는 양손을 맞대며 고개를 꾸벅꾸벅 숙였다. 조금 산만해 보일 만큼 기운 넘치는 인상을 주는 사람이었다.

미노리는 엣헴 하고 헛기침을 하더니 자신이 소속된 동호회를 자랑스럽게 밝혔다.

"바로, 요괴 연구 동호회여!"

동호회 이름이 너무나 시기적절해서 어깨에 올라탄 코노스케와 무심결에 마주 보고 말았다. 이곳 사카이미나토시는 요괴의 도시다. 그러니 지역 특성을 살린 동호회가 있어도 이상할 건 없었다.

"요괴 연구 동호회에서는 매일 요괴의 존재를 밝히기 위한 활동을 하고 있어! 뭐, 선배들이 수험생이 된 뒤로는 활동다운 활동을 거의 못 하고 있긴 헌디……. 슈 군은 요괴가 있다고 믿어?"

믿고 말고 할 것도 없이 요괴 햄스터가 지금 어깨 위에서 민망해하며 몸을 움츠리고 있었다. 그런데도 슈는 당당히 믿는다고 할 수 없었다. 인간계에서 요괴의 존재는 어디까지나 꿈의 영역이다. 그걸 진지하게 믿는다는 말은 산타를 믿는다고 선언하는 것만큼이나 부끄러운 일이었다.

아무 대답도 못 하자 미노리는 슈가 그런 것에 관심이 없다고 여겼는지 "이상한 질문해서 미안." 하고 힘없이 웃었다.

"요괴 같은 걸 그렇게 쉽게 믿긴 힘들겠지……."

"아뇨, 그런 건……."

"억지로 그러지 않아도 돼. 내가 요괴 이야기를 하면 동호회 선배들 말고는 다들 슈 군하고 비슷한 반응을 보이니께."

"선배, 저는 안 믿는다는 게 절대 아닌데……."

"그럼 가입할래?"

침울한 분위기에서 180도 바뀌어 미노리는 초롱초롱한 눈빛으로 가입 신청서를 꺼냈다. 마치 깜짝 상자처럼 다음에 뭐가 튀어나올지 알 수 없는 사람이었다.

그녀는 슈에게 먼저 말을 걸어주었다. 회원 모집을 위해서였다고는 해도 슈에게는 무척 기쁜 일이었다. 요괴 연구라면 분명 도움이 될 수도 있을 것이다.

그렇게 생각했지만 역시 무리였다.

"……죄송해요. 전 방과 후에 집안일을 도와야 하거든요."

"아…… 그렇구나. 집에서 무슨 일을 허시는디?"

"미즈키 시게루 로드에서 민박집을 해요."

"그거, 설마 아야시 장?!"

미노리가 굉장한 기세로 되물었다. 그녀가 거리를 좁혀오자 슈는 반사적으로 항복하듯 양손을 들며 뒷걸음쳤다.

"어, 어딘지 아세요?"

"당연히 알다마다! 아야시 장이라면 이 근방에서 가장 잘 '나온다'라는 소문이 도는 건물이잖여! 폐허나 다름없는 외관이 딱 봐도 수상쩍고! 1학년 중에 그 민박집에 사는 남자애가 있다는 말은 들었는디 그게 슈 군이었다니……."

신이 나서 눈치 없게 떠들어대고 나서야 자신이 상당히 실례되는 말을 했다는 걸 자각한 것 같았다. 미노리는 시선을 피하며 "미, 미안." 하고 사과했다.

폐허나 다름없다는 것도 맞는 말이고 실제로 요괴가 나오기도 하니까 특별히 화가 나진 않았다. 그것보다 슬슬 대화를 끝내지 않으면 점심 먹을 시간이 없어진다는 게 신경 쓰였다.

"어쨌든 그래서 가입은 힘들어요. 유령 회원이라도 괜찮다면 모르겠지만요."

"음…… 그렇게까진 안 헐래. 동아리가 형식적으로 남는 건 의미 없으니께. 마음만 고맙게 받을게."

"알겠습니다. ……회원이 모이길 바랄게요."

슈는 대화를 끝내고 걸어가려 했다. 하지만 바로 "잠깐만!"

하고 미노리가 불러세웠다.

"동호회 이야기와 별개로 한 가지 부탁이 있는디……."

"안 돼."

방과 후 아르바이트 시간이었다. 슈는 작업복인 사무에로 갈아입고 철제문을 지나 뒷골목 쪽 아야시 장으로 향했다. 그리고 스에노를 보자마자 꺼낸 부탁은 일말의 고민도 없이 거절당하고 말았다.

자시키와라시座敷童子(어린아이의 형상을 한 가택신家宅神으로 집에 사는 사람들에게 장난을 치지만 직접 만나면 복을 준다고 한다)와 만날 수 있는 여관이나 유령이 나오는 펜션 등 미지의 존재가 목격되는 숙박 시설은 일정한 수요가 있기 마련이다. 미노리에게는 아야시 장이 바로 그런 장소였는지 이번 휴일에 하룻밤 묵고 싶다고 부탁했고, 슈는 아무 문제 될 게 없다는 생각으로 쉽게 승낙해버렸다.

"왜요? 요괴를 좋아하는 손님을 데려오는 건데 뭐가 문제예요? 여기는 사람과 요괴의 가교 역할을 하는 장소라면서요?"

"무작정 만나게 헌다고 좋은 게 아녀."

"사장님, 무리한 부탁인 건 알지만 부디 허락해주십쇼. 슈

님한테도 친구가 생길 기회입니다."

사무에 소매에서 얼굴을 빼꼼히 내민 코노스케가 말을 보탰다. 하지만 스에노가 노려보자 바로 다시 소매 안으로 들어가버렸다.

"그 애, 쿠스노키 미노리 아녀?"

스에노가 한숨과 함께 그녀의 이름을 말했다.

"맞아요. 할머니가 그걸 어떻게 알았어요?"

"역시 그랬구먼. 암튼 안 되는 건 안 되는 겨. 또 일 밀려서 늦게 자지 말고 빨리 시작혀라."

스에노는 억지로 대화를 끝내고 코노스케와 함께 특대 욕탕을 청소하라는 명령을 내렸다. 슈는 "으에에……." 하고 무심결에 싫은 티를 내고 말았다.

특대 욕탕은 말 그대로 특대 사이즈 요괴를 위한 욕탕이다. 욕조의 크기만 25미터 수영장만 했다. 그걸 구석구석 닦는 건 여간 힘든 작업이 아니었다.

"내일은 근육통 확정이네……."

게다가 미노리에게 사과도 해야 했다. 어두운 표정으로 특대 욕탕을 향해 터벅터벅 걸어가려 할 때, 무언가가 그의 어깨 위에 와서 가볍게 앉았다.

처음엔 코노스케인 줄 알았지만 사무에 소매에서 아직 그의 온기가 느껴졌다. 시선을 옆으로 돌리니 그곳에는 놀랍게도 올빼미 한 마리가 앉아 있었다.

폭신폭신한 깃털로 덮인 흑과 백의 줄무늬. 하얀 얼굴에는 둥글둥글하고 새까만 눈과 노란 부리가 달려 있다. 크기는 성체 고양이 정도는 될 것 같았다.

"우와…… 실제로는 처음 봤어."

슈가 예상치 못한 만남에 감동하는 사이, 코노스케는 올빼미와 눈이 마주치자마자 사무에에서 쑥 튀어나왔다. 그리고 사무라이가 입을 법한 갑옷을 걸친 까무잡잡한 인간 형태로 변신했다.

빈틈없이 무장한 그는 스에노 뒤로 숨으며 몸을 움츠리더니 "히이익! 맹금류다아아아!" 하며 한심한 비명을 질렀다. 생각해보면 올빼미는 쥐에게 충분한 공포의 대상일 것이다.

"괜찮아, 코노스케. 봐봐, 이렇게 귀엽잖아."

쓰다듬어주자 올빼미는 머리를 손바닥 쪽으로 사랑스럽게 내밀었다. 그리고 "형아!" 하고 어린아이 같은 목소리로 말했다.

"오, 올빼미가 말을 했다앗!"

말하는 햄스터가 깜짝 놀라 소리쳤다. 슈도 눈을 동그랗게 떴지만 놀라서 펄쩍 뛰거나 하진 않았다. 뒷골목 쪽에서 나타난 것만 봐도 평범한 올빼미는 아니라는 걸 알았기 때문이다. 여기서 일한 지 얼마 되진 않았어도 요괴들이 조금은 익숙해졌나 보다.

"넌 무슨 요괴니?"

슈가 묻자 올빼미는 목이 꺾이지 않을까 걱정될 만큼 고개를 옆으로 확 기울였다.

"요괴? 난 잘 몰라."

아무래도 자신이 요괴라는 자각이 없는 듯했다. 어찌할 바를 모르고 있자 스에노가 옆에서 도와주었다.

"그 애는 타타리못케祟りもっけ여. 우리 단골이구먼."

"타타리못케?"

"올빼미는 어릴 때 죽은 아이의 혼을 일시적으로 몸속에 받아들여준다고 혀. 어린아이의 혼이 들어간 상태의 올빼미를 타타리못케라고 허지."

쉽게 말해 이 올빼미는 살아 있는 진짜 새였다. 다만 그 알맹이가 어린아이의 영혼인 셈이다.

"한을 풀고 나면 혼은 곧 올빼미를 떠나서 하늘로 올라가. 그런디 그 애는 조금 오랫동안 여기 머무는구먼."

스에노가 설명하는 동안에도 타타리못케는 어린아이의 목소리로 "형아, 놀아줘!" 하고 슈의 뺨에 머리를 마구 비벼대고 있었다.

"니가 마음에 들었나보구먼. 그 아이 접객은 니헌티 맡기겄다."

"네?!"

슈가 지금까지 해온 건 잡일뿐, 접객을 맡는 건 처음이었다.

"맡긴다고 해도 대체 뭘 어떻게 해야……."

"뭐든 일단 해보는 게 중요한 겨. 아이고, 바빠라……."

스에노는 일방적으로 결론을 내리고는 빠르게 자리를 떠났다. 코노스케에게 도움을 구하려 했지만 그는 "무서워! 맹금류 무서워!" 하고 소리치더니 찰캉찰캉 갑옷 소리를 내며 네발로 기어서 도망가버렸다.

손님인 타타리못케가 놀아달라고 했다는 핑계로 일을 내팽개칠 수는 없었다. 슈는 끝없이 넓은 욕조를 땀범벅이 되어가며 청소용 솔로 열심히 닦아나갔다.

그를 따라온 타타리못케는 수세미를 발로 움켜쥔 채 욕조 안을 스케이트처럼 미끄러지고 있었다. 계속 슈와 함께 놀고 싶어했기에 이런 곳에서라도 즐거워한다면 다행이었다.

"저기, 타타리못케."

"내 이름은 그런 이상한 게 아냐. 난 하네시마 요타야."

그게 이 아이가 살아 있을 때의 이름인 것 같았다.

"아아, 미안. 요타면 한자로는 어떻게 써?"

"한자? 몰라. 근데 태양을 거꾸로 읽으면 된다고 아빠가 그랬어."

그렇다면 아마 '陽太'로 쓰고 '요타'라고 읽었을 것이다.

"요타는 몇 살이야?"

"까먹었어."

본인은 아무렇지 않게 대답했지만 자기 나이조차 모른다면 얼마나 슬플까? 요타의 처지에서 생각해보니 너무나도 가엾게 느껴졌다.

"나 있잖아, 어딘가로 가던 중이었어. 그런데 갑자기 차가 뒹굴뒹굴 하더니 정신을 차리니까 이렇게 되어 있었어."

"……그랬구나."

요타의 사인은 교통사고인 듯했다. 하지만 아직 자기 죽음을 받아들이지 못하고 있는 것 같았다. 철없는 어린아이니 당연히 그럴만했다.

"난 어디로 가던 중이었을까?"

나이와 마찬가지로 생전의 기억은 전부 희미한 모양이다. 슈는 어떤 표정을 지어야 할지 몰랐지만 요타는 즐겁게 수세미를 타고 이리저리 미끄러지고 있었다.

슬퍼하는 법조차 잊어버린 듯한 그 천진난만함에 가슴이 미어져 도저히 가만히 있을 수 없었다.

"좋아! 놀아볼까?!"

슈는 망설임을 털어내며 목소리를 높였다. 아이스하키를 하듯 비누를 청소용 솔로 쳐서 요타 쪽으로 미끄러뜨렸다. 요타는 쥐고 있던 수세미로 그것을 받아냈다.

"……그래도 돼?"

"괜찮아. 열심히 닦아봐야 어차피 오늘 안에는 못 끝낼 테니까."

이 일은 원래 코노스케와 함께 할 예정이었기에 당연히 혼자서는 끝낼 수 없었다. 매일 잡일만 떠맡느라 지긋지긋했던 것도 사실이었다. 놀게 되어 기쁜지 크게 한 번 지저귄 요타는 비누를 능숙하게 슈 쪽으로 되받아쳤다. 슈는 그것을 청소용 솔로 받아내려다가 발이 미끄러져 엉덩방아를 찧었고 그 덕에 바지가 흠뻑 젖고 말았다.

"으아아, 망했다!"

"아하하하하!"

한 번 젖어버린 이상 이제 몸을 사릴 필요도 없어졌다. 그때부터 완전히 지쳐 쓰러질 때까지 둘은 욕조 하키를 즐겼다.

그날 밤, 요타는 슈의 방에서 함께 잠을 잤다. 슈가 좀처럼 잠을 이루지 못할 때, 문득 요타의 작은 잠꼬대가 들려왔다.

"아빠……. 엄마……."

슈는 몸을 일으켜 요타의 푹신푹신한 머리를 쓰다듬었다. 숨소리를 내며 잠든 올빼미를 내려다보며 슈는 마음속으로 어떤 결심을 굳혔다.

다음날 방과 후, 하교 준비를 마친 슈는 학교 건물 동쪽에 있는 동아리 건물로 향했다. 어깨 위에 올라탄 코노스케는 "맹금류 냄새가 잔뜩 뱄잖아요. 여긴 제 특등석인데!"라며 아침부터 계속 삐딱하게 굴었다.

"너무 그러지 마. 겉모습은 올빼미지만 알맹이는 어린아이라고. 맛없어 보이는 회색 무늬 쥐 같은 건 먹으라고 해도 안 먹을걸."

"맛없어 보이는 회색 무늬 쥐요?! 어떻게 그런 심한 말을! 슈 님은 놈들이 우릴 노리는 무서운 모습을 못 봤으니까 그런 말을 할 수 있는 거예요!"

길길이 날뛰는 코노스케와 함께 동아리 건물에서 가장 구석진 곳에 도착했다. 동아리실 문에는 '요괴 연구 동호회'라고 손 글씨로 적은 간판이 걸려 있었다. 똑똑 두 번 노크하자 안에서 "들어오세요." 하는 여자 목소리가 들렸다.

"실례하겠습니다."

문을 열었다. 알전구가 비추는 동아리실 안에는 책장이 많았다. 그곳에 빼곡히 들어찬 책들이 전부 요괴와 관련된 것들인 듯했다. 실내가 어둑어둑한 건 조명이 희미한 데다 유일한 창문에 덩굴이 드리운 탓이었다.

중앙에는 4인용 테이블과 의자가 놓여 있었고 그곳에는 한 사람이 앉아 있었다.

"어, 슈 군! 어서 와!"

미노리가 반가워하며 활짝 미소 지었다. 이제부터 부탁을 들어줄 수 없다는 이야기로 그 미소를 지워야 한다는 사실에 슈는 괴로웠다.

"죄, 죄송해요. 저희 민박집에 묵게 해달라는 부탁 말인데, 할머니가 안 된다고 하셔서……."

"아…… 그랬구나. 어쩔 수 없지."

예상대로 그녀의 표정에서 미소가 스윽 사라져갔다. 슈는 미안한 마음에 깊이 고개를 숙였다.

"정말로 죄송합니다!"

"슈 군 탓이 아니잖여. 미안해하지 말어!"

슈의 마음을 배려하듯이 미노리는 밝은 표정을 지었다.

해야 할 말은 다 했다. 동아리에 가입하지도 못하고 민박집에 초대할 수도 없다면 미노리와의 인연은 여기서 끝나고 만다. 오늘은 볼일이 있어서 여기에 오래 머물 수도 없었다.

하지만 마지막으로 꼭 하고 싶은 질문이 있었다. 나가기 직전, 문손잡이에서 손을 떼고 다시 미노리 쪽을 돌아보았다.

"……한 가지만 물어봐도 될까요?"

"응, 물어봐."

"선배는 왜 그렇게 요괴를 좋아하세요?"

어제부터 그게 계속 궁금했다. 미노리는 어째서 요괴가 좋다는 말을 당당히 할 수 있는 걸까? 슈가 장난으로 하는 질문이 아니라는 건 전해졌을 것이다. 미노리는 과거를 회상하듯 천장에 걸린 알전구를 올려다보았다.

"……나 말이여. 어렸을 때 카미카쿠시神隠し를 당한 적이 있어."

카미카쿠시란 사람이 느닷없이 행방불명되는 것을 말한다. 미노리가 카미카쿠시를 당한 건 일곱 살 때였고 장소는 미즈키 시게루 로드였다. 당시에 뉴스에서도 대대적으로 보도되었다고 한다.

경찰의 필사적인 수색도 아무 성과를 내지 못한 채, 미노리가 실종된 지 사흘이 지났다. 부모님도 그만 포기하려 마음먹었을 때, 혼자 미즈키 시게루 로드를 돌아다니던 미노리가 발견되었다고 한다.

"안 믿기겠지만 난 그 시절까진 영력 같은 게 있었어. 가끔 이상한 것도 보이고 그게 다른 사람들한테도 당연히 보이는 줄 알았지. 뭐, 카미카쿠시 이후로는 안 보이게 됐지만. 그런데 카미카쿠시를 당했던 사흘 동안, 내가 이상한 곳에 머물렀던 것 같어."

미노리는 십중팔구 뒷골목에 갔었을 것이다. 영력이 사라졌다는 말도 그녀가 코노스케를 보지 못하는 걸 생각하면 사실인 것 같았다.

“내 생각엔 미즈키 시게루 로드 어딘가에 요괴의 세계로 통하는 문이 있는 것 같아. 지금도 시간이 나면 가서 찾아보곤 하거든.”

제법 예리한 판단이었다. 하지만 ‘그 문, 아야시 장에 있는데요.’ 같은 말은 역시 할 수 없었다. 슈가 어지간히 곤란해하는 표정이었는지 미노리는 “거봐! 역시 안 믿으면서!” 하며 미간을 찡그렸다.

“증거도 있어!”

그녀는 그렇게 말하며 옷깃 사이로 손을 넣어 목걸이를 빼냈다. 가느다랗고 심플한 은색 체인 끝에 형광색의 작은 조개 장식이 매달려 있었다.

“이게 뭔데요?”

“부적……인 것 같아. 카미카쿠시에서 돌아왔을 때 내가 이걸 손에 쥐고 있었대. 그때부터 이렇게 늘 몸에 지니고 있어.”

그렇다면 뒷골목에서 얻은 물건일 것이다. 슈의 안경처럼 어떤 힘이 담겨 있는지도 모른다.

“선배가 요괴에 끌리는 이유는 잘 알겠어요. 그래도 사람들 앞에서 요괴가 좋고 그걸 믿는다고 말하려면 용기가 꽤 필요하지 않아요?”

“맞아. 나도 처음엔 혼자 조용히 책 같은 걸 뒤져보는 정도였지. 그런데 내가 1학년일 때 3학년인 동호회 회장 선배와 이야기하다 보니께 그런 게 대체 뭐가 중요한가 싶었던 겨. 좋아하는 걸 좋아한다고 당당히 말하고 사는 게 훨씬 즐거운 인생인디. 이 포니테일 머리도 그 선배를 따라한 겨. 제대로 따라하려면 더 길러야 하지만."

미노리는 뒤로 묶은 자기 머리카락을 만지작거리며 말을 이었다.

"내가 요괴를 좋아하고 실제로 존재한다고 믿는 건 아까 말한 경험 때문이기도 허고, 나처럼 요괴를 좋아하는 선배들이랑 만났기 때문이기도 혀. 하지만…… 가장 큰 이유는 역시 낭만 때문이여."

"낭만…… 말인가요?"

"산보다 큰 오오뉴도랑 아무 데서나 갑자기 나타나는 도깨비불! 사람으로 변신하는 여우와 너구리에 소복 차림으로 돌아다니는 귀신! 그야 물론 그런 건 존재하지 않는다고 치부해 버리기는 쉽지. 하지만 실제로 존재하는 쪽이 더 낭만적이라고 생각 안 혀?"

미노리의 말에 슈의 머릿속에서 처음 뒷골목에 갔을 때가 선명히 되살아났다. 상점가에서 평범하게 생활하고 있는 이형의 존재들을 보고 놀랍고 공포스러웠지만 한편으로는 눈에 비치는 모든 게 낯설고 신선해 아주 살짝 설렜던 것도 사실이다..

"……솔직히 이야기해줘서 감사합니다."

"아녀, 아녀. 민박집에 묵을 수 없게 된 건 아쉽지만 일 열심히 혀."

슈는 미노리에게 고개 숙여 인사한 뒤 동아리실을 나왔다. 그렇게나 요괴가 좋다고 하니 꼭 아야시 장에 초대하고 싶었다. 하지만 카미카쿠시 사건이 왠지 마음에 걸리기도 했다.

스에노도 미노리를 아는 눈치였던 걸 보면 어쩌면 민박집에 오지 못하게 하는 사정이 있는 건지도 몰랐다.

동아리 건물에서 빠져나온 슈는 아야시 장에 돌아가지 않고 그 길로 시립 도서관으로 향했다.

도서관은 크게 호를 그리는 디자인이 특징적인 시민 교류 센터 '미나토 테라스' 안에 있었다. 도서관 외에도 이벤트 홀이나 카페 등이 입주해 있으며 재난 시에는 방재 거점으로도 쓰이는 복합 시설이었다.

"여긴 뭘 하러 온 건가요?"

외벽이 유리로 뒤덮인 건물을 올려다보며 코노스케가 물었다.

"요타에 대한 정보를 모으려고. 지방 신문에는 예전 사고에 대한 기사가 실려 있을지도 모르잖아."

슈는 요타의 부모님을 찾아내 아야시 장에 초대하려고 생각 중이었다. 아야시 장에서는 숙박 명부만 작성하면 거의 누구나 일시적으로 요괴와 교류할 수 있게 된다. 부모님을 불러올 수만 있다면 감동의 재회가 성사될 테고 한을 푼 요타의 혼도 올빼미를 떠나 하늘로 올라갈 것이다.

기억이 거의 없는 요타에게서 그의 집 주소나 전화번호를 알아내긴 힘들 것 같았다. 슈가 인터넷으로 조사해봐도 성과가 없었고, 현재 가진 정보라고 해봐야 무슨 한자로 쓰는지도 모를 '하네시마'라는 성과 '요타'라는 이름 그리고 아마 교통사고로 죽은 것 같다는 사실 정도다.

사서에게 물어보니 도서관 내 PC로 지역 신문의 과거 기사를 검색하는 서비스를 제공한다고 했다. 산더미처럼 쌓인 신문을 한 장 한 장 넘겨가며 찾을 각오까지 하고 왔는데 정말 다행이었다. 그리고 키워드를 몇 가지 입력하자마자 원하는 기사를 찾을 수 있었다.

5월 3일 7시 30분경, 사카이미나토시 ○○초의 431번 국도에서 트럭과 일반 승용차가 충돌하는 사고가 발생하여 일반 승용차에 타고 있던 일가족 세 명이 병원으로 후송되었으나, 하네시마 요타 군(4세)이 사망했다.

이런 내용의 기사가 나올 거라는 걸 예상하지 못한 건 아니지만 막상 직접 눈으로 보니 더 가슴이 아팠다. 하지만 이것으로 요타의 혼이 네 살이라는 걸 알 수 있었다. 기사의 날짜를 보니 사고가 발생한 것은 지금으로부터 9년 전이었다.

9년. 요타는 그렇게나 오랫동안 현세에 묶인 채 올빼미의 몸을 빌려 생활하고 있단 말인가? 그렇다면 더욱 부모님과 만나게 해주고 싶었다. 방황하는 혼을 하늘로 보내주고 싶었다.

"기사는 찾아냈지만 별다른 수확은 없었네요."

슈를 돕기 위해 금발에 가무잡잡한 인간의 모습으로 변신한 코노스케가 그런 소감을 밝혔다. 오렌지색의 꽃무늬 하와이안 셔츠를 입고 있는 건 당연히 그 오래된 패션지의 특집 기사 때문이었다.

눈에는 슈한테 물려받은 선글라스를 끼고 있었다. 평소엔 햄스터 사이즈로 줄여놓지만 인간으로 변했을 때는 원래 크기로 되돌려놓는 듯했다.

코노스케가 담배 모양 과자 한 개비를 꺼내 입에 물었다. 그 모습을 보고 사서가 "도서관 안에서는 금연입니다."라고 주의를 줘 공손하게 사과해야 했다.

코노스케가 변신한 모습은 이렇게 일반인 눈에도 보였다. 그건 그들의 변신술이 원래 사람을 속이기 위한 기술이라서 그렇다고 한다. 생각하면 할수록 신기하고 재미있는 능력이다.

"그래서, 이제 어떻게 하실 거예요?"

코노스케가 굵은 목소리로 물었다. 특별히 생각해둔 방법은 없었지만 도서관 안을 둘러보다 문득 한 가지 가능성이 떠올랐다.

"어쩌면……."

슈는 잠시 돌아다닌 끝에 한쪽 서가에서 사카이미나토시의 전화번호부를 찾아냈다.

휴대전화가 보급된 지금은 유선 전화가 사라져가고 있다. 게다가 개인 정보 문제가 불거지면서 전화번호부에 자기 집 번호를 등록하는 사람은 많이 줄었다.

큰 기대는 하지 않으면서 전화번호부를 펼쳤다. '하' 항목에서 '하네시마'라는 성이 딱 한 집 실려 있었다. 전화번호 옆에는 주소까지 기재되어 있었다.

"여길 찾아가보자. 밑져야 본전이니까."

달리 유력한 정보는 얻기 힘들 것 같았기에 슈는 주소와 전화번호를 메모하고 그 집을 찾아가기로 했다.

도서관에서 나오자 바깥은 이미 해가 저물고 있었다. 슈는 스마트폰 내비게이션에 주소를 입력하고 원래의 햄스터 모습으로 돌아간 코노스케를 어깨에 태운 채 하네시마 씨의 집으로 향했다. 다행히 그리 멀지 않은 곳에 있었다.

서점과 편의점 사이를 지나 골목길로 접어들었다. 좁은데도 교통량이 많은 도로의 횡단보도를 건넜을 때, 예상치 못한 얼굴과 딱 마주쳤다.

"……쿠스노키 선배?"

"어, 슈 군! 여기서 또 보네!"

힘차게 손을 흔들며 달려온 그녀는 "미노리라고 불러도 된다니께 그러네."라며 호칭을 정정했다. 하지만 이성의 이름을 함부로 부르는 건 슈에게는 너무 낯부끄러운 일이었다.

"오늘은 민박집 일을 돕지 않아도 되는 겨?"

"그건 아닌데 볼일이 있어서……. 뭐, 무단으로 빼먹은 거긴 하네요."

"빼먹은 거였어요?!"

귓가에서 코노스케가 비명에 가까운 소리를 냈다. 스에노와 직접 담판을 지어도 휴가를 줄 것 같진 않았기에 어쩔 수 없었다. 집에 돌아간 뒤에 어떻게 될지는 최대한 생각하지 않고 있었다.

"근디 이런 데서 뭘 허고 있었어?"

미노리의 질문에 슈는 조금 고민하다 솔직히 대답하기로 했다.

"실은 어떤 집을 찾고 있거든요. 이 근처일 텐데……."

내비게이션 화면을 보여주자 미노리는 친절하게도 "우리 집도 이 근처니께 안내해줄게."라며 말을 꺼냈다. 표시된 지도는 좁은 골목길이 복잡하게 뒤얽혀 있었기에 무척 다행이었다.

"감사합니다. 덕분에 고생 안 하겠네요."

"어려운 일도 아닌디 뭐. 나도 옛날에 미아가 됐을 때 누가 도와준 적이 있었거든. 워낙 어렸을 때라 도와준 사람의 얼굴도 기억 안 나긴 허는디. 아무튼 그래서 길을 잃은 사람을 보면 꼭 도와주기로 마음먹은 겨."

슈가 길을 잃은 건 아니었지만 굳이 지적하진 않았다.

동호회 존속에 힘을 보태지도 못하고, 아야시 장에서 묵고 싶다는 부탁도 들어주지 못한 자신을 위해 미노리는 팔을 걷어붙이고 돕고 있었다. 슈는 그녀가 참 착한 사람이라고 생각했다. 미노리 같은 사람과 친구가 될 수 있다면 슈의 학교생활도 분명 즐거워질 것이다.

그냥 기다린다고 친구가 생기진 않는다. 슈는 코노스케에게 들었던 말을 떠올리며 자기 어깨 위로 소리 죽여 질문했다.

"저기, 코노스케. 친구라는 게 얼마나 친해져야 친구인 거야?"

"그건 어려운 질문이군요. 학우분들을 관찰한 결과, 서로 연락처를 교환하는 게 일반적인 기준 같던데요."

그건 제법 난이도가 높았다. 어느 정도 서로 믿을 수 있는 사이여야 가능한 일일 텐데 상대방의 요구는 전부 거절해놓고 무언가를 요구한다는 건 너무 뻔뻔해 보일 것 같았다.

고민할 거리도 못 되는 일로 슈가 혼자 끙끙거리자 코노스케는 답답하다는 표정을 지었다.

"……아."

앞장서던 미노리가 문득 입을 열며 제자리에 멈춰 섰다. 하마터면 부딪힐 뻔했지만 슈는 아슬아슬하게 걸음을 멈출 수 있었다.

"선배, 왜 그러세요?"

"슈 군, 혹시 그 목적지가 하네시마 씨 댁이여?"

놀랍게도 미노리는 전화번호부에 유일하게 실려 있던 하네시마 씨를 알고 있는 듯했다.

"아는 분인가요?"

슈가 묻자 그녀는 조금 표정을 흐리며 끄덕거렸다.

"……내가 어렸을 때 하네시마 씨네 아들하고 자주 놀았거든. 미노리 누나, 미노리 누나, 하고 부르면서 졸졸 따라다니던 귀여운 애였어. 난 외동이라 동생이 갖고 싶었으니께 그게 얼마나 기뻤는지 몰러. 그런데 그 애는…… 요타 군은 네 살 때 교통사고로……. 지금은 어쩌다 그 부모님과 마주쳐도 인사만 하는 정도여."

밑져야 본전으로 해본 시도가 정확히 들어맞은 모양이다. 그건 그렇고 미노리가 요타와 접점이 있다는 게 놀라웠다.

만약 그런 친한 사이였다면 미노리도 요타와 만나게 해주고 싶었다. 하지만 안타깝게도 그녀의 민박집 출입은 스에노가 엄격하게 금하고 있었다.

요괴가 있다고 믿는 미노리라면 모든 사실을 털어놓아도 믿어주지 않을까? 아니면 사람을 만만하게 보고 장난친다며 화를 낼까?

"저기여."

이런저런 생각에 잠긴 사이 어느새 목적지에 도착했다. 미노리가 가리킨 곳에는 베이지색 외벽에 황갈색 양기와를 얹은 비교적 새것 같은 단독 주택이 보였다. 그 집이 하네시마 씨 댁인 듯했다.

"그럼 난 이만 가볼게."

미노리가 손을 흔들며 말했다. 아무래도 하네시마 씨 댁에 가까이 가는 걸 피하는 것 같았다. 하네시마 부부가 자신 때문에 아들을 떠올리며 슬퍼하지 않도록 배려하는 걸지도 모른다.

"안내해주셔서 감사합니다."

슈가 고개를 숙이자 미노리는 미소를 남긴 채 멀어져갔다.

주택의 대문 앞까지 가보니 인터폰 위의 팻말에 'HANESHIMA'라는 알파벳이 새겨져 있었다. 슈는 바로 버튼을 누르

려다가 퍼뜩 손을 움츠리고 말았다. 마당에서 요타의 어머니로 보이는 사람과 장바구니를 든 동네 아주머니가 화기애애하게 이야기꽃을 피우는 모습이 보였기 때문이다.

한참 대화에 열중한 모습이라 금방 끝날 것 같지 않았다. 슈는 일단 기다렸다. 그런데 동네 아주머니가 슈를 발견했는지 "그럼 가볼게요." 하고 일찍 물러났다. 슈는 그 아주머니에게 고개를 숙이며 엇갈리듯 대문을 통과했다.

"어, 누구세요?"

요타의 어머니는 낯선 방문자를 보며 의아하다는 듯 고개를 갸웃거렸다.

"갑자기 찾아와서 죄송합니다. 저는……."

그다음에 이어갈 말이 전혀 떠오르지 않았다. 요타를 돕고 싶다는 마음만 앞선 나머지 그의 부모님을 어떻게 설득해서 아야시 장으로 데려갈지를 전혀 생각해두지 않은 것이다.

'당신 아들의 영혼이 올빼미에 빙의해서 우리 민박집에 머물고 있으니까 저랑 같이 가주세요.' 그런 말을 해봐야 믿어줄 리가 없다. 악질적인 장난으로만 보일 테고 최악의 경우 경찰서까지 가게 될지도 모른다.

그렇다고 아야시 장을 홍보하러 왔다는 것도 부자연스러웠다. 교복 차림인 데다 전단지 같은 것도 들고 있지 않으니까 수상하게 여겨 묵으러 오지 않을 것이다.

그렇다면 차라리 요타를 여기로 데려오는 게 어떨까? 그 올빼미 자체는 살아 있는 동물이니 다른 요괴와 달리 아야시 장 밖에서도 인간과 접촉할 수 있다. 하지만 정식으로 숙박객이 되지 않으면 인간과 요괴는 서로 대화를 나눌 수 없다. 간신히 만났는데 부모님이 자신을 알아보지 못한다면 요타는 오히려 더 슬퍼할 것이다.

난감했다. 이미 1분 가까이 침묵이 이어지고 있었다. 슈의 두뇌는 풀가동하고 있었지만 도저히 다음에 해야 할 말이 떠오르지 않았다. 답답함을 견디지 못하고 요타의 어머니는 "장난치는 거면 들어갈게요." 하고 불쾌한 표정으로 현관문 안으로 들어가려고 했다.

더는 방법이 없었다. 그런데 그때 뒤에서 누군가가 나타났다.

"미안, 내가 깜빡했네!"

그들을 향해 다가온 건 방금까지 수다를 떨던 동네 아주머니였다. 그녀는 장바구니 안에서 종이 두 장을 꺼내더니 요타의 어머니에게 내밀었다.

"이거, 아야시 장의 무료 숙박권. 상점가에서 경품으로 받은 건데 괜찮으면 대신 써줘요!"

"어머, 미안해서 어떻게 그래요."

"괜찮으니까 받아도 돼요!"

동네 아주머니는 요타 어머니의 손에 억지로 숙박권을 쥐여 주더니 "가보고 어땠는지 알려줘요!"라는 말을 남긴 채 다시 가버렸다. 멍하니 선 요타 어머니 앞에서 슈는 이 방법밖에 없다는 생각으로 고개를 숙였다.

"죄송합니다! 집을 헷갈렸나 봐요!"

말도 안 되는 변명인 줄 알지만 다른 방법은 떠오르지 않았다. 대문을 뛰쳐나가 잠깐 돌아보니 마당에서는 요타의 어머니가 어안이 벙벙해져서 눈을 깜빡거리고 있었다.

계속 뛰어가다 골목길 모퉁이를 돌자 방금 왔다 간 동네 아주머니가 서 있었다. 싱글거리는 그녀에게 가볍게 고개를 숙이고 지나치려는 순간, 그녀는 그 자리에서 빙글 공중제비를 돌았다. 슈가 놀라는 사이 조금 포동포동하던 몸이 공기 빠진 풍선처럼 쪼그라들었고 착지할 즈음에는 작은 햄스터로 변해 있었다.

놀랍게도 동네 아주머니는 코노스케가 기지를 발휘해 변신한 모습이었던 것이다.

"슈 님, 어떻습니까? 정말 감쪽같았죠?"

"우와! 동네 아주머니가 진짜로 돌아온 줄 알았어. 뭔가 좀 이상하다 싶긴 했지만 설마 코노스케가 변신한 거였다니…….
정말 멋졌어!"

"정말입니까? 좀 댄디했나요?"

"응. 엄청 댄디했어."

댄디라는 단어를 원래 이렇게 쓰는 건지는 모르겠지만 코노스케가 기뻐하니 됐다.

슈는 코노스케를 어깨에 태우고 하네시마 씨 집 쪽을 돌아보았다. 할 수 있는 일은 전부 했다. 이제는 하네시마 부부가 아야시 장에 와주기를 기원할 뿐이다.

그로부터 이틀이 지난 토요일. 슈는 연회가 끝난 대형 연회장에서 인간으로 변신한 코노스케와 함께 만취해 잠든 요괴들 사이를 누비며 그릇을 치우고 있었다. 술에 취한 모습은 사람이나 요괴나 다를 게 없었다.

요타는 슈가 낮 동안 열심히 놀아준 덕분에 지금은 슈의 방에서 깊이 잠들어 있었다. 작은 햄스터인 코노스케와 달리 올빼미는 꽤 무거웠기에 어깨에 태우지 않고 일할 수 있다는 게 다행이었다.

슈가 한 번에 옮길 수 있는 최대한의 접시를 들고 걸어가려 할 때, 낯선 무언가가 슈의 눈앞을 스쳐 지나갔다. 그것은 파랗게 빛나는 나비였다.

"우와, 예쁘다……."

옅게 빛을 내는 신비한 나비는 은하수처럼 반짝이는 가루 같은 것을 흩날리며 날갯짓했다. 이 아야시 장에서 신비한 생물을 목격하는 게 그리 드문 일은 아니었다. 사람 머리를 가진 뱀이나 등에 얼굴이 있는 꽃게처럼 기묘한 존재들은 조용히 살아가고 있어서 마주칠 때마다 깜짝 놀라곤 했다. 그런데 이 나비는 그런 것들과는 전혀 달랐다. 일하는 것도 잊고 넋 놓고 바라볼 만큼 아름다웠다.

푸른 나비는 촛불처럼 일렁이듯 춤추며 어둑어둑한 복도 너머로 날아갔다. 아무래도 신경 쓰였던 슈는 그릇을 조용히 바닥에 내려놓고 그 나비의 뒤를 쫓았다.

우아하게 날갯짓하던 나비는 이윽고 한 장지문 틈새로 빨려 들어가듯 사라졌다. 그 장지문을 슬며시 열자 방 안에는…….

"……슈, 슈 군?"

"어, 쿠스노키 선배?!"

무슨 영문인지 그곳에는 잔뜩 울상이 된 미노리가 있었다.

"다행이다! 으아아앙!"

미노리가 울음을 터뜨리며 슈를 끌어안았다. 여성에 대한 면역이 없는 슈가 허둥거리는 사이 스에노가 어둠 속에서 슬며시 나타났다. 스에노의 날카로운 눈빛이 슈를 주시하고 있었다.

"이게 대체 어떻게 된 일이여?"

"그게, 저도 뭐가 뭔지 잘……."

"이거야 원. ……그래도 여기까지 와버린 걸 어쩌겠어."

아직도 울음을 그치지 못하는 미노리를 바라보며 스에노는 한숨과 함께 중얼거렸다.

스에노는 슈와 미노리를 자기 방으로 데려갔다. 슈는 전에 한번 와 본 적이 있는, 불필요한 물건이 전혀 없는 다다미 여덟 장짜리 방이었다. 스에노가 내온 따뜻한 차를 마시며 마음이 진정된 미노리가 왜 아야시 장 안에 있었는지에 대해 설명하기 시작했다.

슈는 학교에서 이미 들은 이야기지만 미노리는 카미카쿠시를 당한 경험을 잊지 못하고 지금도 가끔 미즈키 시게루 로드를 탐색하면서 뒷골목으로 들어가는 입구를 찾곤 했다. 오늘 오전에도 열심히 찾아다녔는데 그 와중에 큰길 쪽 아야시 장 앞을 지났다고 한다.

"거절당했지만 그래도 역시 한번 묵어보고 싶다고 생각하면서 민박집을 올려다보고 있었어요. 그랬더니 2층 창문이 열리면서 웬 멋진 오빠가 얼굴을 내밀더니 '들어와도 돼.' 하면서 손짓하길래……."

선생님의 짓이었나, 하고 슈는 머리를 감싸 쥐었다. 스에노도 떨떠름한 표정이었다. 대체 무슨 의도로 그런 걸까?

"그래서 안으로 들어갔더니 '관계자 및 요괴 외 출입 금지'라고 적힌 호기심을 자극하는 문이 있지 않겠어요!"

나머지는 들을 필요도 없었다. 요괴를 좋아하는 그녀는 흥분을 억누르지 못하고 문 안으로 들어서고 말았다. 그 결과, 예전의 슈가 그랬듯이 미궁처럼 복잡한 민박집의 깊숙한 곳으로 내던져져 오랜 시간 헤맨 끝에 방금 우연히 발견된 것이다.

한바탕 울고 난 미노리의 눈은 붉게 충혈되어 있었다. 어지간히 무서웠던 것 같다. 슈도 길을 잃었을 때 코노스케와 만나지 못했다면 그녀만큼 울었을지도 모른다.

"멋대로 들어와서 죄송합니다."

미노리는 스에노에게 고개를 숙였다. 하지만 선생님의 꾐에 넘어갔다는 걸 알고 나서는 화를 낼 수 없었는지 스에노는 "괜찮어." 하고 간단히 용서해주었다.

"근디……."

미노리가 조심스레 말을 꺼냈다.

"제가 전에 어디선가 할머니랑 만난 적이 있던가요?"

스에노는 잠시 당황한 표정을 짓더니 주름투성이인 얼굴로 고뇌하며 끙끙거렸다. 그리고는 "……있지." 하고 목소리를 쥐어 짜내며 말했다.

"이렇게 된 거 숨겨도 소용이 없겠구먼."

그렇게 스에노는 생각지도 못한 9년 전 일을 이야기하기 시작했다.

아이들은 어른보다 영력이 강한 편이다. 그건 순진무구한 데다 공상을 쉽게 믿어버리기 때문이다.

스에노의 말에 따르면 일부 아이들은 기적적인 조건하에 요괴들과 주파수가 맞춰지면 요괴들이 우글거리는 안쪽 세계로 흘러들 때가 있다고 한다.

"큰일이야, 스에노 씨!"

9년 전, 하지를 막 넘겼을 무렵이었다. 안경원 주인 햐쿠메가 육중한 몸을 흔들며 아야시 장 로비로 뛰어 들어왔다.

"스에노 씨! 인간이야!"

"그야, 나는 인간이지."

"스에노 씨 말고! 뒷골목에 사람 아이가 흘러들어왔어!"

그 아이가 바로 미노리였다. 사태의 심각성을 파악한 스에노는 상점가 내의 긴급 연락망을 통해 대대적인 수색을 시작했다. 몸이 작은 요괴는 아이가 들어갈 만한 구멍이나 틈새를 수색하고, 하늘을 날 수 있는 요괴는 상공에서 눈에 불을 켜고 어린아이를 찾았다.

하지만 그게 역효과를 냈는지도 모른다. 걱정되어 한 행동이지만 미노리 입장에선 더할 나위 없이 무서운 '요괴들의 행진'이었다. 절대 요괴들에게 들키지 않으려고 더 필사적으로 숨었을 것이다.

결국 아무 성과도 없이 사흘이 지나버렸다. 바깥세상의 뉴스와 신문에서도 미노리의 행방불명이 대대적으로 보도되었다. 어린아이의 체력으로는 이미 버틸 수 있는 한계를 넘은 상황이었다.

초조해하며 수색을 계속하던 스에노의 귀에 좋은 소식이 전해졌다. 스에노가 황급히 아야시 장으로 돌아오자 그곳에 미노리가 있었다. 한 요괴 손님이 우연히 발견해서 여기로 데려와준 것이다.

주위의 요괴들은 무사히 발견되어 다행이라고 싱글거렸지만 그게 되려 무서웠는지 미노리는 창백해진 얼굴로 딱딱하게 굳어 있었다. 그런 와중에 인간인 스에노를 보자 안도한 미노리는 눈물샘이 망가진 것처럼 마구 울어댔다.

"늦게 찾아내서 미안혀. 이젠 괜찮어. 집으로 보내줄 거구먼."

울음을 그치지 않는 미노리를 끌어안고 아야시 장으로 들어간 스에노는 제대로 먹지 못했을 소녀에게 요리를 해주고 진정될 때까지 기다렸다가 철제문을 통해 큰길 쪽 아야시 장으로 돌려보냈다. 미노리가 무사히 발견된 건 그 직후의 일이었다.

미노리는 이야기를 다 듣고 나서도 넋이 나간 듯 한동안 멍하니 다다미 바닥만 내려다보았다. 그러다 천천히 말을 꺼냈다.

"그랬……던 거군요. 죄송합니다. 전 그때 기억이 희미해서……."

"당연히 그럴 겨. 내가 그렇게 되도록 했으니께."

스에노는 싱긋 웃으며 말을 이었다.

"그 목걸이는 늘 몸에 지니고 다니나 보구먼."

미노리는 놀라며 옷깃 사이로 목걸이를 끄집어냈다. 그런데 목걸이의 형광색 조개껍데기 장식에 금이 가 있었다.

"어어, 금이! 근디 할머니는 어떻게 이 목걸이를 아시는 거예요?"

"그야 내가 너한테 줬으니께 잘 알지."

스에노는 아무렇지 않게 말하더니 미노리의 손바닥 위에 놓인 조개껍데기를 바라보며 알려주었다.

"그 목걸이 장식은 '신蜃'이라는 거대한 대합 요괴의 조각으로 만든 겨."

"신이라면 신기루를 발생시킨다는 그 신 말인가요?!"

"요괴에 대해 꽤 잘 알고 있구먼. 우리 집 누구도 좀 본받으면 좋겄는디."

스에노의 시선을 느낀 슈는 미간을 찡그리며 얼굴을 홱 돌렸다.

"아주 작은 조각이지만 신기루, 다시 말해 환각을 보여주는 힘은 여전히 갖고 있지."

"이 물건에 그런 힘이……."

"미노리. 네 영력은 사라진 게 아녀. 눈에 보이는 요괴를 신이 환각으로 지워주고 뒷골목에서의 기억은 흐릿하게 만들어줬을 뿐이구먼. 그 목걸이가 있는 한 일상생활에서 요괴가 보일 일은 없을 겨."

목걸이를 물끄러미 쳐다보는 미노리는 당연하게도 아직 제대로 상황을 이해하지 못한 듯했다. 지금까지 존재한다고 믿었어도 전혀 만나보지 못한 요괴나 뒷골목에 대한 이야기를 한다고 곧이곧대로 믿어줄 리는 없다. 하지만 스에노는 상관하지 않고 말을 이어나갔다.

"근디 여기에 온 이상 계속 그럴 수는 없는 겨. 신의 조각이 가진 힘으로는 우연히 마주친 요괴 정도는 감춰줄 수 있어도 여러 명은 어찌하지 못허니께."

뒷골목 쪽은 요괴로 가득했다. 용량 초과로 버티지 못한 조개껍데기에 금이 가버린 모양이었다.

"그러니께 단단히 각오해야 혀. 너는 이제 자기 영력에서 도망칠 수 없으니께."

스에노가 딱 하고 손가락을 튕기니 사방의 장지문이 일제히 활짝 열렸다. 그와 동시에 문밖에서 귀를 쫑긋 세우고 이야기를 훔쳐 듣던 요괴 숙박객들이 우르르 넘어졌다. 미노리가 그쪽을 바라본 순간, 목걸이의 조개껍데기 장식은 파직 하며 두 동강 나고 말았다.

그러자 미노리의 눈에도 수많은 이형의 존재가 똑똑히 보였다. 정말 좋아한다고 공언하던 그들과 드디어 대면하게 된 그녀는…… 눈이 하얗게 뒤집히며 그 자리에서 기절하고 말았다.

"으아악! 선배! 할머니, 대체 무슨 짓이에요!"

"신의 목걸이는 더 이상 읎다. 이제부터 요괴를 보면서 살아가려면 이런 충격 요법도 필요허지."

슈는 미노리의 몸을 다다미 위에 똑바로 눕힌 다음 스에노를 돌아보았다.

"……선배는 요괴를 좋아해요. 처음부터 영력을 봉인할 필요는 없지 않았을까요?"

"공상하면서 좋아하는 거랑 실물을 보고 좋아하는 건 전혀 다른 문제여. 내가 애랑 처음 만났을 때도 요괴가 너무 무섭다면서 울고불고 난리도 아니었다고. 그래서 그 목걸이를 줬던 겨."

당시의 일을 언급하니 반론할 수가 없었다. 게다가 지금도 미노리가 요괴를 보고 기절한 것 또한 사실이었다. 그러니 이번 일로 미노리가 요괴를 싫어하게 된다고 해도 이상할 건 없었다. 어쩌면 보지는 못하지만 요괴를 좋아하는 소녀로 남는 게 그녀에게는 더 행복한 일이었을지도 모른다.

스에노도 아마 그런 생각으로 미노리의 숙박을 거절했던 것일 터였다.

"슈."

스에노는 심경이 복잡해진 손자에게 큰길 쪽 아야시 장으로 나가는 방향을 가리키며 말했다.

"인간 손님이 온 것 같구먼. 니가 가봐라."

"네?"

슈는 귀를 기울였지만 손님 인기척 같은 건 들리지 않았다. 여기서 큰길 쪽 아야시 장까지는 상당한 거리다. 손츠루 님이 내부 구조를 계속 바꾸고 있으므로 거리뿐만 아니라 시공까지 뒤틀려 있는데 그 먼 곳의 소리를 들었다니 스에노의 청력은 얼마나 엄청난 걸까?

"미노리는 이부자리에 눕혀놓을 테니께 어여 갔다와."

"……알겠어요."

슈는 미노리를 스에노에게 맡기고 밖으로 나갔다.

“죄송합니다! 많이 기다리셨죠?”

빠르게 뛰어 큰길 쪽 아야시 장으로 돌아온 슈는 현관에서 난감한 듯 서성이던 손님에게 기운차게 인사했다. 두 손님 중 한 명은 성실한 인상에 네모난 안경을 쓴 장신의 남자였다. 다른 한 명인 온화한 분위기의 여성은 슈가 아는 얼굴이었다. 그녀는 요타의 어머니였다.

바로 와준 게 기뻐서 슈의 입꼬리가 올라갔다. 그런데 얼굴을 기억하는 건 상대방도 마찬가지였다.

“……학생, 전에 우리 집에 왔었지?”

하네시마 씨의 집에 갔을 때 슈는 아무 대책 없이 쳐들어가는 바람에 긴 침묵 끝에 ‘집을 헷갈렸습니다.’라는 변명만 남기고 도주하는 추태를 부렸다. 그때 천천히 얼굴을 봤을 테니 기억하는 게 당연했다.

“그건 그러니까…… 치, 친구네 집하고 헷갈렸거든요.”

“그랬니? 처음부터 그렇게 말하면 좋았을 텐데.”

“죄송했습니다.”

애매한 변명이었지만 어떻게든 넘어간 것 같았다. 요타의 어머니가 의심 많은 사람이 아닌 게 다행이었다.

“그때 너도 들었을 텐데 이웃 아주머니한테 무료 숙박권을 두 장 받았거든. 그런데 네가 여기서 일하다니 이런 우연이 다 있네."

"네, 네! 정말 이런 우연이 다 있네요!"

수상하게 보이지 않도록 최대한 밝게 웃으며 대답했지만 그게 되려 수상해 보였을지도 모른다. 요타의 아버지가 의아한 얼굴로 슈를 바라보았지만 특별히 뭔가를 캐묻지는 않았다.

"이 숙박권, 사용할 수 있는 거니?"

"물론이죠!"

"그리고 유아 요금은 어떻게 돼?"

그 말의 의미를 이해하기까지 잠시 시간이 걸렸다. 눈앞에는 분명 두 부부만 있을 뿐이다. 그런데 자세히 보니 요타의 아버지가 조용히 잠든 아기를 업고 있었다.

"유아는 무료입니다!"

"그러니? 일 엔도 내지 않고 이용한다는 게 조금 미안하네."

무료라는 말의 매력적인 어감 덕분인지 의심의 눈초리를 완전히 거둔 요타의 아버지는 겸연쩍이 뒤통수를 긁적였다.

"괜찮습니다. 아기가 귀엽네요. 남자아이인가요?"

"응. 요스케라고 해."

반가운 소식이었다. 9년이라는 세월 동안 요타에게 남동생이 생겼다니. 부모님뿐만 아니라 동생과도 만나게 해줄 수 있다는 건 슈가 전혀 예측하지 못한 행운이었다. 요타도 분명 기빼할 것이다.

숙박 명부에 가족 전원의 이름을 적어달라고 했다. 아버지의 이름은 마사타카, 어머니의 이름은 네네였다. 요스케의 이름도 빼놓지 않고 써달라고 해서 정식으로 숙박 등록이 끝났다. 이제 손츠루 님의 힘으로 이 가족에게는 요괴와 접촉할 수 있는 영력이 생겨났을 것이다.

두 장의 무료 숙박권은 슈의 손에 넘어오자 두 개비의 담배 모양 과자로 변했다. 코노스케가 이런 숙박권을 어떻게 바로 준비한 건지 의문이었는데 생각해보니 코노스케는 슈가 물려준 선글라스를 햄스터 사이즈로 바꾸는 능력이 있었다. 이것 역시 그때처럼 변신술을 응용한 것이었다.

"그럼 방으로 안내해드릴게요."

무거운 철제문을 열고 하네시마 가족을 들여보냈다. 두 부부는 이상한 곳으로 데려가는 게 아닌가 불안해하는 얼굴이었지만 아무 말 없이 따라왔다. 그때 슈의 뇌리에 일말의 불안이 스쳤다.

하네시마 가족을 초대하는 일을 스에노와는 전혀 상의한 바가 없었다. 게다가 코노스케의 기지로 숙박비를 무료로 정해버리기까지 했다. 이 사실을 들킨다면 슈의 급료를 숙박비만큼 깎을 게 불을 보듯 뻔했다.

이런 식이면 아무리 일해도 안경값 상환은 끝이 없다. 이대로 하네시마 가족을 로비까지 데려갔다간 스에노에게 확실히 발각될 것이다. 생각이 거기까지 다다른 슈는 중간에 적당한 방의 장지문을 열고 "이쪽입니다." 하고 하네시마 가족을 들여보냈다.

손님을 재우기에는 조금 꾀죄죄하고 아무 가구도 없는 살풍경한 일본식 방이었다. 마사타카와 네네는 눈을 마주치며 얼굴을 찡그렸다. 하지만 무료니까 불만을 털어놓진 못하는 눈치였다.

그러나 안심하시길. 슈의 진짜 접객은 이제부터 시작이니까.

"여기서 잠시만 기다려주세요. 금방 돌아오겠습니다!"

그 말만을 남긴 채 슈는 방을 빠져나와 큰길 쪽 아야시 장으로 돌아간 뒤, 자기 방이 있는 2층으로 올라가 장지문을 열었다. 졸린 눈을 날개로 문지르는 올빼미를 안아 들고 다급히 계단을 내려갔다.

"형아, 무슨 일 있어? 왜 그렇게 서둘러?"

"너랑 만나게 해줄 사람이 있어. 요타가 계속 만나고 싶어 하던 사람들이야!"

슈는 영문을 모르겠다는 듯 고개를 갸웃거리는 요타를 데리고 하네시마 가족의 객실 문을 기세 좋게 열어젖혔다. 놀란 부부의 시선이 슈에게 집중되었다. 그러나 그들의 관심은 이내 올빼미 쪽으로 옮겨갔다.

요타는 눈을 동그랗게 뜨고 두 사람을 살피더니 이내 부리를 열었다.

"아빠……. 엄마……!"

그 목소리에 부부의 눈빛이 동시에 흔들렸다. 방금 들려온 건 틀림없는 아들의 목소리였다. 9년의 세월이 지났다고 해서 부모가 자식의 목소리를 잊을 리는 없다.

"방금 목소리는…… 뭐지?"

마사타카는 당황하며 방 안을 둘러보았다. 네네는 입가를 양손으로 틀어막으며 마사타카의 반응을 통해 그 목소리가 환청이 아니라는 걸 확인한 듯했다.

"나야! 요타야!"

두 사람 모두 목소리를 낸 것이 눈앞의 올빼미라는 걸 이해했다. 마사타카는 분노가 담긴 눈빛으로 슈를 노려보았다.

"……어쩌자는 거야? 우리 아들 목소리를 녹음해서 올빼미가 말하는 것처럼 보여주다니. 이게 장난으로 끝날 일이냐?! 이 민박집에서 귀신이 나온다는 소문은 들어봤지만 설마 이런 사기꾼 같은 짓이나 하고 있었다니! 무료로 초대해놓고 우리한테 무슨 짓을 하려는 거야?"

아들의 죽음이 이용당했다고 생각했는지 마사타카는 격노했다. 당연히 그럴만했다. 하지만 올빼미 안에 있는 건 틀림없는 요타였다. 그 사실을 믿게 하기 위해서라도 여기서 물러날 수는 없었다.

“이 목소리는 녹음이 아닙니다. 요타의 혼이 이 올빼미 안에 들어가 있어요. 요타는 부모님과 만나고 싶어 했습니다. 그래서 두 분을 여기로 초대한 거고요.”

“형아가 하는 말은 사실이야!”

슈의 주장에 힘을 실어 준 요타가 “날 이제 잊어버린 거야?”라고 아버지에게 물었다.

꿈속에서 수없이 들었던 그리운 아들의 목소리. 그 목소리와 지금 대화를 하고 있다. 시간이 지나면서 이 비현실적인 사실이 점점 현실감을 띠기 시작했고 이윽고 부부의 눈에서 자연스레 눈물이 흘렀다.

“……요타? 요타 맞아?”

“요타니? 정말로, 정말로 요타 맞니?”

“그래! 계속 보고 싶었어!”

부부는 올빼미를 끌어안으며 기쁨의 눈물을 흘렸다. 그 광경을 직접 목격한 슈의 가슴속에서 처음 느껴보는 감정이 싹트고 있었다.

아야시 장에서 일하는 건 힘들었다. 이리저리 혹사당하는 게 진저리가 쳐질 때도 있었다. 안경값만 아니었다면 이미 예전에 그만둬버렸을 것이다. 하지만 이렇게 감동적인 광경을 볼 수 있다면 이 일도 의외로 나쁘지 않을지도 몰랐다.

“요타와 이야기하는 건 아야시 장 안에서만 가능합니다. 가족끼리 오붓한 시간을 마음껏 보내시길 바랄게요.”

최소한의 설명만을 남긴 채 방에서 나왔다. 슈는 장지문을 닫고 나서 “좋았어.” 하고 작게 중얼거리며 힘껏 쥔 주먹을 들어 올렸다.

슈가 스에노의 방으로 돌아와보니 미노리는 이미 깨어 있었다. 그런데 뭔가 겁먹은 표정이었다. 원인은 사람으로 변신해 간병하던 코노스케 때문인 것 같았다.

“자, 미노리 님. 아무 짓도 안 하니까 무서워할 것 없답니다.”

말은 그렇게 하지만 시커먼 근육질의 성인 남자가 여자 혼자 있는 방에 들어왔는데 무섭지 않을 리가 없다. 슈는 어처구니없다는 표정으로 “변신을 풀어야 더 쉽게 친해질 수 있을 거야.”라고 조언했다.

그 말을 들은 코노스케는 그 자리에서 공중제비를 돌더니 햄스터의 모습으로 돌아와 다다미 바닥 위로 착지했다. 그 사랑스러운 모습이 발휘하는 효과는 절대적이었다.

“우와! 햄스터! 게다가 선글라스까지 쓰고 있어! 귀여워!”

“귀엽다니 그 무슨 망발을! 저는 댄디한 햄스, 아, 잠깐, 배를 간지럽히지 마십쇼!"

미노리가 마구 쓰다듬자 코노스케는 기분이 좋은지 축 늘어져버렸다. 미노리가 기절했을 때는 혹시라도 잘못될까 봐 심장이 철렁했지만 생각보다 건강해 보였기에 슈는 일단 가슴을 쓸어내릴 수 있었다.

"변신하고 말하는 햄스터인데 안 놀라시네요."

"응. 신의 목걸이가 깨져서 그런가? 카미카쿠시를 당했을 때의 기억이 전부 떠올랐어. 너무해, 슈 군. 요괴 같은 건 안 믿는다더니 순 거짓말이었잖여."

"안 믿는다고 말한 적은 없지만…… 죄송합니다."

진지하게 화가 난 건 아니었던지 미노리는 금세 미소를 짓더니 코노스케를 손가락으로 집어 들어 자기 손바닥 위에 올려놓았다. 손가락으로 코스케의 보드라운 머리를 쓰다듬으며 입을 열었다.

"일곱 살 때, 난 우연히 요괴로 가득한 장소로 흘러들어가서 마구 도망쳤어. 붙잡히면 분명히 잡아먹힐 줄 알았으니께. 그러다 정신적으로나 육체적으로나 한계였던 사흘째에 난 그 아이와 만나서 아야시 장의 할머니가 있는 곳으로 안내받을 수 있었어."

미노리가 자신을 도와준 사람의 얼굴을 기억하지 못했던 건 바로 그 때문이었다. 요괴와 만난 기억이므로 그 목걸이가 흐릿하게 만들어놓은 것이다. 목걸이의 힘이 깨끗이 사라진 지금은 그 은인을 선명히 떠올릴 수 있게 되었다.

"그때 날 구해준 건 말하는 올빼미였어."

점과 점이 연결되며 슈는 눈을 크게 떴다.

"올빼미라면……."

바로 그때, 슈의 말은 귀청을 찢는 듯한 비명에 가로막혔다. 하네시마 가족의 방 쪽에서 나는 소리였다.

"선배는 여기 계세요!"

슈는 코노스케를 어깨에 태우고 서두르다 넘어질 뻔하며 스에노의 방을 뛰쳐나왔다.

장지문을 여니 방 안에는 전혀 예상치 못한 광경이 펼쳐졌다.

마사타카와 네네는 갓난아기인 요스케를 감싸안고 방구석에서 움츠리고 있었다. 방 한가운데에는 머리가 천장에 닿을 만큼 거대해진 타타리못케가 양 날개를 펼치고 있었다. 발톱을 세우며 난동을 부렸는지 벽과 바닥 곳곳에 예리한 칼날로 도려낸 듯한 자국이 보였다.

"요, 요타?! 뭐 하는 거야!"

슈가 크게 소리쳤지만 요타는 들으려고도 하지 않았다. 다다미 바닥을 발톱으로 망가뜨리며 계속해서 불만을 털어놓았다.

"왜? 왜? 왜 나 대신 재가 있어? 난 이제 필요 없어? 나 같은 건 잊어버린 거야?"

그건 동생인 요스케에 대한 원망이었다.

슈는 부부가 요스케를 데려온 걸 보고 동생이 있다는 걸 알면 요타도 분명 기뻐할 거라고 믿었다. 하지만 그건 크나큰 착각이었다. 요타의 혼은 네 살인 채로 멈춰 있다. 자신이 죽고 9년이라는 세월이 흘렀다는 건 꿈에도 모를 것이다.

그런데 세상에서 제일 사랑하는 부모님 곁에는 다른 아이가 있다. 어린아이의 영혼인 요타가 자기 자리를 뺏겼다는 생각에 질투할 거라는 건 충분히 예측할 수 있었다. 어째서 거기까지 생각하지 못했던 걸까?

"요타! 그 아이는 네 동생이야! 네가 죽고 나서 벌써 9년이나 지났다고!"

"슈 님, 소용없습니다. 안 듣고 있어요! 여긴 제가……!"

어깨에서 뛰어내린 코노스케가 공중에서 한 바퀴 돌았다. 그런데 무슨 일인지 변신하지 못하고 햄스터의 모습인 채 바닥 위로 착지하고 말았다.

"죄, 죄송합니다. 맹금류가 너무 무서워서 제대로 변신이 안

되네요…….”

“젠장!”

슈는 달려가서 부부와 요타 사이로 끼어들었다.

“제발 그만 멈춰줘!”

슈의 호소에도 타타리못케는 원망의 말을 쏟아낼 뿐이었다. 요타는 마구 날갯짓하며 날카로운 발톱을 높이 들어 올렸다. 그리고 그 순간, 움직임이 멈췄다.

“슈! 이게 대체 어떻게 된 겨!”

그곳에 나타난 건 소란을 알아차린 스에노였다. 스에노가 사람 모양으로 자른 종이를 날려 보냈고 그것이 요타의 몸에 들러붙어 움직임을 봉인하고 있었다. 아마 퇴마사의 술법인 것 같았다.

스에노의 추궁에 슈는 아무 대답도 하지 못했다. 하지만 상황을 보면 손자가 자기 몰래 무슨 일을 꾸몄는지 어렵지 않게 추측할 수 있었을 것이다.

“……타타리못케를 가족들과 만나게 한 겨? 이런 멍청한 짓을!”

“멍청한 짓이라니요! 전 요타의 한을 풀어서 하늘나라로 보내주고 싶었어요. 제 나름대로 할머니가 말한 ‘사람과 요괴의 가교 역할’을 하려고 했다고요!”

“가족들과 만난다고 하늘나라로 갈 거였으면 내가 왜 진작

안 그랬겄냐? 타타리못케가 그렇게 단순한 요괴인 줄 알어? 이름에 '타타리祟り(재앙이라는 뜻)'가 들어가는 것만 봐도 알 수 있잖여. 자칫 잘못하면 가족에게 재앙이 될 수도 있는 요괴인겨. 부모님하고 만나는 것도 충분히 위험헌디 동생까지 있으니 말할 것도 없지. 설령 몇 년이 걸리더라도 시간이 해결해주길 기다리는 게 가장 확실한 방법이여."

"그런 건……."

몰랐다. 슈가 그런 걸 알 수 있을 리가 없었다. 하지만 그건 변명에 지나지 않았다. 나름대로 열심히 노력했는데 아무것도 모르면서 혼자 괜한 짓만 한 꼴이 되고 말았다. 슈는 돌이킬 수 없는 실수를 저질렀고 이제 요타는 악령이 되기 직전이었다.

"……어떻게 해야 하죠?"

"가엾지만 없애버릴 수밖에 읎다."

"그건……!"

그건 너무 가혹했다. 스에노에게도 괴로운 선택이라는 건 이를 악문 표정만 봐도 명백했다. 애초에 스에노는 요괴를 더 이상 퇴치하고 싶지 않아서 민박집을 열어 서로 공존하는 길을 모색한 거니까.

스에노는 퇴마사로서 이미 현역에서 물러난 지 오래였다. 술법을 통한 구속이 점점 약해지더니 요타의 거대한 날개 한쪽이 자유로워졌다. 그 날개가 일으키는 회오리가 좁은 실내에

태풍처럼 불어닥쳤다.

슈는 기둥에 매달려 버티면서 필사적으로 생각했다. 지금 퇴마하지 않으면 요타는 자기 가족에게 재앙을 끼치는 존재가 되고 만다. 그뿐만 아니라 이 자리에서 가족을 죽여버릴 가능성도 있었다. 요타 본인을 위해서도 그것만은 반드시 막아야 했다. 하지만 그렇다고 요타가 제거되는 걸 잠자코 지켜볼 수만은 없었다.

"기다려주세요, 할머니! 조금만 시간을 주세요."

"그렇게 느긋하게 생각할 여유가 읎어! ……미안허다."

스에노는 슈의 제지를 뿌리치고 술법을 강화했다.

그때였다.

"……이제야 만났네, 요타 군."

힘없는 발걸음으로 다가온 미노리가 요타에게 말을 건넸다.

요타의 이성을 잃었던 눈이 미노리를 포착했다. 그와 동시에 요타는 움직임을 멈췄다.

"알아보겠어? 나야. 쿠스노키 미노리."

"……미노리 누나?"

"응. 그때 기억나?"

그건 미노리가 일곱 살 때였다. 어쩌다 뒷골목으로 흘러들어가 사흘 동안 도망 다니느라 몸도 마음도 엉망이 된 그녀의 머리 위로 한 마리의 올빼미가 홀연히 날아왔다. 그게 바로 타타리못케가 된 지 얼마 안 된 요타였다.

요타는 울고 있던 미노리를 아야시 장의 스에노에게 데려다주었다. 그 덕분에 그녀는 무사히 인간 세계로 돌아올 수 있었던 것이다.

"……기억나."

요타는 울먹이는 목소리로 대답했다. 그건 이미 애매해진 인간 시절의 기억이 아닌 요괴가 된 이후의 기억이었다. 그래서 요타는 미노리를 선명히 기억하고 있었다.

"미안. 난 요타 군이 도와줬던 걸 완전히 잊어버린 채로 살았어. 다시 생각날 때까지 9년이나 걸렸네."

"9년……?"

요타의 까만 눈이 부모님을 향했다. 그제야 그들의 얼굴이 자신이 알던 것보다 조금 늙어 보인다는 걸 깨달은 듯했다.

"난 또 여기로 오고 싶어서 계속 입구를 찾고 있었어. 한 번 더 요괴들과 만나고 싶어서인 줄 알았는디 목걸이가 망가진 지금은 그 진짜 이유를 알아."

미노리는 웃으며 요타에게 말했다.

"그때 날 구해줘서 고마웠어. 그때 하지 못했던 이 말을 요타 군에게 꼭 전하고 싶었던 겨."

그게 바로 미노리가 뒷골목에 다시 오고 싶어 했던 이유였다.

스에노는 타타리못케가 완전히 얌전해진 것을 보고 구속의 술법을 풀었다. 건전지가 다 된 것처럼 멈춰버린 요타에게 말을 건넨 건 아버지인 마사타카였다.

"……처음엔 아이를 갖는 건 단념하려고 했어. 하지만 요타는 계속 동생이 갖고 싶다고 했잖니? 그게 생각나서 엄마랑 몇 번이고 이야기한 끝에 이 아이를 갖게 됐던 거야."

요타는 큰 소리로 우는 자기 동생을 높은 위치에서 내려다보고 있었다.

"이름은 요스케야. 네 이름에서 '요陽' 자를 땄단다. 좋은 이름이지? 괜찮다면 동생 머리를 쓰다듬어주지 않을래?"

네네가 부탁하자 요타는 날개 끝으로 요스케를 쓰다듬었다. 요란하게 울어대던 요스케는 부드러운 깃털이 닿자 울음을 멈추더니 숨소리를 내며 조용히 잠들었다.

"……요스케."

"그래. 요타의 동생이야."

"내…… 동생……."

반딧불이처럼 희미하게 요타의 몸이 하얀빛을 띠기 시작했다. 점점 줄어들어 원래 크기로 돌아온 올빼미의 몸에서 빛나는 구체球體가 빠져나왔다. 그 빛은 하네시마 가족 주위를 빙글빙글 돌다가 부서진 창문 밖으로 빠져나갔다. 요타에게 몸을 빌려주었던 올빼미가 그 혼을 인도하듯 뒤를 쫓았다.

온화하게 빛나는 커다란 달을 향해 날아가는 작은 아이와

새의 그림자가 차츰 작아졌다. 그들이 보이지 않게 된 뒤에도 부부는 한동안 아름다운 달을 바라봤다.

얼마 뒤에 슈는 미노리와 함께 하네시마 가족의 집을 찾았다. "어머, 미노리. 그리고 아야시 장에서 봤던……!" 네네는 두 사람을 반갑게 맞아주고 거실에서 홍차를 대접했다.

"그때는 고마웠어. 덕분에 정말 즐겁게 보냈단다."

"즐거……우셨다고요?"

슈는 조마조마하며 물었다.

"응. 그때…… 으음, 어라? 생각이 잘 안 나네. 어머나, 내가 아직 이럴 나이는 아닌데."

요괴와 만난 사실은 영력이 강한 사람이 아니면 오랫동안 기억하지 못한다. 아무리 자극적인 체험을 해도 그 추억은 어젯밤 꾼 꿈처럼 금세 희미해지다 사라져버리는 것이다. 기억에서 요괴가 사라짐으로써 생겨나는 부자연스러운 부분도 뇌가 알아서 앞뒤가 맞도록 해석해준다. 선생님이 전에 그렇게 설명해준 적이 있었다.

따라서 네네는 그날 밤 벌어진 일을 기억하지 못하는 게 당연했다. 슈는 어쩌면 네네가 그 일을 기억할지도 모른다는 희미한 기대를 품고 왔지만 세상 일이 그렇게 잘 풀릴 리는 없다. 모처럼 요타와 재회하고 직접 이야기도 했는데 그걸 전부 잊어버렸다니 마음이 조금 쓸쓸해졌다.

"그런데 뭔가 멋진 일이 있었던 것 같긴 해. 무척 멋지고 기쁜 일이."

하지만 무언가를 체험한 이상 무엇이든 분명 남는다. 마음 깊숙한 곳에 자리 잡은 그 따뜻한 감정은 분명 앞으로도 마사타카와 네네 그리고 요스케에게 힘을 줄 것이다.

두 사람은 차를 잘 마셨다는 인사를 하며 집에서 나왔다. 네네는 요스케를 안고 나와 대문 밖까지 배웅했다. 모퉁이 앞에서 돌아보자 그녀는 아직도 슈와 미노리를 향해 손을 흔들고 있었다.

"……이걸로 된 거겠죠?"

슈는 불쑥 미노리에게 물었다.

"당연하지. 난 요타 군에게 제대로 감사 인사를 했고 하네시마 씨 부부도 잊어버리긴 했지만 요타 군하고 이야기할 수 있었잖아. 더 바랄 게 뭐 있겠어."

"하지만 요타는……."

"자, 슈 군. 자세히 봐봐."

미노리가 부드럽게 등을 두드리자 슈는 네네 쪽을 다시 돌아보았다. 그러자 배웅하는 사람이 한 명 늘어나 있었다. 네

네와 요스케 옆에 네 살 정도 되는 남자아이가 서 있었던 것이다.

"어, 저 아이는…… 요타?! 어째서……."

"타타리못케는 말이지 가족을 원망하면 그 집에 재앙을 불러오는 성질이 있어. 하지만 가족을 용서하면 그 집의 수호신인 자시키와라시가 되기도 혀."

"아니, 무슨 그런……. 참 극단적인 요괴네요."

슈는 자기 목소리가 미세하게 떨리는 걸 자각했다. 눈에 고여 떨어질 뻔한 눈물을 미노리에게 들키기 전에 교복 소매로 쓱쓱 닦아냈다.

울 필요는 없다. 요타의 모습은 가족에게 보이지 않을 테고 나이를 먹을 수도 없다. 하지만 힘차게 이쪽을 향해 손을 흔드는 모습을 보면 누구나 알 수 있다. 요타는 자기가 원해서 그곳에 있다는 걸.

그렇다면 분명 쓸쓸하진 않을 것이다.

슈는 웃는 얼굴로 신참 자시키와라시에게 손을 흔들었다.

슈의 다리는 이미 한계였다.

이번 실수로 스에노가 내린 벌은 '꿇어앉기 세 시간'이었다.

꿇어앉은 지 아직 한 시간밖에 지나지 않았지만 슈의 다리는 이미 아무것도 느껴지지 않을 정도로 완전히 마비됐다. 그 옆에는 코노스케가 슈의 계획에 가담한 죄로 '쳇바퀴 돌기 세 시간'의 벌을 받고 있었는데 이쪽도 거의 한계인 것 같았다.

"미안해, 코노스케. 괜히 날 도와주다가……."

"서, 섭섭하네요, 슈 니임……. 저희는 일심동체잖습니까!"

멋진 대사와 함께 발을 헛디딘 코노스케가 쳇바퀴에서 튕겨져 나왔다. 그와 동시에 슈도 "이젠 못하겠어!" 하며 다다미 위로 엎어졌다.

"그것도 못 버티는 겨?"

감시하던 스에노가 한심하다는 듯 쏘아붙였다.

"다, 다리에 감각이 없다고요! 이제 그만 봐주세요, 할머니! 반성하고 있어요!"

"다음에 또 나 몰래 멋대로 행동하믄 꿇어앉은 무릎 위에 돌까지 올려놓을 거다. 알겄냐?"

에도 시대의 고문 장면이 떠오르며 온몸에 소름이 돋았다. 창백해진 슈에게서 충분한 반성의 기미가 보였는지 스에노는 "뭐, 이번엔 이 정도로 용서해주겄구먼." 하며 벌을 끝냈다.

"……정말이에요, 할머니?"

"그려. 니가 나름대로 이 민박집의 운영 목적을 추구하려고 했다는 걸 나도 모르는 건 아녀. 아직 미숙하고 지식도 부족하지만서도 그 마음만큼은 기뻤다."

스에노는 아직도 움직이지 못하는 슈의 머리를 부드럽게 쓰다듬으며 미소 지었다. 설마 칭찬받을 거란 생각은 못 했기에 쑥스러워진 슈는 "그것보다도!" 하며 화제를 바꿨다.

"쿠스노키 선배는 어떻게 하실 거예요? 이제 신의 목걸이는 없다면서요?"

"어쩌겠냐. 그 애는 인저부터 요괴하고 잘 어울리면서 살아갈 수밖에 없는 겨."

미노리는 요괴가 좋다고 공언했다. 하지만 그건 과거에 뒷골목에서 겪었던 공포 체험을 잊었기에 가능했던 일이었다. 축구 관람을 좋아한다고 해서 경기장에서 직접 뛰는 것도 꼭 좋아하란 법은 없지 않은가.

슈는 마비된 다리와 씨름하며 불안한 생각에 잠겼다. 미노리는 혹시 요괴가 보이지 않던 시절로 돌아가고 싶어 하지는 않을까?

"따라와봐라."

스에노는 고민하는 슈를 억지로 일으켜 세웠다. 꿇어앉기 후유증으로 갓 태어난 새끼 사슴처럼 불안한 걸음걸이로 도착한 뒷골목 쪽 로비에서 슈는 눈앞에 놓인 의외의 광경에 입을 쩍 벌렸다.

미노리가 거기에 있었다. 그것도 슈와는 색상이 다른 옅은 분홍색 사무에를 입고 바쁘게 돌아다니고 있었다. 미소로 요괴들을 대하는 그녀의 모습에선 과거의 트라우마 같은 건 조금도 느껴지지 않았다.

"아, 슈 군! 사장님한테 벌은 다 받은 겨?"

"쿠스노키 선배…… 왜 여기 있는 거예요?!"

"아니, 미노리라고 불러도 된다니께! 보다시피 사장님의 허락을 받고 여기서 아르바이트하게 됐어."

갑작스러운 전개를 머리가 따라가지 못했다.

"어, 하지만 동호회는 어쩌고요?"

"해체되겄지. 그래도 선배들은 이해해줬어."

"……그래도 되겠어요?"

"안 될 게 뭐 있겄어. 요괴를 알고 싶으면 동아리실에서 문헌을 찾아보는 것보단 여기서 일하는 게 훨씬 유익할 겨."

그렇게 말하는 미노리의 눈빛에는 희미한 슬픔이 섞여 있었지만 표정은 밝았다. 처음 만났을 때부터 느꼈지만 행동력의 화신 같다고 슈는 새삼 생각했다.

미노리는 요괴를 좋아한다. 그리고 그건 과거의 트라우마가 되살아난 정도로 쉽게 꺾여버릴 만큼 약한 의지는 아닌 것 같았다.

"그렇게 됐으니께 잘 부탁해, 선배!"

"선배는 쿠스…… 미노리 선배잖아요."

"여기서 아르바이트할 때는 슈 군이 선배지. 아, 슈 선배라고 부르면 되나?"

"지금 놀리는 거죠?! 그만 하세요!"

이렇게 해서 아야시 장은 한층 더 떠들썩해졌다. 미노리에게 쩔쩔매는 슈를 바라보며 스에노는 흐뭇하게 미소 지었다.

제3장

비의 사랑과 우산의 여행

강가에 핀 수국의 꽃봉오리가 서서히 부풀어 오르는 6월 상순이었다. 얼마 전 장마가 시작된다는 일기예보가 들려왔고 교실 창밖은 아침부터 비가 추적추적 내리고 있었다.

"그럼 갈게, 야모리."

"응. 내일 봐."

슈는 반 아이들과 자연스럽게 인사를 나눌 만큼 발전했다. 대부분 요괴를 상대한다지만 접객업에 종사한다는 건 의사소통 능력을 키우는 데 꽤 유용한지도 모르겠다.

"잘됐네요, 슈 님. 친구 백 명 사귀는 것도 꿈은 아니겠어요!"

"초등학생도 아니고 그런 목표는……."

어깨 위의 코노스케에게 작게 대답하면서도 슈는 내심 기분이 나쁘지 않았다. 사람들과 친해지는 건 자신이 생각했던 것만큼 어려운 일은 아닌 것 같았다. 이쪽에서 먼저 호의적으로 말을 걸면 상대방도 호의적으로 대답해주는 법이다. 요괴 손님을 상대하며 그걸 배웠고 사람이라고 크게 다르진 않은 것 같았다.

그걸 좀 더 일찍 알았다면 지금도 친척 부부와 함께 지낼 수 있지 않았을까? 자신을 꺼리던 아이들과도 친구가 될 수 있지 않았을까? 최근 들어 가끔 그런 생각이 들곤 했다. 이제 와서 과거를 후회해봐야 부질없는 일이지만.

방과 후의 복도는 동아리 활동에 참여하러 가는 아이들이나 담소를 나누는 아이들로 혼잡했다. 슈는 그 사이를 빠져나와 현관 쪽으로 향하다가 문득 자신의 왼쪽 손목을 내려다보았다. 손목 안쪽에는 몸에 씐 요괴가 전부 사라질 때까진 절대 지워지지 않는 특별한 먹물로 적힌 '칠십사'라는 숫자가 지금도 선명히 남아 있었다.

"그건 그렇고 내 안의 우엉종은 전혀 떨어져 나가질 않았네."

일주일에 하나 정도는 줄어들 거라고 멋대로 예상했지만 아직도 슈에게서 분리된 건 코노스케뿐이었다. 이 숫자가 사라지는 건 슈의 생각보다 훨씬 오래 걸릴 모양이다.

슈는 신발을 갈아 신고 우산꽂이에서 비닐우산을 뽑았다. 그리고 그때 미노리와 딱 마주쳤다.

"슈 군! 코노스케 군! 여기서 딱 만나네!"

기쁘게 달려오는 미노리의 손에는 새것으로 보이는 하늘색 우산이 들려 있었다.

"같이 아르바이트 가자!"

"어…… 네."

타타리못케 사건을 계기로 미노리는 아야시 장에서 아르바이트를 하게 되었고, 가끔 이렇게 마주치면 아야시 장으로 함께 가곤 했다. 미노리는 두 사람의 모습이 남들 눈에 어떻게 비칠지 신경 쓰이지 않는 걸까?

각자 자기 우산을 펴고 빗속으로 나갔다. 슈는 몇 걸음 걸어가다가 말고 "어라?" 하고 멈춰 섰다.

"왜 그래?"

"우산을 잘못 가져왔나봐요."

슈의 비닐우산은 사흘 전 밖에서 갑자기 비가 내렸을 때 편의점에서 산 비교적 새것이었다. 그런데 지금 들고 있는 이 우산은 살이 하나 꺾인 데다 작은 구멍이 몇 군데 나 있고 곳곳에 녹까지 슬어 있었다.

슈는 다시 현관 쪽으로 돌아와 자기 우산을 찾으려 했지만 우산꽂이를 아무리 뒤져도 찾을 수 없었다. 비닐우산의 디자인은 전부 하얀 플라스틱 손잡이에 투명한 비닐이라 다 비슷비슷하다. 누가 착각해서 가져가버린 걸까?

하지만 그렇다고 비를 맞으며 돌아갈 수는 없었다.

"……코노스케, 혹시 우산으로도 변할 수 있어?"

"변할 수는 있지만 제가 감기에 걸리겠죠."

요괴도 감기에 걸리냐고 묻고 싶었지만 사실이 어떻든 지나친 부탁이라는 건 변하지 않았기에 슈는 "그렇겠지……." 하고 바로 물러났다.

팔짱을 끼며 생각에 잠겨 있는데 미노리가 조금도 주저하지 않고 제안했다.

"내 우산을 같이 쓰고 가면 되잖아."

슈는 얼굴이 바로 뜨거워지는 게 느껴졌다. 미노리와 한 우산을 쓴다니 심장이 도저히 못 버틸 것 같았다.

"저, 저는 이 낡은 우산을 쓰고 갈게요!"

"남의 물건을 가져가면 안 되지. 나랑 같이 쓰면 되는데……. 뭐야, 슈 군. 혹시 부끄러워서 그려?"

"부, 부끄럽긴요! 이 우산은 버려진 지 오래된 것 같으니까 제가 가져가도 문제 될 건 없잖아요."

슈는 얼버무리듯 핑계를 대고 그 우산을 쓰고 가기로 했다. 낡은 우산을 펼치고 다시 빗속으로 뛰어들었다. 코노스케가 비닐에 뚫린 구멍으로 들어온 물방울에 맞자 머리를 거칠게 닦아냈다. 슈와 미노리는 그 모습을 보고 웃으며 함께 아야시장으로 향했다.

"다녀왔습니다."

큰길 쪽의 여닫이가 안 좋은 현관문을 여니 선생님이 "어서 와." 하고 슈를 맞았다. 평소와 똑같은 회색 진베이 차림에 다갈색 머리카락은 부스스했다. 선생님의 눈가에는 마감과의 싸움에서 얻은 다크서클이 훈장처럼 새겨져 있었다. 그런 초췌한 몰골인데도 멋져 보인다는 게 슈는 신기했다.

"어라?"

선생님은 슈가 든 낡은 우산을 쳐다보더니 재미있는 걸 발견했다는 듯 말했다.

"슈 군. 그 우산, 뒷골목 쪽으로 가져가봐."

"왜요?"

"가면 알아. 그럼 난 이만 일하러 가야겠다."

선생님은 그 말만을 남긴 채 하품을 참으며 2층으로 올라가 버렸다. 슈는 우산을 내려다보며 고개를 갸웃거렸지만 결국 시키는 대로 그것을 들고 철제문을 열었다.

미즈키 시게루 로드의 바깥세상과 안쪽 세계를 이어주는 민박집, 아야시 장. 큰길 쪽의 낡아빠진 외관이 거짓말처럼 느껴질 만큼 호화로운 뒷골목 쪽 로비는 오늘도 수많은 요괴들로 떠들썩했다.

슈는 우산을 유심히 보았다.

"특별히 달라진 건 없는 것 같은디?"

옆에서 미노리가 감상을 말했다. 시험 삼아 그 자리에서 우산을 펼치자 비닐우산은 휙 하는 소리를 내며 펴졌다. 그리고 그제야 슈는 변화를 깨달았다.

비닐 부분 바깥쪽으로 커다란 외눈과 입이 생겨나 있었다.

"우와! 이제 말을 할 수 있겠군!"

"오옷?!"

우산이 갑자기 큰 소리로 말하자 슈는 깜짝 놀라 우산을 내던지고 말았다. 우산은 몸으로 공기를 타며 춤추듯 부드럽게 착지했다.

"갑자기 던지다니 무례한지고!"

"미, 미안! 깜짝 놀라서……."

조금 전까지 비를 막아주던 낡은 우산과 지금 이렇게 자연스레 대화를 하다니, 묘한 기분이었다. 미노리는 쪼그려 앉아 한동안 말하는 우산을 관찰하다가 갑자기 목소리를 높였다.

"아, 카사바케傘化け구나!"

그런 이름을 가진 요괴는 제법 유명하기에 슈도 들어본 적이 있었다. 카사바케는 우산이 변한 츠쿠모가미付喪神로 외눈과 입에서 튀어나오는 긴 혀, 사람 다리처럼 생긴 우산대 등의 생김새로 묘사되곤 한다.

츠쿠모가미란 오랜 세월이 지나 요괴로 변한 사물의 총칭이며 아야시 장 이용자 중에도 많이 볼 수 있었다. 다만 그 츠쿠모가미가 막 생겨나는 순간을 직접 목격하는 건 당연히 처음이었다.

"우와아, 대단해! 재밌다!"

미노리는 마구 흥분하며 카사바케에게 딱 달라붙어 여기저기 만져댔다. 함께 일하고 나서야 알게 된 사실인데 미노리는 요괴를 너무 좋아하는 나머지 관심이 있는 요괴라면 손님이든 뭐든 가리지 않고 마구 들이대는 나쁜 버릇이 있었다.

슈가 미노리의 어깨를 붙잡아 카사바케에게서 떼어놓으려 할 때, 주방 쪽에서 스에노가 나타났다.

"이거 또 요상한 걸 주워왔구먼."

스에노는 오늘도 여전히 하늘색 기모노 차림이었다. 이런 여름에 입기에는 덥지 않을까?

"아무래도 그 우산은 여기에 온 덕분에 츠쿠모가미가 된 모양인디?"

"츠쿠모가미라는 게 그렇게 쉽게 막 생겨나는 거였어요?"

슈가 물었다.

"그럴 리 있겄어? 이 우산이 조건을 만족시켰으니 그리되었을 텐디. 니는 뭐 짚이는 거 읎냐?"

질문을 받은 우산은 의기양양하게 방금 생겨난 입을 열었다.

"나는 지금까지 수많은 사람의 손을 거치며 전국을 여행해 온 비닐우산. 거기 있는 소년이 기념비적인 백 명째였소."

낡은 우산 주제에 고상한 척 말하는 게 안 어울려서 슈는 조금 웃고 말았다. 그거랑은 별개로 고작 한 자루의 비닐우산이 백 명의 사람들 손을 거쳐왔다는 건 놀라운 이야기였다. 대부분은 그 정도까지 가기도 전에 버려질 테니까.

"아주 작은 사념思念도 백 명의 것이 모이면 무시할 수 없게 되는 겨. 그래도 츠쿠모가미가 되기엔 조금 부족헌디……. 아마 모자라는 부분은 이곳의 요기로 채워넣고 있는 거겠구먼. 그러니께 큰길 쪽으로 나가면 평범한 우산으로 돌아갈 겨."

"그렇군. 친절한 설명 감사드리오, 아름다운 마담."

"말을 참 이쁘게 하는 우산이구먼. 햣햣햣!"

첫 만남에서 스에노의 마음에 든 걸 보면 상당히 노련한 우산 같다.

"저기…… 할머니. 이 우산, 어떻게 할까요?"

"니가 갖고 왔잖여. 알아서 혀."

스에노는 슈가 예상했던 대답을 주고는 일하러 가버렸다. 슈는 미노리의 우산을 같이 쓰고 올 걸 그랬다고 후회했다. 만약 그랬다면 이 우산이 츠쿠모가미로 각성하지도 않았을 테니까.

"……알았어. 일단 오늘부터는 내가 네 주인이야. 나는 슈.

이쪽은 코노스케고 이 사람은 미노리 선배야."

소개받은 코노스케와 미노리가 순서대로 "잘 부탁해." 하고 인사했다.

"널 뭐라고 부르면 될까?"

"이름은 없소. 호칭은 매우 예쁜 미노리 아가씨가 아까 불렀던 '카사바케'로 해도 괜찮소."

"매우 예쁜 미노리 아가씨!"

그게 어지간히 기뻤는지 미노리는 양손으로 입가를 가리며 부끄러워했다. 스에노에게도 그랬지만 여자 다루는 법을 잘 아는 우산인 것 같다.

"그럼 잘 부탁해, 카사바케. 우린 이제부터 일하러 가야 해."

카사바케를 주워서 접어두려는데 그는 "기다리게." 하고 슈의 손아귀에서 빠져나왔다.

"우산꽂이에 들어가 있는 건 심심할 것 같군. 난 여기서 기다릴 테니 노동이 끝나는 대로 데리러 오도록 하시게."

자아가 있는 우산을 접어두기에는 미안한 마음이 드는 게 사실이었다. 로비라면 늘 붐비니까 그의 대화 상대가 되어줄 요괴도 있을 것이었다.

"부디 손님들께 폐를 끼치지 않도록 해줘."

"알았네. 소년은 걱정하지 말고 할 일을 충실히 하시게나."

"그럼 이따 봐."

만족스러워하는 카사바케를 로비에 남겨두고 슈 일행은 각자 담당한 일을 시작했다.

밤길은 위험했기에 미노리는 오후 여섯 시쯤엔 아르바이트를 마치고 귀가했다. 본인은 좀 더 오래 일하고 싶어 했지만 스에노가 허락하지 않으니 어쩔 도리가 없었다.

반면 민박집에서 사는 슈는 집에 갈 시간을 걱정할 필요가 없다. 그래서 대부분 밤 아홉 시 무렵까지는 일했다. 백만 엔의 안경값이 그의 어깨를 짓누르고 있었기에 많이 일할수록 그만큼 빨리 빚을 갚을 수 있다는 생각뿐이었다.

요타 사건 이후로 아야시 장에서 하는 일에 대한 슈의 생각은 크게 바뀌었다. 큰 실수를 하긴 했지만 스에노는 슈 나름대로 요타를 위해 힘썼다는 걸 인정해주었다. 그래서 다음엔 반드시 제대로 도움이 되고 싶었다.

어쩌면 스에노의 손바닥 위에서 놀아나는 걸 수도 있다. 하지만 그렇다고 해도 불쾌하진 않았다. 아야시 장에서 일한 덕분에 미노리와 친해질 수 있었다. 같은 반 아이들과도 점점 친해질 수 있을 것 같은 분위기였다. 처음엔 마냥 싫었는데 지금은 이 일에서 보람 같은 걸 찾아낸 건지도 모른다.

슈는 이런저런 일을 해내며 오늘 하루도 보람찬 땀을 흘렸다. 푸드파이터 대회에서나 볼 법한 특대 접시를 몇 장이나 씻느라 팔이 얼얼했다. 빨리 씻고 자고 싶었다.

"카사바케, 데리러 왔어."

슈는 로비 쪽으로 오면서 카사바케를 불렀다. 로비의 소파 쪽에 무슨 일인지 요괴들이 모여 있었다. 가까이 가보니 카사바케의 의기양양한 말투가 들려왔다.

"거기서 나는 보았소이다. 이츠쿠시마 신사 너머에 걸린 비 갠 뒤의 무지개를. 그렇게 해서 나의 68번째 주인은 다행히 그녀와 맺어질 수 있었던 것이오."

아무래도 카사바케가 자신의 여행 이야기를 들려주고 있는 것 같았다. 이야기가 끝을 맺자 넓은 로비 전체가 박수갈채로 가득 찼다.

"오오, 저 소년이 날 데리러 온 건가 보오. 미안하지만 제군들, 오늘 이야기는 여기까지 해야겠소."

카사바케가 작별을 고했고 관객들은 만족스러운 얼굴로 흩어졌다. 하지만 누구보다 만족스러워하는 건 이야기를 들려준 카사바케 본인 같았다.

"즐거웠나 보네."

"그렇다네. 내일도 여기서 이야기를 들려주어도 괜찮겠소."

슈는 어색하게 웃으며 계속 신경 쓰였던 사실을 물어보았다.

"……저기, 너는 왜 그런 말투를 쓰는 거야?"

겉모양은 언제 버림받아도 이상할 게 없는 낡은 우산인데 말투만큼은 마치 귀족 같았다. 이유가 대체 뭘까?

"인간들은 싫은 티 하나 안 내고 나를 쥐어져주고, 다양한 풍경을 보여주기 위해 기꺼이 나를 데려가준다네. 그러니 나는 귀하신 몸이지! ……뭐, 비가 오는 날만 그런다는 게 조금 불만스럽긴 하네만."

그게 뭐냐고 반박하고 싶어지는 이유였지만 우산 입장에서 보면 틀린 해석이 아닐지도 모른다. 실제로 비가 올 땐 우산이 사람보다 위에 있긴 하니까.

"그래서 내일 일정 말이네만……."

"……알았어. 손님들도 좋아하는 것 같으니까 카사바케가 하고 싶은 대로 해도 돼."

슈가 허락하자 카사바케는 빙긋이 웃었다. 그의 이야기에 이 정도의 관객 동원력이 있다면 영업에 도움이 될지도 모른다. 그런 장사꾼 같은 생각부터 드는 걸 보면 슈도 틀림없는 스에노의 손자였다.

다음날 날씨는 어제까지의 이슬비와 달리 집중 호우였다.

요괴도 사람처럼 바닥에 물이 튀는 날엔 외출을 꺼리는지 토요일인데도 손님은 매우 적었다. 애초에 요괴에게도 휴일이라는 개념이 존재하는 건진 모르겠지만.

로비에 이야기할 손님이 적은 게 불만인지 카사바케는 큰 소리로 한탄했다.

"이런 고얀! 왜 비 같은 게 내린단 말인가!"

"우산이 그런 소리 하면 안 되지 않아?"

슈는 카사바케가 우산 주제에 본분을 망각한 것 같아서 바로 한마디 했다. 잡일이 한차례 끝나고 한가한 시간대라 슈는 지금 로비에서 미노리와 장기를 두고 있었다. 가끔은 이렇게 느긋한 날도 나쁘지 않다.

승부는 초반부터 슈에게 유리하게 진행되었다. 한때 장기 게임에 빠졌던 시기가 있었기에 불공평하다면 불공평할지도 모르겠다.

"이야앗!"

열세에 놓인 미노리는 비장의 카드로 남겨두었던 차車를 꺼냈다(일본식 장기는 상대의 말을 잡으면 갖고 있다가 꺼내서 자신의 말로 사용할 수 있다). 하지만 뭔가 이상했다. 왜냐하면 장기판 위에 차가 세 개나 놓여 있었기 때문이다.

"미노리 선배, 변신한 코노스케를 말로 쓰는 게 어딨어요!"

지적하자 차 말에 코노스케의 얼굴이 팟 하고 생겨났다.

"잡을 수 있으면 잡아보시던가요!"

도발에 넘어간 슈는 마馬로 차를 잡으려 했다.

그러나 코노스케는 오른쪽으로 한 칸 움직여 그것을 피했다.

"이건 완전 반칙이잖아!"

"미노리 님은 거의 초보나 다름없는걸요. 쩨쩨하게 구시네요, 슈 님."

슈는 이를 악물었다. 순서가 미노리에게 돌아갔고 코노스케는 자신에게 새겨진 말의 이름을 각행角行(체스의 비숍처럼 대각선 한 방향으로 몇 칸이든 이동할 수 있는 말)으로 변화시켰다. 아무리 그래도 이건 너무 반칙이라 다시 항의하려는데 현관 처마에 매달린 야캉즈루가 딸랑딸랑 울렸다. 손님이었다.

슈와 미노리는 장기를 멈추고 바로 손님을 맞으러 나갔다. 열린 현관문 밖에는 하얀 원피스를 입고 흠뻑 젖은 여성이 서 있었다. 아무래도 우산도 쓰지 않고 빗속을 걸어온 모양이다. 흠뻑 젖어 앞쪽으로 흘러내린 까만 머리카락은 마치 TV에서 기어 나오는 유명한 유령을 연상시켰다.

물론 여기는 요괴들이 묵는 민박집이니만큼 그런 귀신이 묵으러 온다 해도 이상할 건 없지만 말이다.

"저기……."

물방울을 뚝뚝 떨어뜨리며 손님이 입을 열었다.

"여기에 '테가타가사手形傘'가 있다고 들었는데요."

"그것보다도 일단 안으로 들어오셔요! 흠뻑 젖으셨잖아요! 수건 좀 가져와줘, 슈 군!"

"네!"

미노리의 지시에 슈가 뛰어가려는데 그녀가 "괜찮아요."라며 제지했다.

그녀의 몸은 갑자기 스펀지처럼 빗물을 흡수하기 시작했다. 어안이 벙벙해진 사이 물기는 금세 바싹 말라버렸다. 보송보송해진 머리카락을 쓸어 넘기니 인형처럼 예쁜 맨얼굴이 드러났다.

"비는 제 몸의 일부나 다름없거든요. 저는 아메온나雨女라서요."

그 설명에 슈는 고개를 갸웃거렸다. 아메온나란 중요한 날에 자기 때문에 비가 온다고 믿는 여자를 지칭하는 말일 뿐 요괴는 아니다. 그녀의 외모는 스무 살 남짓한 예쁜 여성이었기에 인간이라고 해도 이상할 건 없었다. 하지만 그렇다면 방금 빗물을 흡수한 것이나 뒷골목 쪽에서 나타난 이유는 어떻게 설명할 수 있을까?

가만히 생각에 잠겨 있는 슈에게 미노리가 귓속말로 설명해 주었다.

"슈가 지금 생각하는 그거 말고 아메온나라는 요괴가 있어. 유키온나雪女(눈보라를 일으키는 미녀 요괴)는 알지? 그거랑 비슷한 느낌이라고 보면 돼."

그녀의 정체는 비와 관련된 요괴인 것 같다. 미노리의 말에 따르면 유명한 요괴 화가인 토리야마 세키엔鳥山石燕도 이 요괴를 그린 적이 있다고 한다. 미노리는 한 번 설명을 시작하면 오타쿠스러움을 유감없이 발휘하곤 해서 슈는 적당한 부분에서 고맙다는 말로 이야기를 끊어야 했다.

"저는 시즈쿠라고 합니다. 잘 부탁드립니다."

아메온나인 시즈쿠는 자기소개를 하며 고개를 숙였다. 그리고 이야기는 다시 본론으로 돌아왔다.

"아까도 말씀드렸는데 테가타가사가 여기에 있다는 말을 듣고 찾아왔어요."

하지만 슈는 그 테가타가사라는 게 뭔지 전혀 몰랐다. 미노리에게 눈빛으로 물었지만 그녀도 난감해하는 눈치였다. 시즈쿠는 "아, 혹시 이건가요?" 하며 로비에 있던 카사바케에게 달려가 손잡이를 쥐었지만 창밖으로 눈을 돌리더니 "어, 아닌 것 같네요……." 하며 바로 내려놓았다.

"갑자기 날 들어 올리다니 말괄량이 아가씨로군."

카사바케가 느끼한 대사를 뱉었다. 하지만 주변을 둘러보며 테가타가사라는 걸 찾는 시즈쿠에게 그 말은 들리지 않는 듯했다.

그때 스에노가 계단을 내려왔다. 대화가 전부 들렸는지 "어서 오셔유." 하고 머리를 숙인 다음 "죄송하지만 테가타가사는 이제 여기 없구먼유."라고 알려주었다.

"다른 분께 양도하신 건가요?"

"10년 전쯤에 아는 도깨비한테유. 지금쯤 어디서 뭘 하는지는 모르고유."

"그렇군요……. 아쉽지만 어쩔 수 없죠."

시즈쿠는 난감해하며 억지 미소를 지어 보였다.

"괜찮다면 사정을 말씀해주시겄어요? 저희가 도와드릴 일이 있을지도 모르잖아유."

미노리가 제안하자 시즈쿠는 조금 망설이면서도 "그럼 호의를 받아들여서……." 하며 아야시 장에 온 이유를 옥구슬처럼 맑고 고운 목소리로 털어놓기 시작했다.

시즈쿠의 말에 따르면 그 일은 얼마 전에 일어났다고 한다.

비의 요괴인 그녀에게 비란 신체 일부와 다름없다. 따라서 비가 오는 날에 우산을 쓰지 않는다.

어느 비 오는 날, 시즈쿠가 인간 세계의 미즈키 시게루 로드를 흠뻑 젖은 채 산책하고 있었는데 갑자기 옆에서 누군가가 스윽 하고 우산을 내밀었다.

"감기 걸리겠어요."

그녀의 옆에는 어느새 우산을 든 20대 남성이 서 있었다. 허리에 두른 앞치마에 적힌 '토가와 주점'이라는 글자를 보면 바로 앞에 있는 주류 판매점에서 일하는 사람 같았다.

요괴인 시즈쿠의 모습이 평범한 사람에겐 보일 리 없다. 비가 와서 시즈쿠 본인의 힘이 강해졌을 수도 있고 아니면 그 남성에게 요괴를 보는 능력이 있었는지도 모른다. 진실은 알 수 없다.

남자다운 이목구비와 표정에서 엿보이는 타인에 대한 배려심. 거기에 비 오는 날 우산을 주었다는 상황까지 맞물리면서 시즈쿠는 그에게 첫눈에 반해버렸다.

아메온나는 그 이름대로 비의 요괴다. 그녀의 감정이 격앙되면 맑은 날에도 자기 근처에만 비가 내리고 비가 내리는 날엔 빗방울이 더 세차게 몰아친다고 한다. 사랑의 감정이 싹트면서 마음에 동요가 일자 그때까지 얌전하던 빗줄기가 세차게 변했다.

갑작스러운 날씨의 변화가 눈앞에 선 여자의 두근거리는 가슴 때문이라는 걸 인간인 그가 알 리 없었다. 그런데도 "빗줄기가 강해졌네요."라고 말하는 그가 자신의 마음을 꿰뚫어 보고 있는 것만 같아 시즈쿠는 견디지 못하고 우산 밖으로 도망쳐버렸다.

"저기요!"

다급히 시즈쿠를 부르는 그에게 주류 판매점 안에서 "야스시! 일 안 하고 거기서 뭐 해!" 하는 불호령이 날아들었다. 그의 이름을 가슴에 선명히 새겨둔 채, 시즈쿠는 그곳을 벗어났다.

여기까지가 시즈쿠의 현재진행형인 사랑 이야기였다.

"전 한 번 더 야스시 씨와 만나 고백하고 싶어요. 그런데 그 사람과 만나면 또 비가 내릴 테죠. 그래서 테가타가사를 찾고 있어요. 여기저기 돌아다닌 끝에 야스시 씨가 사는 이 거리의 아야시 장이라는 민박집에 있다는 정보를 알아냈죠. 등잔 밑이 어둡다더니 딱 그런 상황이네요."

시즈쿠가 쑥스럽게 웃었지만 슈는 아직도 테가타가사가 무엇인지 몰랐다. 그런 표정을 읽었는지 미노리가 설명해주었다.

"테가타가사는 뇌운雷雲을 일으키는 요괴의 손자국이 찍힌 우산을 말혀. 그 우산을 쓰면 비에 맞지 않는다고 하니께."

아무래도 미노리는 테가타가사를 모르는 게 아니라 그게 아야시 장의 어디에 있는지 몰라서 난감해했던 모양이다.

거기에 스에노도 지식을 보탰다.

"근디 그게 효과를 발휘하는 건 장례식 때뿐이구먼유. 그러니께 만약 여기에 있다고 혀도 시즈쿠 씨가 생각하는 것처럼 사용할 수는 없을 거구먼유."

"그렇……군요."

의도가 빗나간 것이 어지간히 충격이었던 것 같다. 시즈쿠는 긴 머리카락을 축 늘어뜨리며 한숨을 쉬었다.

"지붕이 있는 곳에서 고백하면 안 되나요?"

슈는 일단 생각나는 방법을 말해보았다. 그러나 시즈쿠는 고개를 가로저었다.

"가능하다면 처음 만난 순간과 똑같은 상황에서 마음을 전하고 싶어요. 야외에서 그 사람과 마주 보면서요. 그냥 제 고집인지도 모르지만 그러는 편이 마음이 잘 전해질 것 같아서……."

"이해해요! 저도 그렇게 생각하는걸요! 슈 군은 정말 여자 마음을 모른다니께."

미노리가 핀잔을 주자 이번에는 슈가 고개를 푹 떨궜다. 가장 무난한 해결책이라고 생각했건만……. 시즈쿠는 장소도 타협할 수 없을 만큼 고백에 진지하게 임하는 것 같았다.

사람과 요괴의 사랑이라면 조금만 생각해봐도 셀 수 없이 많은 장벽이 놓여 있을 것 같다. 그래도 시즈쿠는 자신이 할 수 있는 최선의 고백을 위해 노력하고 있다. 테가타가사를 끈질기게 찾아다닌 것도 그 때문일 것이다.

"그럼 특훈을 해보죠!"

미노리가 당돌하게 제안하자 시즈쿠는 "특훈이요?" 하고 조금 당황하며 말했다.

"네! 결국 비가 내리지 않도록 만들면 되는 거잖아요? 그렇다면 두근거리는 감정에 익숙해지도록 특훈하면 되죠!"

"하지만 가슴이 두근거리는 걸 억누르는 연습이라니…….
야스시 씨와 똑같이 생긴 사람이 있지 않는 한 불가능해요."

"무슨 말인지 잘 알겠습니다!"

코노스케가 장기판 위에서 폴짝 뛰어올라 공중제비를 돌며 평소의 까무잡잡한 금발 남자로 변신했다. 그는 천천히 담배 모양 과자를 꺼내 입에 물고 선글라스를 끼더니 모델 같은 포즈를 취했다.

"이 댄디한 요괴 햄스터 코노스케가 야스시 씨의 특징을 듣고 본인과 똑같이 변신해드리죠!"

"변신술을 쓸 수 있으시군요. 정말 든든하네요!"

시즈쿠는 코노스케에게 박수를 보냈다. 하지만 그 미소는 금세 흐려지고 말았다.

"하지만 저는 연습 중에 코노스케 씨를 비에 흠뻑 젖게 만들지도 모르는데요……."

"무슨 말인지 잘 알겠소!"

코노스케에 이어 소파에 앉아 있던 카사바케가 공중에 붕 날아올랐다. 그리고 천천히 강하하며 자신의 우산 손잡이를 코노스케의 손에 쥐어주었다.

"비를 맞는 건 익숙하다오. 아름다운 레이디를 위해서라면 나도 실력 발휘를 좀 해야겠군."

“우산 츠쿠모가미 씨……. 정말 감사합니다!”

하지만 이번에도 기쁨은 잠시, 아직도 불안 요소가 남았는지 시즈쿠의 얼굴은 다시 그늘졌다.

“부끄럽지만 저는 연애 경험이 거의 없어서요. 고백에 대한 조언 같은 걸 받을 수 있다면 좋을 텐데……. 미노리 씨는 남자친구가 있거나 그런 경험을 해보셨나요?”

슈의 귀가 쫑긋 반응했다.

“그, 그게, 저는 계속 요괴에만 빠져 사느라 그런 거에는 인연이 없었는디……. 죄송해요.”

미노리의 대답에 슈는 남몰래 가슴을 쓸어내렸다. 스에노가 그 모습을 보며 히죽거렸지만 슈는 못 본 척 했다.

“그러면…….”

시즈쿠는 미노리에서 슈 쪽으로 시선을 옮겼다. 그러나 같은 질문을 꺼내는 대신 민망한 미소만 지을 뿐이었다. 슈도 그런 경험이 없는 건 사실이지만 물어보지도 않고 단정 짓다니 제법 자존심이 상했다.

그건 그렇고 난감한 상황이다. 고백을 조언해줄 수 있는 사람은 그리 흔치 않다. 유일하게 그런 경험이 있는 건 스에노일 테지만 입을 꾹 다물고 있는 걸 보면 별로 자신 있는 분야는 아닌 것 같았다.

“무슨 말인지 잘 알겠어.”

그런 와중에 홀연히 등장한 사람은 선생님이었다. 몸에서 김이 피어오르는 걸 보면 뒷골목 쪽 아야시 장에서 온천을 만끽하고 돌아가는 길인 듯했다. 그건 그렇고 다들 왜 이 대사를 그렇게나 좋아하는 걸까?

"그 고백, 나도 미력하나마 협력하도록 할게."

선생님이 선생님으로 불리는 이유는 만화가이기 때문이다. 연애 만화가라면 유용한 조언을 해줄 수도 있겠지만 선생님이 그리는 만화는 장르가 다르다. 그래서 슈는 물어보았다.

"선생님은 연애 만화 그려본 적 있으세요?"

"신인 무렵에 조금 그려봤어."

그러고 보니 요괴 만화와 안 어울리는 '하츠코이 키라리'라는 필명은 출판사에서 연애 만화가로 밀어주려던 시절의 흔적이라는 이야기를 들은 적이 있었다.

"헤에……. 어떤 이야기였는데요?"

"캇파河童(푸른 피부의 어린아이처럼 생긴 수중 요괴)와 텐구天狗(붉은 얼굴에 긴 코를 가진 요괴. 날개가 달려 하늘을 날 수 있고 신통력도 부린다)의 러브 스토리였지."

상상만 해도 말문이 막혔다. 한편 미노리는 "나중에 제목 알려주세요!" 하고 큰 관심을 보였다. 요괴만 등장하면 뭐든 좋은 건가.

그 특이한 러브 스토리는 그렇다 치고 선생님에겐 여자를 충분히 홀릴만한 외모가 있다. 여러모로 수수께끼에 휩싸인 사람이라 수많은 연애 경험을 했어도 이상할 건 없다. 적어도 여기 모인 사람 중에선 연애라는 개념과 가장 가까워 보였다.

시즈쿠의 고백을 위해 속속 모여드는 협력자들. 그 광경을 가만히 방관하던 슈도 자신이 아직 나서지 않았다는 걸 깨닫고는 황급히 "저도! 당연히 저도 뭐든 돕겠습니다!" 하고 무리에 끼었다.

요괴를 위해 힘쓰는 슈와 좋은 친구들, 그런 광경을 보며 스에노는 혼자 흐뭇하게 미소 지었다.

토가와 주점은 미즈키 시게루 로드가 생기기 훨씬 전부터 상점가에 자리 잡은 전통 있는 가게였다. 건물은 개점 당시의 가옥을 계속 개수하여 사용 중이며 건물 전체가 모던 재패니즈 스타일로 리모델링 되어 얼핏 새것처럼 보였다. 하지만 건물 양쪽으로 깔끔하게 바른 장지문이나 요괴 문양 기와가 있는 등 예전 모습도 선명히 남아 있었다.

슈는 그런 토가와 주점 앞에 섰다. 어깨 위에는 코노스케가 올라탔고 세찬 빗줄기는 카사바케가 막아주었다.

"야스시 씨가 가게에 있어야 할 텐데."

폭우를 뚫고 굳이 여기까지 온 이유는 시즈쿠가 좋아하는 사람을 만나기 위해서였다. 고백 연습 교보재인 코노스케가 야스시로 완벽히 변신하기 위한 과정이다.

처음엔 경찰이 목격자 증언을 통해 범인의 몽타주를 만드는 것처럼 시즈쿠의 설명에 맞춰 외형을 조금씩 바꿔나가는 방법을 시도했다. 그런데 시즈쿠의 기준이 말도 안 되게 높았다. 그녀가 '속눈썹을 1밀리미터만 늘려주세요.'라는 지시를 내렸을 때, 코노스케는 결국 두 손을 들고 말았다.

그래서 이렇게 본인과 직접 만나러 오게 된 것이다. 토가와 주점으로 가기로 결정했을 때, 슈는 시즈쿠에게도 같이 야스시를 보러 가지 않겠느냐고 권했다. 그러나 그녀는 멀리 떨어져서라도 그와 재회할 각오가 서지 않았다는 이유로 뺨을 붉히며 정중히 거절했다.

입구 앞 처마로 들어가 카사바케를 접었다. 아야시 장을 나왔기에 카사바케는 다시 평범한 비닐우산으로 돌아왔다.

슈는 카사바케를 우산꽂이에 넣으려다가 순간 멈칫했다. 우산꽂이에는 다른 손님의 것으로 보이는 비슷한 비닐우산이 세 개나 꽂혀 있었다. 다른 우산과 헷갈리기라도 하면 큰일이다. 슈는 우산의 물기를 꼼꼼히 털어내고는 카사바케를 든 채로 가게 안에 들어갔다.

가게에는 다양한 종류의 술이 미술 공예품처럼 진열되어 있었다. 관광지에 자리한 주류 판매점답게 요괴 모양의 포장 상자와 술병, 지역 특산품으로 출시된 술 등 선물용으로 특화된 진귀한 제품이 눈에 띄었다.

야스시로 보이는 남자는 계산대 쪽에 있었다. 20대 초반 정도에 남자다운 이목구비를 가진 청년이었다. 중간에 포기하긴 했지만 시즈쿠의 증언을 토대로 코노스케가 변신했던 모습과 분위기가 비슷한 걸 보면 틀림없었다. 시즈쿠가 첫눈에 반했다는 게 이해될 만큼 상당한 미남이었다.

"내가 적당히 아무거나 살 테니까 코노스케는 그동안 열심히 관찰해줘."

어깨에 탄 코노스케에게 작은 소리로 지시를 내렸다. 그는 "맡겨만 주시죠!" 하고 대답하고는 둥글둥글한 두 눈으로 야스시를 물끄러미 바라보기 시작했다.

슈는 미성년이라 술은 구입할 수 없었다. 가게 안을 둘러보니 돗토리현의 특산품인 '20세기 배'로 만든 주스가 있어서 슈는 그걸 들고 계산대 앞에 줄을 섰다.

"많이 기다리셨죠?"

이윽고 슈의 순서가 되어 야스시가 주스를 받아 들고 바코드를 찍었다. 코노스케는 약속한 대로 야스시를 관찰하는 것 같았는데 그때 슈의 뇌리에 어떤 의문이 떠올랐다.

시즈쿠에게 말을 걸었다면 야스시의 눈에는 요괴인 시즈쿠의 모습이 보였다는 이야기가 된다. 비가 와서 시즈쿠의 힘이 강해졌기 때문일지도 모르지만 야스시가 슈나 미노리처럼 강한 영력을 가졌을 가능성도 부정할 수 없다. 혹시 그에게도 코노스케의 모습이 보이는 건 아닐까?

"……손님?"

야스시의 말에 슈는 퍼뜩 정신을 차렸다. "죄송합니다!" 하고 황급히 지갑을 꺼내 계산을 마쳤다. 야스시의 시선은 끝내 코노스케 쪽을 향하지는 않았다.

뒷골목 쪽 아야시 장에는 넓은 안뜰이 있다. 지붕 달린 툇마루로 사방이 둘러싸인 그 공간에서는 계절마다 전혀 다른 풍경을 즐길 수 있었다. 봄에는 커다란 벚나무를 중심으로 주변 일대가 꽃잔디로 뒤덮여 있었는데 장마 이후엔 돌로 둘러싸인 연못 위에 수련 꽃이 떠 있고 그 주위로 형형색색의 수국이 흐드러지게 피었다.

야스시에게 요괴를 볼 수 있는 영력이 없다면 고백은 아야시 장 내에서 해야 할 것 같았다. 시즈쿠는 처음 만난 주류 판매점 앞에서 고백하고 싶어 했지만 예쁜 안뜰을 보여주자 "여기로 할게요!"라고 즉석에서 승낙했다.

그랬던 시즈쿠는 지금 안뜰과 면한 툇마루에 서서 무척 심각한 표정을 짓고 있었다.

"음…… 90점 정도겠네요."

그 점수는 진짜 야스시를 관찰하고 변신한 코노스케에게 시즈쿠가 내린 깐깐한 평가였다.

"그럴 수가?! 제 변신은 완벽할 텐데요!"

"아니요. 야스시 씨는 코가 살짝 낮고 뺨은 갸름해요. 그리고 무엇보다 왼쪽 귀에 난 점을 깜빡하셨고요."

"크으윽……."

코노스케는 이 정도면 100점이라고 자신한 것 같지만 시즈쿠가 콕 집어서 지적하자 전혀 반박하지 못했다. 그래도 일단 합격점은 넘었기에 고백 연습 상대로 인정받을 수 있었다.

시즈쿠와 야스시로 변신한 코노스케가 카사바케를 함께 쓰고 고백 무대가 될 안뜰로 나왔다. 슈와 미노리, 선생님은 그 모습을 툇마루에서 지켜보았다. 다행히 계속 세차게 내리던 비는 그 기세가 많이 수그러들었다.

"그럼 바로 시작해보죠!"

미노리가 영화감독이라도 된 것처럼 손뼉을 쳤다. 그러자 연습이긴 해도 제대로 고백해야 한다는 걸 강하게 의식했는지 가짜 야스시 앞에 선 시즈쿠의 얼굴이 점점 붉게 달아올랐다.

"야, 야스시 씨! 저기, 그러니까, 처음 만난 순간부터 당신을!"

그다음 말은 갑자기 폭포수처럼 쏟아진 빗물이 지붕과 땅을 때리는 소리에 지워지는 바람에 전혀 들리지 않았다.

"으어어어어어어! 부러진다! 뼈가 전부 부러지겠어어!"

카사바케는 처음 경험하는 폭우를 견디지 못하고 코노스케의 손에서 빠져나와 지붕 밑으로 도망쳤다. 얼떨결에 폭포수 수행을 하게 된 코노스케는 순식간에 변신이 풀려버렸고 흠뻑 젖은 햄스터가 되어 물웅덩이 위에 둥둥 떠 있었다. 시즈쿠는 "미안해요! 미안해요!" 하고 거듭 사과했다.

"이건…… 앞날이 걱정되는데."

불쑥 중얼거린 선생님이 난감한 얼굴로 머리를 긁적였다. 슈는 쓴웃음을 지으며 고개를 끄덕였다.

분주하던 휴일이 끝나고 평일이 왔다. 슈와 미노리는 학교에 가야 하니 당연히 오후까지는 민박집으로 돌아오지 않는다. 코노스케도 슈를 따라 학교로 가버렸기에 그동안엔 선생님이 고백 연습을 함께 해주었다.

하지만 선생님도 만화를 그려야 하는 만화가였다. 시즈쿠의 고백 연습에만 열중해도 괜찮나 걱정했는데 아니나 다를까 전혀 괜찮지 않았다.

"슈 군. 여기 톤 좀 부탁해. 코노스케 군은 거길 까맣게 칠해 주고."

그래서 민박집 일이 끝나는 대로 슈와 코노스케는 선생님의 어시스턴트로 소집되었다. 만화도 디지털화가 당연시되는 지금 시대에 선생님은 여전히 아날로그 방식으로 원고를 그렸다.

슈와 코노스케가 임시 어시스턴트로 동원된 건 이번이 처음은 아니었다. 올봄에 여기 온 뒤로 이미 세 번째다. 따라서 고백 연습이 있든 없든 결국 이렇게 되었을지도 모르겠다.

"왜 꼭 마감이 임박했을 때만 부탁하시는 건데요?!"

"너무 화내지 마. 아르바이트 비용은 꼭 줄 테니까."

그렇게 말하면 빚쟁이 신세인 슈는 마음이 약해질 수밖에 없다. 불평을 늘어놓던 입을 꾹 다물고 지시받은 대로 작업을 시작했다. 탁자 맞은편에는 인간으로 변신한 코노스케가 묵묵히 검은 칠을 하고 있었다.

그때 카사바케가 뒷골목 쪽 로비에서 콩콩 뛰어 돌아왔다.

"오늘도 손님들이 내 여행 이야기에 열광하더군."

"좋으셨겠네요, 카사바케 님!"

"네 이야기는 재미있으니까. 나도 원고가 끝나면 또 들으러 갈게."

"음."

카사바케는 코노스케와 선생님의 반응을 흡족하게 받아들였다. 하지만…….

"수고 많았어, 카사바케."

"……."

무슨 영문인지 슈의 말에는 까칠한 태도를 보였다. 카사바케의 이런 반응은 어제오늘 일이 아니었다. 슈가 등교한 날부터 계속 이런 식이었다.

이제는 어떻게든 해야 할 것 같았기에 슈는 작업하던 손을 멈추고 카사바케에게 말했다.

"저기, 내가 혹시라도 네 기분을 상하게 했다면 사과할게. 무엇 때문에 그렇게 화내는 건지 좀 알려주면 안 될까?"

질문을 받은 카사바케는 조금 머뭇거리다가 그 커다란 외눈으로 슈를 노려보았다.

"화를 내는 이유야 뻔하지. 바깥에서는 매일 같이 비가 내리는데 왜 날 데리고 나가지 않는 겐가?!"

그 말처럼 슈는 요즘 새로 산 다른 비닐우산을 들고 등교하고 있었다. 하지만 거기에는 그럴만한 이유가 있다.

"그야 널 데려갈 순 없지. 다른 우산이랑 바뀌면 어쩌려고."

카사바케는 츠쿠모가미로 각성하긴 했으나 요괴의 모습을 유지하려면 아야시 장이나 뒷골목의 요기가 필요했다. 실제로 토가와 주점으로 갔을 때 평범한 우산으로 돌아갔으니까. 인간계에서의 카사바케는 흔해 빠진 우산들과 다를 게 없다. 가지고 나갔다가 다른 사람의 손에 들어가면 낡았다고 아무 데나 버리고 갈 가능성도 충분히 있었다.

"그래서 슈는 주류 판매점에 갔을 때 날 가게 안으로 데려갔던 겐가?"

바깥에서 움직이거나 말을 하진 못해도 의식까지 사라지진 않는 모양이다.

"그래, 맞아. 혹시 누가 잘못 가져가기라도 하면 넌 아야시장으로 돌아오지 못해. 츠쿠모가미로 돌아오지 못한다고."

"그래도 좋네."

카사바케는 즉시 대답했다.

"슈. 난 한 번 더 사람들의 손을 거쳐 돌아다니는 여행에 나서고 싶네."

카사바케가 여행을 좋아하는 걸 모르는 건 아니다. 슈도 로비의 요괴들 틈에 섞여 카사바케의 여행 이야기를 몇 번 들어본 적이 있었다. 나고야에서의 미식가 순례는 입에 군침이 돌았고, 교토에서의 견습 게이샤 유괴 사건은 손에 땀을 쥐게 했으며, 쇼도시마에 사는 가족 에피소드는 하마터면 눈물이 나올 뻔했다.

하지만 여행이라면 이제 충분히 하지 않았을까? 카사바케는 살도 하나 부러졌고 비닐에 구멍도 뚫려 있다. 지금까지 버려지지 않고 사람들 손을 거쳐올 수 있었던 건 솔직히 말해 기적이나 다름없다. 굳이 위험한 길을 갈 필요는 없었다. 슈는 카사바케가 이제부터는 여기서 느긋하게 지냈으면 했다.

"……다들 카사바케의 이야기를 좋아해. 계속 여기 머물면서 손님들에게 이야기를 들려줘."

"그건 받아들일 수 없네. 새로운 여행이 날 기다리고 있다네."

고집스러운 대답에 슈는 살짝 반감이 들었다.

"이런 말까진 안 하려고 했는데, 넌 낡아빠졌어. 누군가 널 주워간다면 길가에 버리고 갈 게 뻔하다고."

"상관없네. 여행을 할 수 없다면 내가 존재할 의미가 없으니."

슈는 이해할 수 없었다. 왜 그는 그렇게까지 단언하는 걸까?

츠쿠모가미가 다른 요괴와 다른 점은 실체를 가졌다는 점이다. 츠쿠모가미의 본체가 원래 용도를 수행할 수 없을 만큼 망가진다는 건 인간으로 치면 죽음이나 마찬가지다.

슈도 만화나 게임 등 좋아하는 건 잔뜩 있다. 하지만 목숨보다 우선시할 만큼 좋아하는 건 단 하나도 없다. 그래서 카사바케의 그런 마음을 도저히 이해하기 힘들었다.

"……미안, 카사바케. 역시 난 널 밖으로 데려갈 수 없어."

슈의 대답을 들은 카사바케는 말없이 선생님의 방에서 나갔다. 방 안에는 무거운 공기만이 남았다.

"카사바케 군의 마음을 모르겠니?"

침묵을 깬 건 선생님이었다. 다시 생각해봐도 똑같은 결론에 도달한 슈가 고개를 끄덕였다.

"카사바케 군은 마음만 먹으면 미노리나 스에노에게 부탁해서 밖으로 나갈 수도 있어. 그런데 네가 데려가주길 바라는 건 지금의 주인이 슈 군이라고 생각하기 때문인 거야."

슈는 선생님의 말을 들으며 떠올렸다. 카사바케가 처음 츠쿠모가미가 되었을 때 자기가 주인이라고 선언했다는 사실을.

"그래서 슈 군의 손을 통해 여행을 떠나길 원하는 거지."

"하지만 모처럼 친구가 됐잖아요. 그리고 버려지고 망가질 걸 각오하고 여행을 떠나겠다니…… 역시 그건 잘못됐어요."

"뭐가 옳고 그른지를 정하는 건 본인이야."

그 말을 듣고 슈의 뇌리를 스친 건 타타리못케였던 요타에게 벌어진 일이었다. 부모님과 만나게 해주는 게 최선이라는 믿음으로 무작정 밀어붙인 끝에 그런 사태가 벌어지고 말았다. 물론 슈가 가만히 있었다면 요타가 수호신인 자시키와라시가 되는 행복한 결말이 찾아오지는 않았을지도 모르지만.

"누구나 군은 각오를 갖고 자신이 나아갈 길을 정하는 거야. 슈 군의 말처럼 그 앞에 멋진 결과가 기다린다는 보장은 없지. 하지만 그건 카사바케 군이 선택한 길이잖아."

선생님의 말처럼 그 의사를 존중해야 할지도 모른다. 카사바케를 위한다면 그의 여행을 응원하며 배웅하는 게 진짜 우정일 것이다. 하지만 길가에 버려져 녹슬어가는 그의 모습을 상상하면 슬프고 괴로워서 어쩔 수가 없었다.

그래서 슈는 카사바케의 요구를 받아들일 수 없었다.

"언젠가 너도 이해할 날이 오길 바랄게."

선생님은 그렇게 대화를 마무리 짓고 다시 원고 작업에 열중했다.

시간이 흘러 7월이 되자 시즈쿠가 매일 조금씩 연습했던 고백 특훈의 성과가 나타나기 시작했다. 야스시로 변신한 코노스케에게 고백을 해도 빗줄기가 강해지는 시간이 눈에 띄게 짧아졌다.

그리고 일주일이 더 지나자 코노스케가 상대라면 빗방울에 전혀 변화를 주지 않고 고백할 수 있을 만큼 성장했다.

"굉장해요, 시즈쿠 씨! 이 정도면 괜찮겠어요!"

"고마워요, 미노리 씨. 저도 덕분에 자신감이 생겼어요."

두 사람이 손을 맞잡고 요란스레 기뻐했다.

"코노스케 군도 수고 많았어."

선생님이 격려의 말을 건네자 야스시의 모습이 작은 햄스터로 바뀌었다.

"이 정도면 평생 받을 고백은 다 받은 것 같네요."

"그것 참 부럽네."

"으윽. 슈 님, 이게 얼마나 힘든 일인지 아십니까!"

그런 화기애애한 분위기 속에 카사바케의 모습은 보이지 않았다. 슈는 여전히 비 오는 날에도 카사바케를 밖으로 데리고 나가지 않았고 이미 꽤 오랫동안 그와 대화조차 제대로 나누지 못했다. 그뿐만 아니라 최근엔 민박집 안에서도 그 모습을 보기 힘들어진 상태였다.

코노스케와 미노리의 말에 따르면 틀림없이 아야시 장 안에는 있다고 한다. 하지만 구체적인 장소는 슈에게 절대 말하지 말라고 신신당부를 한 모양이다. 그렇게까지 노골적으로 피하니 슈의 기분도 좋지 않았다.

그 뒤 회의를 통해 시즈쿠의 고백 도전은 내일인 토요일로 정해졌다. 카사바케도 이 사랑의 행방을 지켜봐주면 좋을 텐데. 과연 그는 내일 시즈쿠를 응원하러 와줄까?

"아~ 힘들다."

오늘 할 일을 끝마친 슈는 로비 소파의 등받이에 몸을 푹 기대며 앉았다. 이런 모습을 보면 스에노가 또 잔소리하겠지만 머릿속이 고민으로 가득 찬 지금은 그런 것까지 신경 쓸 여유가 없었다.

아득히 높은 천장에 매달린 보석 같은 전등을 바라보며 슈가 생각하는 건 역시 카사바케였다.

'언젠가 너도 이해할 날이 오길 바랄게.'

선생님이 그렇게 말한 날부터 슈는 몇 번이고 카사바케의 심정을 이해하려고 노력했다. 하지만 아직도 그를 웃으며 보내줄 결심은 서지 않았다. 카사바케를 위한 것은 아니다. 단지 자기가 슬픔을 느끼고 싶지 않다는 이유로 붙잡고 있을 뿐이다. 그러니 카사바케가 화를 내는 것도 당연하다.

"……나도 참, 구제 불능이네."

"고민이라도 있으세요?"

한탄하듯 내뱉은 혼잣말에 대답이 돌아오자 슈는 깜짝 놀라며 자리에서 벌떡 일어났다. 그의 옆에는 어느새 시즈쿠가 앉아 있었다.

"카사바케 씨 때문에 그러시는 거죠? 괜찮으시면 저도 이야기를 들어드릴게요."

"아니, 하지만……."

"고백 결과가 어떻든 간에 저는 곧 여길 떠나요. 슈 님과 다른 분들께는 정말 큰 신세를 졌으니까 저도 조금이나마 도움이 되고 싶어요."

시즈쿠의 온화한 말투가 마음의 벽을 허물었고 슈는 자기도 모르게 카사바케에 대한 이야기를 정신없이 털어놓았다. 카사바케가 새로운 여행에 나서고 싶어 한다는 것. 그러려면 새로운 주인에게 버림받을 위험을 각오해야 한다는 것. 시즈쿠는 이따금씩 고개를 끄덕이며 슈의 답답한 마음을 들어주었다.

"어째서 카사바케는 그렇게까지 여행에 집착하는 건지……. 아, 그렇지! 시즈쿠 씨가 여길 떠날 때, 카사바케도 데려가주시겠어요?"

시즈쿠라면 카사바케가 아야시 장을 나와 평범한 우산으로 돌아간다 해도 요괴라는 걸 알고 있으니 소중하게 대해줄 것이다. 꽤 좋은 생각 같았지만 시즈쿠는 조용히 고개를 가로저었다.

"잊으셨나요? 저는 비 오는 날에도 우산을 쓰지 않는걸요."

그러고 보니 시즈쿠는 아야시 장에 처음 왔던 날에도 흠뻑 젖어 있었다. 비의 요괴인 그녀에게 비란 몸 일부나 마찬가지다. 따라서 굳이 우산을 쓰고 다닐 필요는 없다.

"그리고 카사바케 씨가 바라는 건 이 사람, 저 사람의 손을 거치며 여행하는 거예요. 당연한 일이죠. 카사바케 씨는 사람들에게 쓰이기 위해 태어났으니까요."

조금도 반박할 수 없는 말이었다. 슈는 손님인 시즈쿠에게 성가신 일을 떠넘기려 했던 자신이 부끄러워졌다.

"죄송합니다."

슈가 사과하자 시즈쿠는 살짝 미소 지으며 물었다.

"슈 님은 우리 요괴가 존재하는 이유를 아시나요?"

"존재하는 이유…… 말인가요?"

그런 건 지금까지 생각해본 적도 없었다. 슈가 고개를 가로젓자 시즈쿠는 뜸 들이지 않고 답을 알려주었다.

"하고 싶은 일이 있기 때문이죠."

너무나 단순하면서도 명쾌한 이유였다.

이상하게 들릴 수도 있겠지만 사람은 살기 위해 살아가는 측면이 있다. 슈가 귀찮아하면서도 매일 아침 학교에 가는 것도, 민박집에서 녹초가 되면서 열심히 일하는 것도 살기 위해 필요한 일이라는 전제가 붙어 있기 때문이다. 물론 그것만이 전부는 아닐 테지만.

반면 요괴는 하고 싶은 일이 있다는 이유만으로 존재한다. 그건 베개를 뒤집는 장난일 수도 있고, 사람 등에 업히는 것일 수도 있고, 몰래 리모컨을 숨기는 장난일 수도 있다. 아무리 하찮고 사소한 것이라도 상관없다. 자신이 이걸 위해 존재한다고 당당히 말할 수 없다면 그 요괴는 존재하지 않는 거나 마찬가지라고 한다.

그리고 그건 인간 역시 마찬가지일지도 모른다.

"슈 님에게도 하고 싶은 일이 있을 거예요."

하고 싶은 일. 그 말을 듣고 제일 먼저 머릿속에 떠오른 것은 이곳 아야시 장에서 하는 일이었다.

타타리못케 사건에서 큰 실수를 저지른 이후로 슈는 자기 나름대로 열심히 노력했다. 그 성과가 서서히 나타나기 시작했고 사람이든 요괴든 숙박객들이 기쁜 표정으로 이곳을 떠날 때면 지금껏 느껴보지 못한 만족감을 얻었다.

아야시 장에서 계속 일하고 싶었다. 하지만 다른 모든 걸 제쳐두고서라도 하고 싶냐고 묻는다면 그건 아닌 것 같았다. 슈는 아직 고등학생이고 앞으로도 다양한 것들을 보고 많은 것을 알아가며 성장할 것이다. 이제 어린애는 아니지만 지금 당장 장래를 결정할 수 있을 만큼 어른이 된 것도 아니었다.

마땅한 대답을 하지 못하는 슈를 보며 시즈쿠는 살짝 웃었다.

"지금은 대답하지 못해도 괜찮아요. 그게 자연스러우니까요. 분명 카사바케 씨에게도 뒤지지 않을 만큼 간절히 하고 싶은 일을 꼭 찾을 수 있을 거예요."

시즈쿠는 칠칠치 못한 남동생을 귀여워하듯이 슈의 머리를 쓰다듬었다. 갑자기 부끄러워져서 몸을 웅크리자 시즈쿠는 소파에서 일어섰다.

"그럼 저는 내일을 위해 슬슬 자러 갈게요."

"시즈쿠 씨."

슈가 시즈쿠를 불러 세웠고 그녀는 천천히 돌아보았다.

"내일 고백, 같이 열심히 해봐요."

"네. 물론이죠!"

만면에 미소를 띠며 대답하고 멀어지는 시즈쿠의 뒷모습을 슈는 조용히 지켜보았다. 머릿속으로는 방금 그녀가 해준 말을 계속해서 되새기면서.

다음 날인 토요일.

슈는 아침부터 혼자 토가와 주점으로 향했다. 다른 이들은 시즈쿠의 마지막 특훈을 함께하기로 했고 슈의 역할은 야스시를 아야시 장으로 데려오는 것이었다. 하지만 그게 가장 어려운 임무인지도 몰랐다.

하네시마 씨의 집을 찾아갔을 때도 코노스케의 도움으로 겨우 성공했지만 요괴에 대해 잘 모르는 평범한 사람을 아야시 장으로 불러내는 건 어려운 일이다. '저희 민박집에 묵으러 와주세요.' 하는 단순하고 무모한 방문 판매에 응해줄 가능성은 극히 낮았다. 이번엔 코노스케도 따라올 수 없으므로 슈 혼자서 어떻게든 해결해야만 했다.

고민하며 걷는 사이 목적지인 토가와 주점에 도착했다. 얼핏 오래된 민가를 개조한 카페처럼 보일 만큼 세련된 가게에서 한 남자가 맥주 상자를 들고나왔다. 전에 가게 계산대에서 마주쳤던 야스시가 틀림없었다.

결국 슈는 뾰족한 설득 방법은 떠올리지 못했다. 애초에 아무리 고민해봐야 정답 같은 건 없을지도 모른다.

일단 부딪혀보자는 생각으로 슈는 야스시에게 말을 걸었다.

"실례합니다!"

아야시 장이 자랑하는 툇마루로 둘러싸인 안뜰에서는 밤이 되면 무수한 반딧불이 수국을 비춘다. 이쪽으로 날아와 부드럽게 점멸하는 황록색 빛을 붙잡으려 손을 뻗어도 절대 잡히진 않았다. 아무래도 실체가 없는 듯했다.

슈가 일을 마치고 혼자 툇마루에 앉아 멍하니 정원을 바라보는데 푸르게 빛나는 나비 한 마리가 나풀나풀 날아오더니 슈의 머리 위에 앉아 날개를 쉬었다. 이 신기한 나비는 미노리가 아야시 장의 미궁에 갇혔을 때 한 번 만난 적이 있었다. 반딧불과 다르게 이쪽은 실체가 존재하는 듯했다.

"우리, 전에도 만났었지? 넌 무슨 요괴야?"

물어봤지만 나비는 아무 대답 없이 날아갔다. 그와 엇갈리듯 발소리도 없이 나타난 사람은 스에노였다.

"슈야, 혼자서 무슨 생각을 그렇게 혀?"

"……아무것도 아니에요."

"타타리못케 때 얻은 교훈을 벌써 잊은 겨? 손님 문제를 나헌티 또 숨기다 들키믄 이번엔 꿇어앉은 무릎 위에 돌을 올린다고 혔잖여."

슈도 그 약속을 떠올리며 떨떠름한 표정을 지었다. 하지만 그건 협박이 아니라 스에노 나름의 배려라는 걸 모르는 건 아니다. 스에노가 먼저 판을 깔아주었으니 슈는 전부 털어놓기로 했다. 어쨌든 혼자선 이 문제의 해결책을 찾아내기 힘들 것 같았으니까.

"……오늘 시즈쿠 씨가 좋아하는 야스시 씨를 불러내려고 토가와 주점에 다녀왔어요."

"그건 나도 알지."

"가자마자 야스시 씨가 보였어요. 그래서 이야기해봤더니…… 다른 사람이었어요."

"그게 무슨 뜻이여?"

스에노가 미간을 찡그렸다. 슈는 짧게 숨을 들이켰다.

"그 사람은 야스시 씨의 손자인 나오키 씨였어요. 야스시 씨는…… 5년 전에 75세로 타계하셨대요."

야스시와 똑같이 변신한 코노스케에게 시즈쿠가 점수를

90점만 줬던 건 그녀의 기준이 너무 깐깐해서가 아니었다. 코노스케가 따라한 건 그의 손자였기 때문이다. 닮긴 했어도 다른 사람이니 코노스케가 아무리 노력해도 야스시와 완벽히 똑같아질 수 없었던 것이다.

시즈쿠는 말했다. 야스시와 만난 건 얼마 전이고 그 이후로 자신의 콤플렉스인 비를 내리는 힘을 억누를 수 있는 테가타 가사를 찾아다녔다고. 찾아다닌 기간은 길어봐야 기껏 1년 정도일 거라고 별생각 없이 판단해버린 게 잘못이었다.

그녀가 말한 '얼마 전'이 60여 년 전일 줄은 꿈에도 몰랐던 것이다.

"사람과 요괴의 시간 감각은 전혀 다르구나."

중얼거리는 슈 옆으로 스에노가 슬며시 와서 앉았다. 몇 마리의 반딧불이가 주변으로 모여들었다. 스에노는 그 환상적인 빛을 바라보며 굳게 다물고 있던 입을 천천히 열었다.

"시간의 흐름 같은 건 사람들도 각자 다 다르게 느끼는 겨. 나이를 먹을수록 1년이나 10년 정도는 순식간에 흘러간 것처럼 느껴지기 마련이니께. 너는 아직 고등학생이니 이해 못 할 수도 있겄지."

"그래도 60년이라니……. 거의 한 사람 인생 전체에 해당하는 세월이잖아요. 그걸 얼마 전이라고 말할 정도면 우리와는 너무 다르구나 싶네요……. 사람과 요괴 사이엔 역시 뛰어넘을 수 없는 벽 같은 게 있지 않나 하는 생각이 들어요."

"니도 참 바보구먼."

그렇게 말하며 웃는 스에노를 슈가 노려보았다.

"바보라니요! 사람이 진지하게 고민하는데……."

"그런 걸 아무리 고민헌다고 답이 나오겄어? 중요한 건 시간을 서로 어떻게 느끼는지가 아녀. 압도적인 차이가 나는 사람과 요괴의 시간이 지금 이 순간만큼은 분명하게 겹치고 있다는 거, 그게 가장 중요허지."

스에노의 눈동자에 슈의 놀란 얼굴이 비쳤다.

"1초든 60년이든 지나간 시간은 전부 과거잖어. 니가 해야 할 일은 영원한 시간을 살아가는 요괴 손님들의 방대한 기억 속에 선명한 흔적을 남기는 것이여. 아야시 장에 머물렀던 기억을 문득 떠올리고 그때 참 즐거웠다는 생각이 들만한 접객을 해야 하는 겨. 그러면 틀림없이 손님들은 다음에 또 와줄 테니께. 그게 곧 미래를 이어나가는 일 아니겄어? 물론 그때까지 내가 살아 있을지는 모르겄지만서도."

잘하면 자기보다 오래 살 것 같은 양반이 무슨 소린가 싶어 슈는 피식 웃고 말았다.

"……그래요. 할머니 말이 맞아요."

"이번엔 웬일로 내 말을 순순히 받아들이는 겨?"

"저도 조금은 성장했나 보죠."

"성장한 건 알지. 내 자랑스러운 손자인디."

아무래도 스에노는 전혀 예측할 수 없는 타이밍에 칭찬하는 경향이 있는 것 같다. 마음의 준비가 안 되었던 슈는 "뭐예요, 갑자기. 징그럽게."라고 말하며 고개를 홱 돌려버렸다. 스에노는 그런 손자를 보며 "핫핫핫!" 하고 요괴처럼 웃더니 툇마루에서 일어났다.

"그럼 난 다시 일하러 가야겄다."

"네? 잠깐만요, 할머니! 시즈쿠 씨의 고백을 어떻게 해야 좋을지 같이 고민해주는 거 아니었어요?!"

"할미는 바빠. 시즈쿠 씨를 먼저 돕겠다고 나선 건 니잖여. 그럼 마지막까지 책임지는 것도 니 몫이지."

"그럴수가……."

슈가 힘없이 중얼거리자 스에노는 가볍게 한숨을 쉬며 머리를 긁적였다.

"내가 언제 니 혼자 생각하라고 혔어? 니헌티는 인저 고민을 털어놓을 친구도 있고 도움받을 동료도 있잖여."

그랬다. 애초에 고백을 돕기로 한 건 슈 혼자 결정한 일은 아니었으니까. 코노스케와 미노리, 선생님과 카사바케가 다 함께 정한 일이었다.

외톨이로 지낸 시간이 길다 보니 슈에겐 고민을 혼자 끌어안는 버릇이 있었다. 평범한 사람들은 자기 고민을 이해하지 못할 테니 털어놔봐야 소용없다고 아주 오랫동안 생각해왔다.

하지만 지금은 달랐다.

다양한 모습으로 변신해서 도와줄 수 있는 자칭 댄디한 햄스터가 있다.

자신처럼 요괴를 볼 수 있는 한 살 위의 요괴 오타쿠 선배가 있다.

평소엔 조금 게을러 보이지만 항상 슈를 신경 써주는 만화가 선생님이 있다.

확고한 자기주장을 절대 굽히지 않는 조금 거만한 말투의 우산도 있다.

그들에게 털어놓으면 된다. 너무나 당연한 사실을 이제야 깨달은 슈는 "고마워요, 할머니!" 하고 인사하며 툇마루에서 달려나갔다.

"……힘내, 슈."

손자를 응원하는 스에노의 어깨에 근처를 날아다니던 파란 나비가 슬며시 앉았다. 그 옅은 빛을 받은 스에노의 표정은 어딘지 모르게 쓸쓸해 보였다.

스에노의 조언에 힘을 얻은 슈는 즉시 코노스케와 선생님

에게 사정을 이야기했고 미노리에게도 전화를 걸어 오늘 고백을 중지할 수밖에 없는 사정을 설명했다. 카사바케와도 이야기하고 싶었지만 슈는 지금 그가 민박집 어디에 숨어 있는지 알 수 없었다.

다음날, 세 사람과 요괴 햄스터 한 마리가 모여 어떻게 하면 시즈쿠의 사랑이 최선의 결말을 맞이하도록 도울 수 있을지를 의논했다.

"어쨌든 야스시 씨와 쏙 빼닮았다는 손자분의 협력은 꼭 필요하겠어."

선생님의 의견에 동의해서 슈와 미노리 두 사람이 대표로 토가와 주점을 찾아가기로 했다. 큰길 쪽으로 나가자 바깥은 장마 사이의 귀중한 맑은 날씨였다.

토가와 주점은 같은 미즈키 시게루 로드에 있기 때문에 걸어서 5분도 걸리지 않았다. 가게 앞에 도착하자 회사용 차량의 짐칸에서 상품을 내리는 나오키의 모습이 보였다.

코노스케가 변신한 모습을 보고 시즈쿠가 90점의 야스시로 평가한 걸 생각해보면 나오키와 젊은 시절의 야스시는 거의 빼다 박은 외모라고 해도 될 것이다. 그만큼 닮았으니 어떻게든 부탁해서 그에게 야스시인 척해달라는 작전도 슈의 뇌리를 스쳤다. 하지만 그건 시즈쿠의 사랑을 모욕하는 일이라는 생각에 그만두었다.

상대방이 이제 이 세상에 존재하지 않는 이상, 시즈쿠의 사랑은 유감스럽게도 이뤄질 수 없다. 그들이 해야 할 일은 시즈쿠가 마음을 정리할 수 있도록 돕는 것이다. 그 방법을 모색하기 위해서라도 나오키의 도움은 꼭 필요했다.

결심을 굳힌 슈가 "저기……" 하고 말을 걸자 나오키는 "아아, 어제 왔던……" 하고 일하던 손을 멈췄다.

"잠깐 할 이야기가 있는데 괜찮을까요?"

"이것만 다 내리면 쉬는 시간이니까 그럼 저기 있는 찻집에서 기다려줄래?"

나오키가 가리킨 방향에는 돗토리현에서만 볼 수 있는 커피 체인점 '스나바 커피'가 있었다.

나오키의 제안대로 가게 안으로 들어가서 슈는 블렌드 커피, 미노리는 말차 라테를 주문했다. 음료를 마시며 10분 정도 기다렸더니 나오키가 왔다.

"많이 기다렸지? 아, 전 늘 마시던 걸로요."

일하는 데서 가까운 만큼 단골이었는지 나오키는 점장으로 보이는 수염을 기른 남자에게 그렇게 주문을 했다. 가게에서 '늘 마시던 걸로'라는 말을 할 수 있다는 것만으로 나오키가 묘하게 어른스럽게 느껴졌지만 잠시 뒤 나온 음료가 녹색 탄산 위에 아이스크림을 얹은 크림소다였기에 거리감이 순식간에 좁혀져버렸다.

"그래서, 왜 날 찾아온 거니?"

나오키는 빨대로 크림소다를 한 모금 빨아들이고 그렇게 물었다. 어떻게 말을 꺼낼지 사전에 의논한 결과, 진실을 있는 그대로 전하는 게 최선이라는 결론이 났다. 물론 요괴에 대한 건 숨기면서 말이다. 슈는 커피를 노려보던 얼굴을 들었다.

"저희는 아야시 장에서 일하는 사람인데요. 지금의 나오키 씨 나이였던 야스시 씨를 보고 첫눈에 반했었다는 여성분이 지금 저희 가게에 묵고 계시거든요."

"호오, 우리 할아버지한테……. 그렇다면 여든 살쯤 되시겠네?"

시즈쿠의 실제 나이는 그것보다도 훨씬 많을 것이다. 여자에게 나이를 묻는 건 실례니까 앞으로도 정확히 알 수는 없을 테지만. 나이에 관한 질문은 겸연쩍은 미소로 어떻게든 얼버무릴 수 있었다.

"그분은 야스시 씨한테 고백하고 싶다는 마음을 간직한 채 살아오셨대요. 그런데 제가 야스시 씨는 이미 돌아가셨다는 걸 어제 듣게 됐고요. 그래서 나오키 씨가 대신 아야시 장으로 와주셨으면 합니다."

"뭐, 확실히 난 젊은 시절의 할아버지를 쏙 빼닮았다는 말을 자주 듣긴 하는데……."

뺨을 긁적이는 나오키에게 슈가 애원했다.

“제발 부탁드립니다!”

“저도 이렇게 부탁드릴게요!”

미노리도 슈의 옆에서 함께 고개를 숙였다. 나오키는 크림소다의 아이스크림을 숟가락으로 뜨면서 별로 고민하는 기색도 없이 “그럴게.” 하고 승낙했다.

“……어, 저, 정말이세요?!”

“물론이지. 우리 할아버지는 조금 특이한 분이셨어서 우리 할머니 말고 대체 어떤 사람이 좋아했을지 궁금하긴 하거든.”

생각보다 쉽게 승낙을 얻어내자 슈와 미노리는 얼굴을 마주 보며 기뻐했다. 요괴에 관한 내용은 교묘히 피하며 설명했지만 그런 부분은 아야시 장 안으로 데려오기만 하면 어쩔 수 없이 믿게 될 것이다.

오후 여섯 시쯤에 와주기로 나오키에게 약속받은 뒤, 슈와 미노리는 아야시 장으로 돌아왔다. 불러내는 데 성공했다고 전하니 시즈쿠는 기쁨 반 불안 반으로 “어떡하죠? 어떡하죠?” 하며 안절부절못했다.

실제로 찾아오는 건 그 손자인 나오키라는 사실은 알리지 않았다. 진실은 나오키와 만났을 때 알아야 했다. 고백을 할지

안 할지 그리고 무슨 말을 꺼낼지는 시즈쿠에게 달렸다.

열심히 고민했음에도 그녀에게만 문제를 떠넘겼다는 감도 없지 않지만 결국 그들이 할 수 있는 일은 이 정도였다. 마음을 정리하는 문제는 시즈쿠 본인에게 맡길 수밖에 없으니까.

고백의 무대는 아야시 장이 자랑하는 안뜰이었다. 넓은 범위로 피어난 수국들은 오랜만에 얼굴을 비춘 햇볕을 온몸으로 쬐어서인지 비 오는 날보다 훨씬 선명한 색을 띠고 있다. 사랑 고백의 무대로는 더 바랄 게 없는 상태였다.

현재 시각은 오후 네 시였다. 이번이 진짜 마지막 특훈이라며 미노리와 코노스케 그리고 선생님은 시즈쿠를 데리고 안뜰로 나왔다. 슈는 그 모습을 지켜보다가 혼자 로비로 향했다.

오늘은 오랜만에 맑은 날씨기도 해서 어제보다 훨씬 많은 요괴가 로비에 있었다. 슈는 혼잡한 홀 안을 열심히 둘러봤지만 카사바케의 모습은 보이지 않았다.

"실례합니다! 카사바케를 보신 손님분 계실까요?"

지금은 우물쭈물할 시간이 없었다. 소리 높여 질문하자 오니鬼(빨간 얼굴에 뾰족하고 긴 송곳니, 머리에는 뿔이 달린 요괴) 가면을 쓴 덩치 큰 요괴가 손을 들었다.

"그자라면 방금 대형 욕탕 근처의 객실에서 봤다."

"정말요? 감사합니다!"

친절한 손님에게 감사 인사를 한 뒤, 슈는 해당 장소로 달려갔다. 뒷골목 쪽 아야시 장은 여전히 미로처럼 복잡한 데다 손님에 맞춰 거의 매일 구조가 바뀌었다. 하지만 그런 요상한 민박집 안을 돌아다니는 것도 이젠 꽤 익숙해졌다.

구조가 바뀌어도 주의 깊게 관찰하면 목적지로 가는 주요 표식은 바뀌지 않는다. 그 표식은 기둥에 난 흠집이나 꽃병, 천장의 거미줄 등 제각각이었다.

대형 욕탕으로 가는 길의 표식인 깨진 벽 거울을 두고 오른쪽으로 돌자마자 슈는 급히 멈춰 섰다. 대형 욕탕 옆 객실의 장지문에는 '카사바케 단독 공연 장소'라고 적힌 종이가 붙어 있었다.

"설마……."

슬며시 안을 들여다보니 아니나 다를까 숙박객에게 둘러싸인 카사바케가 자기 여행 이야기를 신나게 떠들어대고 있었다. 눈에 전혀 안 띈다 했더니 이런 데서 멋대로 공연을 열고 있었나 보다.

"카사바케!"

큰 소리로 부르자 카사바케가 말을 멈추고 거북한 눈빛으로 슈를 바라보았다. 그리고 손님들에게 "다음 부분은 나중에 들려드리겠소." 하고 말하고는 재빨리 그 자리를 벗어나려고 했다.

"기다려봐, 카사바케! 시즈쿠 씨가 이제 곧 고백을 시작할 거야. 그러니까 같이 가줘!"

그녀의 고백을 지켜보고 싶은 마음은 있었는지 카사바케는 발처럼 사용하는 손잡이 부분을 딱 멈췄다. 하지만 슈 쪽을 돌아보진 않았다.

"……미안해. 난 내가 쓸쓸해지기 싫어서 널 여기 붙잡아두고 있었어. 시즈쿠 씨가 가르쳐줬어. 요괴의 존재 이유는 하고 싶은 일이 있기 때문이라고. 사람들과 여행하는 거야말로 카사바케가 모든 걸 제쳐두고서라도 하고 싶은 일이잖아. 난 내 이기적인 생각으로 네 존재 이유를 빼앗으려 했어. 정말로 미안해."

그 말에 카사바케는 그제야 슈를 돌아봤다.

"……날 밖으로 데려가지 않는 이유가 날 위하는 슈의 마음 때문이었다는 건 알고 있네. 하지만 난 우산일세. 사람의 손에 들려 밖으로 나가기 위해 만들어졌지. 그때그때의 주인과 함께 다양한 풍경을 바라보는 것이야말로 내가 살아가는 의미. 그러기 위해서라면 설령 길에서 객사하는 운명을 맞더라도 후회하진 않네."

"그래…… 역시 쓸쓸하겠지만 난 이제 네 삶의 방식을 부정하지 않을게. 다음에 비가 오는 날부터는 꼭 널 쓰고 외출하기로 약속할게. ……나는 네 친구니까."

카사바케의 커다란 외눈이 살짝 젖은 것처럼 보인 건 슈의 착각이었을까.

"……그렇다면 우리가 더 이상 다툴 이유는 없겠군. 내가 할 수 있는 일이라면 뭐든 돕겠네."

그렇게 해서 둘의 싸움은 드디어 끝이 났다. 오랫동안 친구가 없었던 슈에게는 첫 싸움이었고 첫 화해였다. 가슴이 따뜻해지는 느낌을 간직한 채 슈는 카사바케와 함께 안뜰로 향했다.

아직 해가 높이 뜬 오후 여섯 시였다. 나오키는 약속 시간에 정확히 맞춰 아야시 장으로 왔다. 슈는 다시 한번 감사를 표하며 숙박 명부에 이름을 써달라고 했다. 숙박하는 게 아닌데도 이름을 써달라고 한 것은 명부가 뒷골목으로 가는 통행 허가서나 마찬가지기 때문이다.

슈는 나오키를 안내하며 철제문을 통과했다. 그 너머에 아무리 생각해도 말이 안 되는 넓은 로비가 나타나자 나오키는 눈을 동그랗게 떴다.

"우와…… 굉장하네."

각자의 시간을 보내는 요괴들을 보며 나오키는 어안이 벙벙해진 채 짧은 소감을 말했다. 솔직히 슈가 예상했던 것보다는 상당히 밋밋한 반응이었다.

아야시 장의 뒷골목 쪽으로 처음 넘어온 사람은 요괴를 목격하자마자 비명에 가까운 소리를 지르는 게 대부분이다. 심하면 울음을 터뜨리는 일도 있었기에 사람을 데려올 때면 매번 큰 소란이 일어나는 게 일상이었다. 그런데 나오키는 뭔가 납득된다는 표정까지 짓고 있었다.

"아야시 장은 요괴도 묵을 수 있는 민박이에요. 정식으로 명부를 작성하면 이렇게 누구나 요괴를 볼 수 있게 되는데……. 나오키 씨는 별로 놀라지 않으시네요."

"아니, 이래 보여도 꽤 놀라고 있거든? 생각이 따라가지 못해서 그럴 뿐이야."

나오키는 미술관에서 유명한 그림이라도 감상하듯 요괴들을 유심히 둘러보고는 이윽고 입꼬리를 올렸다.

"우리 할아버지가 특이한 사람이라고 했잖아? 그건 가끔 이상한 게 보인다고 하셔서 그랬던 거야. 나도 이상한 이야기를 많이 들었는데…… 그건 거짓말이 아니었던 거구나."

야스시의 눈에는 시즈쿠의 모습이 보였으니까 어쩌면 영력을 가진 건지도 모른다고 슈도 생각했었다.

"야스시 씨에게는 역시 요괴가 보였던 거군요."

"그랬던 것 같아. ……나, 할아버지한테 들었던 이야기 중에 꽤 인상 깊었던 게 있어."

나오키가 그런 서두와 함께 털어놓은 야스시의 에피소드는 생각지도 못한 커다란 수확이었다.

“나오키 씨! 이제부터 만나게 될 분에게도 꼭 그 이야기를 해주세요.”

“우리 할아버지한테 고백하고 싶어 했다는 분 말이야? 그러고 보니 대체 어디 계신다는 거야?”

“이쪽입니다. 절 따라오세요.”

그렇게 슈는 나오키를 시즈쿠에게 안내했다.

사방이 툇마루로 둘러싸인 넓은 안뜰, 수면 위로 수련 꽃이 핀 연못 바로 옆에는 하얀 원피스를 입은 긴 흑발의 아름다운 여성이 눈을 감은 채 서 있었다. 주위로 흐드러지게 피어난 수국이 좋은 배경을 이뤄 한 폭의 그림 같은 광경이었다.

“저분이야?”

나오키는 의외라는 표정을 지었다. 그도 그럴 것이 젊은 시절의 야스시에게 반한 사람이라고 설명했으니까 당연히 상대방은 할머니라고 생각했을 것이다.

“죄송합니다, 나오키 씨. 사실 야스시 씨에게 반한 분은 사람이 아니에요. 이름은 시즈쿠 씨라고 합니다.”

“시즈쿠 씨…… 내 눈에는 아무리 봐도 예쁜 여자로만 보이는데. 저분도 ‘요괴’라는 존재인가 보구나.”

나오키는 자신이 처한 상황을 서서히 이해하고 있는지 시즈쿠를 멀찍이 바라보고 있었다. 그리고…….

"아아, 그렇게 된 거구나."

나오키의 머릿속에서 무언가가 맞물린 듯했다. 아까 들었던 할아버지의 에피소드를 꼭 말해달라는 슈의 의도도 이해했는지 엄지를 세워 보이며 혼자 안뜰로 걸어갔다.

재밌는 일이 벌어질 거란 냄새를 맡은 요괴 손님들이 사방의 툇마루에 우르르 모여들었다. 다들 조용히 숨을 죽인 채 아메온나가 맞이할 사랑의 결말을 지켜보고 있었다. 그중에는 당연히 미노리와 코노스케, 선생님과 스에노도 섞여 있었다.

슈의 옆으로 카사바케가 부웅 날아왔다.

"드디어 시작됐군."

그렇게 말하는 그에게 슈는 작은 소리로 어떤 부탁을 했다. 카사바케는 알았다고 대답하고는 이제부터 시작될 고백의 때를 기다렸다.

"안녕하세요."

거리를 좁힌 나오키가 시즈쿠에게 인사했다. 그녀는 계속 감고 있던 눈을 뜨고 그 빨려 들어갈 것만 같은 눈동자로 간절히 기다리던 사람의 모습을 바라보았다. 몇 초간의 침묵 뒤에 부드러운 미소가 맺혔다.

"야스시 씨. 오늘 바쁘신 와중에 이렇게 와주셔서 감사드립니다. 저는 당신에게 꼭 전하고 싶은 말이 있어요."

시즈쿠는 자신의 가슴에 손을 얹으며 비가 쏟아지지 않도록 마음을 가라앉혔다. 그리고 60년 동안 쌓아두었던 모든 마음을 쏟아냈다.

"저에게 우산을 씌워주셨던 그날부터 계속 당신을 사모했습니다. ……사랑합니다, 야스시 씨."

맑은 하늘에서 비가 쏟아질 기미는 아직 보이지 않았다. 특훈의 성과가 분명하게 드러나고 있었다.

"감사합니다, 시즈쿠 씨. 하지만 죄송합니다. 저는 야스시가 아니에요. 야스시는 저의 할아버지인데 5년 전에 돌아가셔서……. 저는 손자인 나오키라고 합니다."

나오키의 입에서 잔혹한 진실이 전해졌다. 하지만 시즈쿠는 여전히 미소 짓고 있었다.

"……네. 처음 봤을 때부터 그분이 아니라는 건 알고 있었어요."

시즈쿠는 아무래도 얼굴을 마주친 시점부터 알아챘던 모양이다. 그런데도 예정대로 고백을 했다. 그건 지금까지 그녀를 도와준 이들을 위한 것이기도 했고, 고민하면서도 손자를 데려와준 배려에 부응하기 위해서이기도 했고, 무엇보다도 자신의 마음을 정리하기 위해서였다.

"제가 콤플렉스 때문에 고민하면서 꾸물대는 사이에 그렇게나 오랜 시간이 흘렀군요……. 요괴들은 시간에 둔감한 게 문제네요. 부끄러울 따름입니다."

고개를 숙인 채 중얼거린 시즈쿠는 간신히 미소를 띠며 나오키에게 물었다.

"야스시 씨의 인생은 행복했나요?"

"네. 다섯 명의 자식과 여덟 명의 손주들에게 둘러싸여서 행복하게 살다 가셨을 거예요."

"그건 참 다행이네요. ……오늘은 정말로 감사했습니다."

시즈쿠는 깊이 머리를 숙이고는 나오키에게서 등을 돌렸다.

목적은 이뤘다. 이걸로 끝이다. 더 이상 어쩔 도리가 없다. 하지만 부족했다. 시즈쿠의 마음은 조금 더 보답받아야 했다.

그래서 슈는 나오키에게 부탁해두었다. 슈의 의도를 제대로 이해한 나오키는 돌아가려는 시즈쿠를 불러 세웠다.

"잠시만요."

뒤를 돌아본 그녀는 더 이상 미소를 유지하기도 힘들었는지 어둡게 흐려진 표정을 짓고 있었다.

나오키는 안타깝게도 시즈쿠가 사랑하는 야스시가 아니다. 그렇지만 나오키만이 전해줄 수 있는 이야기가 있다.

"저는 전에 할아버지한테 시즈쿠 씨에 대해 들은 적이 있어요."

의외의 말에 시즈쿠는 눈을 크게 떴다.

"……야스시 씨한테서요?"

"네. 할아버지는 가끔 다른 사람들 눈엔 보이지 않는 게 보일 때가 있다고 하셨어요. 그게 요괴였다는 건 방금 알게 됐지만

요. 할아버지는 저한테 당신이 보신 요괴에 대해 자주 말씀해 주셨어요. 시즈쿠 씨, 당신과 만났을 때의 이야기도요."

시즈쿠는 예상하지 못한 이야기에 눈을 깜빡이는 것도 잊은 채 열심히 듣고 있었다.

"그 이야기를 하시기 전에는 반드시 '할머니한텐 비밀이다.'라는 말부터 꺼내셨죠. 할아버지가 스무 살 무렵에 가게 앞에서 흠뻑 젖어 서 있던 여자분에게 우산을 씌워주었대요. 많은 사람 속에서 비를 맞고 있는데 아무도 신경 쓰지 않아서 그게 사람이 아니라는 걸 깨달으셨다고 해요. 하지만 가만히 지켜볼 수만은 없었다고 하셨어요. 비를 맞는 그 여자분이 너무나 아름다웠기 때문에요."

믿기지 않는다는 듯 자신의 입을 양손으로 틀어막은 시즈쿠의 눈가에 눈물이 맺혔다.

단 한 번의 만남을 야스시도 기억하고 있었다. 그것도 손자에게 몇 번이고 이야기할 만큼 선명히.

60년의 사랑은 결코 헛된 것이 아니었다. 물론 크게 환호할 만큼 기쁜 결말은 아니었다. 그래도 사랑하는 이의 손자를 통해 야스시의 입에서 '아름답다'라는 말이 나왔다는 걸 들을 수 있었다.

나오키가 들려준 이야기에 시즈쿠의 마음은 크게 요동쳤고 감정이 변하며 잿빛 먹구름이 하늘을 뒤덮기 시작했다. 열심히 훈련했지만 역시 더는 무리였다. 너무나도 기쁘고 슬퍼서 이런 복잡한 감정을 제어할 수 있을 리 없다.

한 방울, 두 방울, 시즈쿠의 눈에서 흘러내리는 눈물에 호응하듯 하늘도 울기 시작했다. 하늘을 올려다보는 나오키의 발에 무언가가 툭 닿았다. 그곳에는 살이 하나 부러진 비닐우산이 놓여 있었다.

아무리 특훈을 했어도 나오키가 이 이야기를 들려주면 시즈쿠가 비를 내릴 거라는 걸 슈는 이미 예상했다. 그래서 고백이 시작되기 직전에 카사바케에게 비가 내리면 재빨리 나오키에게 가달라고 부탁했던 것이다.

나오키는 우산을 펼쳐 시즈쿠에게 씌워주었다.

"감기 걸리겠어요."

그건 우연하게도 야스시와 처음 만났던 날에 들었던 것과 똑같은 말이었다.

시즈쿠가 울음을 그칠 때까지 비는 멈추지 않는다. 그날과 같이 우산 밑에서는 한동안 두 사람만의 시간이 흘렀다.

"신세 많았습니다."

다음 날 아침, 아야시 장 뒷골목 쪽의 현관에서는 아침 일찍 배웅하러 모인 모두에게 시즈쿠가 깊이 머리를 숙이고 있었다. 하늘은 다시 장마다운 날씨로 돌아왔다. 아메온나가 여행을 떠나기에는 딱 적당한 날일지도 몰랐다.

"이제부터 어떻게 하실 건가요?"

슈가 묻자 시즈쿠는 생각에 잠기듯 구름 낀 하늘을 올려다보았다.

"음…… 모르겠어요. 다시 하고 싶은 일을 찾아야겠죠."

"……저도 열심히 찾아보겠습니다."

시즈쿠는 슈에게 아직 자신이 뭘 하고 싶은지 몰라도 괜찮다고 말해주었다. 그래도 찾아내려는 노력은 하고 싶었다. 슈의 말을 들은 시즈쿠는 만족스럽게 미소 지었다.

"그럼 이제부터 경쟁이네요! 다음에 올 때는 슈 씨가 찾아낸 진심으로 하고 싶은 일이 뭔지 말해주세요. 그럼 또 봐요."

등을 돌린 시즈쿠의 손에는 뒷골목 상점가의 우산 가게에서 구입한 붉은 종이우산이 들려 있었다.

시즈쿠는 아메온나, 즉 비의 요괴다. 따라서 비가 오는 날에 우산을 쓰지 않는다. 그런데 지금 시즈쿠는 비 오는 하늘 아래서 우산을 빙글빙글 돌리고 있었다.

흠뻑 젖은 자신에게 우산을 씌워주었던 그 사람은 이제 없다. 어쩌면 시즈쿠가 계속 우산을 쓰지 않았던 이유에는 젖은 채로 걷다 보면 언젠가 또 야스시가 우산을 씌워줄지 모른다는 희미한 기대가 섞여 있었을지도 모른다. 우산을 쓴다는 건 시즈쿠가 이제 사랑을 떠나보냈다는 표시일 것이다.

아메온나는 종이우산을 나부끼며 비와 함께 떠나갔다. 구름 사이로 빛이 스며들자 뒷골목 하늘에는 커다란 무지개가 걸렸다.

그로부터 일주일이 지났다. 장마는 마지막 남은 힘을 쥐어짜듯 이슬비를 내렸지만 일기예보에서는 다음 주에 장마가 끝날 가능성이 크다고 했다.

슈는 약속한 대로 지난 일주일 동안 우산이 필요한 날에는 반드시 카사바케를 들고 외출했다. 그리고 그가 바라는 대로 학교나 편의점 같은 곳에 들어갈 때마다 우산꽂이에 반드시 넣어주었다.

오늘도 학교에서 돌아올 때 우산꽂이에 카사바케가 남아 있는 걸 보며 슈는 가슴을 쓸어내렸다.

"자, 돌아가자."

민박집 밖에선 말을 할 수 없는 그를 펼치며 비 오는 하늘 아래로 나갔다. 스에노가 장을 봐달라고 했기에 아야시 장으로 곧장 가지 않고 중간에 있는 슈퍼에 들렀다.

"곧 돌아올게."

우산꽂이에 카사바케를 꽂고 별생각 없이 꺼낸 그 말이 설마 마지막 인사가 될 줄은 몰랐다.

"……없어."

가게를 나오자마자 우산꽂이에 익숙한 낡은 우산이 없다는 걸 깨달았다. 슈가 카사바케를 꽂아두었던 곳 옆에 비슷한 비닐우산이 있는 걸 보면 아마 누군가가 잘못 가져간 것 같았다.

황급히 주위를 둘러보니 횡단보도 건너편에 살이 하나 부러진 비닐우산을 쓰고 걸어가는 사람이 보였다. 카사바케가 틀림없었다. 신호등은 아직 파란불이라 달려가면 따라잡을 수도 있었다.

하지만 슈는 결국 움직일 수 없었다.

이것이야말로 카사바케의 바람이었다. 그가 목숨을 걸고서라도 하고 싶은 일.

솔직히 말하면 지금 당장 그를 되찾고 싶었다. 민박집으로 데려가 평소처럼 이야기하고 싶었다. 하지만 이미 친구의 꿈을 응원하기로 마음먹지 않았던가.

이러지도 저러지도 못하고 가만히 서 있는 사이, 신호는 빨간불로 바뀌었다. 이제는 따라가도 늦었다.

"……잘 가, 카사바케."

닿지 못할 작별의 말은 빗소리에 지워졌다. 카사바케 대신 남겨진 우산은 도저히 가져갈 마음이 들지 않아서 슈는 혼자 이슬비를 맞으며 걸었다.

언젠가 다시 카사바케와 만날 수 있다면 또 그의 여행 이야기를 들을 것이다. 친구의 새로운 여행길에 부디 멋진 일만 가득하길 바랄 뿐이다.

제4장

언젠가 큰 횃대가 되어

그날 미즈키 시게루 로드는 활기가 넘쳤다.

상점가 곳곳에 노점이 세워졌고, 사다리를 짊어진 사람들이 상점가 천장을 등롱(조명 기구의 한 종류)으로 장식하는 작업에 한창이었다. 그도 그럴 것이 내일은 사카이미나토시에서 가장 큰 여름 축제인 '미나토 축제'가 열리는 날이다.

미나토 축제는 오랜 역사를 자랑하며 1946년부터 한 해도 거르지 않고 지금까지 이어져왔다. 축제는 오오미나토 신사에서 열리는 대어 기원제大漁祈願祭로 시작해 사카이미나토시와 시마네현의 미호노세키쵸町(읍·면에 해당하는 행정 단위) 사이를 지나는 사카이 해협境海峡에서 대어기大漁旗를 내건 수많은 어선의 해상 퍼레이드로 이어진다. 그 밖에도 외부 인사를 초청한 행사와 전야제의 재즈 페스티벌, 가마 나르기와 대어 기원 북 치기 등 풍부한 볼거리가 넘치는데 그중 빼놓을 수 없는 건 역시 한여름의 밤하늘로 쏘아올리는 불꽃놀이다.

그 화끈한 열기에 영향을 받아서인지 매년 같은 날에 뒷골목 쪽에서도 '미나토 뒷골목 축제'가 개최된다. 요괴들은 며칠 전부터 완전히 들뜬 모습이었다.

슈는 양쪽 축제 모두 첫 참가였다. 당일이 되면 미노리, 코노스케와 함께 축제를 돌아다니자고 약속했다. 선생님은 어제부터 만화 취재 때문에 외출했지만 축제 날 밤까지 돌아온다면 당연히 같이 나갈 생각이었다.

큰길 쪽 현관을 청소하던 슈는 내일이 너무 기대돼서 빗자루의 움직임에 자기도 모르게 리듬을 실었다. 7월 하순의 땡볕도 전혀 뜨겁게 느껴지지 않았다.

"좋은 아침, 슈 군."

목소리가 들린 쪽으로 고개를 돌리자 낯익은 사람이 이쪽을 향해 웃고 있었다.

"안도 씨. 좋은 아침입니다."

안도는 미즈키 시게루 로드에서 선물 가게를 운영하는 남자다. 수염이 풍성한 반면 머리는 미끈하게 벗겨져서 슈는 그를 볼 때마다 왠지 모르게 산타클로스가 떠오르곤 했다.

"스에노 씨 계셔?"

질문을 받은 슈의 시선이 흔들렸다.

"저, 그게…… 할머니는 외출 중이셔서요."

사실은 뒷골목 쪽에 가 있지만 스에노는 자신이 그쪽에 있을 때 누가 물어보면 부재중이라고 대답하라고 했다. 안도를 거짓말로 돌려보내는 건 이미 어제오늘 일이 아니었다.

"또 안 계신다고? 초봄부터 계속 못 뵌 것 같은데……. 건강은 괜찮으신 거지?"

"그야 뭐, 너무 건강하셔서 곤란할 정도죠."

건강한 스에노는 뒷골목 쪽에서 너무 열심히 일하느라 큰길 쪽 아야시 장에는 얼굴을 못 비추고 있었다. 물론 그걸 여기서 설명할 수는 없었지만.

"결국 또 스에노 씨와는 못 만나고 가는 건가. 축제 문제로 여쭤볼 게 많았는데."

그런 목적으로 스에노를 찾아오는 상점가 사람들이 안도 외에도 제법 많았다. 아무래도 스에노는 상점가에서 좋은 조언자로 유명한 모양이었다. 괜히 심술부리지 말고 이야기 정도는 들어줘도 좋으련만. 도움을 구하러 온 사람들을 매번 쫓아내는 슈의 기분도 좋지만은 않았다.

"그럼 또 올게."

안도는 힘없이 말하며 자기 가게로 돌아갔다. 거짓말을 했다는 죄책감에 우울해진 기분으로 다시 청소를 하려는데 이번에도 누군가가 말을 걸어왔다.

"이봐, 할멈 있어?"

안도와는 달리 제법 까칠한 말투였다. 슈가 돌아보니 키가 큰 마른 체형의 중년 남자가 서 있었다. 옷은 잘 갖춰 입었지만 제대로 면도하지 않은 수염이 눈에 띄고 새치가 섞인 머리카락은 여기저기로 뻗쳐 있었다. 그는 매서운 눈초리로 슈를 내려다보며 거듭 물었다.

"할멈 있냐고 묻잖아."

무례한 태도에 짜증이 나서 "할머니는 외출하셨는데요." 하고 쫓아내듯 대답했다. 그러자 남자는 턱을 매만지며 흥미롭다는 듯 슈의 얼굴을 들여다보았다. 이런. 혹시 화가 난 걸까?

"왜, 왜 그러세요?"

"너…… 혹시 슈냐?"

자기 이름을 안다는 사실에 놀란 슈가 고개를 끄덕였더니 남자는 "그래, 할멈이 여기로 부른 거구만." 하며 얼굴을 찡그렸다.

"난 야모리 쇼지. 네 아버지의 동생이다."

즉, 이 무례한 남자는 스에노의 아들이자 슈의 삼촌이었다. 그러고 보니 눈매가 스에노와 살짝 닮은 것도 같았다.

"혹시 너도 요괴인가 뭔가를 믿는 쪽이냐?"

퉁명스럽게 묻는 걸 보고 전에 스에노가 '네 숙부는 영력이 전혀 없었다.'라고 말했던 걸 떠올렸다. 아마 그 숙부가 쇼지일 것이다.

아야시 장의 숙박객이 요괴와 만날 수 있는 건 대부분의 사람들이 갖고 있는 미약한 영력을 손츠루 님이 일시적으로 강화하기 때문이다. 하지만 기본적인 영력이 전혀 없는 사람에게는 그런 힘도 소용이 없다.

그 말인 즉슨 쇼지는 요괴를 절대로 볼 수 없다는 것이다.

"……믿는데요. 전 보이는 쪽이라서요."

솔직하게 대답하자 쇼지는 "그래?" 하고 비아냥 담긴 웃음을 지었다.

"그래서, 할머니는 왜 찾으세요?"

"안 죽었는지 확인하러 온 것뿐이야. 상점가 녀석들이 최근에 못 봤다고 해서 말이야."

"……걱정이 돼서 오신 거군요."

입은 거칠어도 마음마저 못된 사람은 아닐지도 몰랐다. 하지만 슈가 그렇게 생각한 것도 잠시, 쇼지는 "뭐어?" 하고 짜증 섞인 말투로 대답했다.

"누가 미쳤다고 걱정을 해? 할멈이 죽으면 이곳의 땅이든 민박집이든 다 내가 상속하게 되니까 감시하는 것뿐이야. 미즈키 시게루 로드의 노른자위 땅에 이렇게 무너져가는 민박집이 버티고 있다는 게 아깝지 않냐? 건물 철거해서 땅만 팔아도 엄청난 돈일 텐데."

쇼지의 악한 마음을 보며 슈는 심장이 얼어붙는 것만 같았다. 요괴를 믿지 못하는 건 이해할 수 있다. 하지만 꼭 그런 식으로 말해야만 하는 걸까? 자신도 모르게 빗자루를 쥔 손에 힘이 들어갔다.

"절대로 그러지 마세요! 여기는 사람과 요괴의 가교가 될 유일무이한 장소라고요!"

"할멈한테 완전히 물들었구만. 슈, 정신 좀 차려. 요괴 같은 게 어딨냐?"

쇼지는 다 안다는 듯 슈를 타일렀지만 절대 그렇지 않았다. 요괴는 틀림없이 존재한다. 하지만 영력이 전혀 없는 쇼지에게 그걸 증명할 방법은 없었다. 쇼지가 요괴를 이만큼 부정적인 시각으로 바라본다는 건 스에노의 지식이나 능력으로도 그의 생각을 바꾸지 못했다는 뜻일 테니까.

"인제 와서 널 데려온 것도 적당히 구슬려서 자기 후계자로 만들려는 거겠지. 할멈의 꼭두각시로 살진 마라."

"꼭두각시가 된 적 없어요! 저는 한 인간으로서……."

"그래, 넌 인간이야. 그러니까 요괴 같은 것에 인생을 바칠 필요는 없어."

조금 전까지의 불량한 태도는 온데간데없이 마치 진로 상담을 해주는 교사 같은 말투였다. 어쩌면 삼촌으로서 조카인 슈의 장래를 진심으로 걱정해주는 건지도 몰랐다.

일반적인 사람들의 눈엔 쇼지의 의견이 옳게 보일 것이다. 일상에서 요괴와 접할 기회 같은 건 강한 영력을 지닌 일부 사람들을 제외하면 거의 없을 테니까. 인간은 인간 세계에서 인간을 위한 일을 하는 게 당연하다. 요괴가 어떻다느니 하는 말을 진지하게 하는 사람을 누가 정상으로 본단 말인가.

"한번 잘 생각해봐라. 또 보자."

쇼지는 그렇게 말하며 등을 돌렸다. 하지만 한 걸음 떼기도 전에 돌아보며 이렇게 물었다.

"……너, 민박집 안에서 아카베코赤べこ를 본 적이 있냐?"

"아카베코?"

"후쿠시마현의 민속 공예품이야. 빨갛게 칠해진 소 인형인데 목이 흔들거리지."

슈는 기억을 되짚어봤지만 생각나는 게 없었다. 아야시 장 안에는 워낙 영문 모를 물건들이 즐비하니까 어쩌면 봤는데도 떠오르지 않는 것일 수도 있었다.

모른다고 대답하자 쇼지는 "그러냐."라고만 말하고는 진짜 가버렸다. 혼자 남겨진 슈는 그 뒷모습을 한동안 노려보았다.

고등학교가 여름방학에 들어간 이후로 슈는 아침부터 민박

집 일을 돕고 있었다. 처음엔 힘들기만 하던 아야시 장의 아르바이트도 익숙해지고 나니 별것 아니었다. 코노스케는 물론이고 미노리까지 함께 일하게 된 지금은 오히려 일하지 않고 가만히 있으면 몸이 근질거렸다.

큰길 쪽 현관 청소를 마친 슈는 뒷골목 쪽으로 돌아왔다. 스에노가 마침 숙박객을 배웅하고 들어오던 참이라 방금 있었던 일을 보고했다.

"할머니. 안도 씨가 또 만나러 왔었어요. 이제는 짬을 내서 얼굴을 비추는 게 어때요?"

"어차피 또 성가신 일로 찾는 걸 텐디. 나한테만 너무 의지해 버릇하면 못 쓰는 겨."

순수하게 안부를 걱정하는 것 같았다고 생각하며 머리를 긁적인 다음, 또 한 명의 방문자도 이야기했다.

"그리고 제 숙부라는 사람이 왔었어요. 쇼지 삼촌이란 사람."

그 이름이 나오자마자 스에노의 눈빛이 바뀌었다.

"……개가 뭐랬는디?"

"아주 막말을 하던데요. 요괴 같은 건 안 믿는다느니, 땅하고 건물을 상속받으면 다 팔아치울 거라느니. 전에 할머니가 말한 영력이 전혀 없다는 숙부가 그 사람이죠? 뭐, 눈에 안 보이니까 안 믿기는 건 이해하지만……. 말투도 상스럽고, 전 그 삼촌 싫어요."

불쾌한 말을 들으면서 신경이 곤두섰는지 험담이 나오고 말았다. 자신에겐 보기 싫은 숙부일지 몰라도 스에노에겐 아무리 나이를 먹어도 사랑스러운 아들일 것이다. 노골적으로 싫다고 말한 건 배려가 부족했다.

"그려?"

하지만 스에노는 화를 내거나 슬퍼하지도 않고 짧게 말했을 뿐이다. 그리고 슈에게 등을 돌리며 지시를 내렸다.

"오늘은 작은 요괴들의 단체 예약이 있으니께 사이즈에 맞는 비품 좀 준비혀놔."

아무렇지도 않다. 평소처럼 손자를 마구 부려먹는 스에노였다. 그런데 설명하기 힘든 위화감이 느껴졌기에 슈는 그녀의 뒷모습에서 눈을 뗄 수 없었다.

하얗게 센 머리에 평소처럼 덩굴풀 무늬가 들어간 옅은 하늘색 기모노. 허리춤에 두른 치자색 오비는 등 뒤에서 두툼한 매듭이 지어져 있다. 그런데…… 그 익숙한 뒷모습이, 사라졌다.

"응?"

영문도 모른 채 입에서 얼빠진 소리가 나왔다. 스에노가 있던 장소에는 그때까지 그녀가 입고 있던 기모노만이 허물처럼 놓여 있었다. 그 순간을 슈 혼자 목격한 게 아니었는지 로비가 조금씩 술렁이기 시작했다.

"슈 님!"

인간 모습을 한 코노스케가 들고 가던 수건을 내던지며 달려왔다. 미노리도 숙박객 사이를 뚫고 다가왔다.

"사장님…… 대체 무슨 일이여, 슈 군?!"

"그건 제가 묻고 싶어요!"

주인을 잃은 기모노를 내려다본 채, 그저 멍하니 서 있을 수밖에 없었다. 머리를 아무리 굴려도 지금 상황을 제대로 설명할 방법이 떠오르지 않았다.

그때, 아득하게 높은 로비의 천장에서 목소리가 들려왔다.

"시간이 다 된 것 같군."

침착하고 낮은 목소리가 메아리치듯 울렸다. 처음 듣는 목소리지만 신기하게도 그것이 아야시 장의 수호신인 손츠루 님의 목소리라는 걸 직감으로 알 수 있었다.

"슈."

손츠루 님이 부르자 슈는 잔뜩 긴장하며 마른침을 꿀꺽 삼켰다. 그리고 이어진 말은 너무나도 갑작스러운 일생일대의 선택이었다.

"내일 아침까지 시간을 주겠다. 아야시 장을 이어받을지, 이어받지 않을지 그때까지 선택해라. 이어받지 않는다면 난 여길 떠나도록 하겠다."

"네……?"

너무 갑작스러운 전개라 슈는 아무 생각도 할 수 없었다.

스에노는 사라져버렸고, 손츠루 님은 무리한 선택을 강요하고 있다.

"잠깐만요!"

영문도 모른 채 소리쳤지만 대답은 들려오지 않았다.

"슈 군…… 괜찮아?"

걱정하는 미노리에게도 대답하지 못한 채, 온몸의 힘이 빠져나가버린 슈는 그 자리에 무릎을 꿇었다. 바닥을 쫓는 시선이 허물처럼 벗어진 기모노를 향했다.

"……할머니. 어디로 간 거예요? 나보고 아야시 장을 이어받을지 말지 선택하라니 어째서 갑자기 이렇게 되는 건데요?! 도저히 이해가 안 돼요! 빨리 나와서 제대로 설명 좀 해주세요!"

큰 소리로 외쳤지만 곱게 포개진 기모노에는 아무 변화도 일어나지 않았다.

큰길과 골목길의 아야시 장이 이어진 것도, 숙박객이 요괴와 만날 수 있게 되는 것도, 그날의 숙박객에 맞춰 민박집 구조를 자유자재로 바꾸는 것도 전부 손츠루 님 덕분이었다.

다시 말해 손츠루 님이 떠난다면 아야시 장은 지금의 역할을 할 수 없게 된다.

아야시 장의 존속을 내일 아침까지 정하라는 건 너무 무리한 요구였다. 그런 결심을 할 수 있을 리가 없다. 슈는 아직 뭘

하든 미숙한 고등학생이니까.

그때, 기모노가 꿈틀꿈틀 움직이기 시작했다.

소매에서 손이 나오고 옷깃 사이로 머리가 튀어나오면서 스에노의 형태가 생겨났다. 할머니의 부활에 안도하는 한편, 연이은 갑작스러운 사태에 답답함을 느끼던 슈는 다그치듯 물었다.

"대체 뭐가 어떻게 된 거예요, 할머니!"

스에노는 잠시 생각에 잠기는가 싶더니 이윽고 단념한듯 깊은 한숨을 내쉬었다.

"따라와라. 미노리랑 코노스케도."

세 사람은 다다미 여덟 장 넓이에 서랍장과 간소한 장식대 정도만 있는 스에노의 방으로 들어갔다. 중요한 이야기를 할 때면 꼭 여기로 데려오곤 했다.

스에노의 맞은편에 슈와 미노리가 정좌했다. 코노스케는 변신을 풀고 슈의 어깨 위로 올라왔다. 정적에 휩싸인 방 안에 오래된 진자시계가 째깍대는 소리만이 유독 크게 들렸다.

"궁금해할 테니께 미리 말해주겠구먼."

스에노는 아무렇지 않은 얼굴로 말을 꺼냈다.

"지금 나는 사람이 아녀. 요괴여."

눈앞에서 갑자기 사라지나 싶더니 기모노 안쪽에서 다시 나타났다. 그래 놓고 사람이라고 말하는 게 차라리 놀라울 것이다. 사라진 순간부터 어렴풋이 알아챘지만 막상 본인의 입으로 들으니 쉽게 받아들여지진 않았다.

"인간인 나는 초봄에 죽었어. 슈가 오기 딱 전날이었구먼. 뇌졸중 같은 거였을 겨."

스에노는 이미 죽은 사람이었다. 하지만 지금 이렇게 눈앞에 있는 것도 사실이다. 설령 요괴가 되었다고 해도 슈가 아는 스에노는 지금 이곳에 있는 스에노뿐이다.

그래서인지 슬픔 같은 감정은 전혀 느껴지지 않았다. 그게 올바른 반응인 건지 알 수 없어서 계속 당황스럽고 마음이 안정되질 않았다.

"……할머니는 돌아가셔서 요괴가 되었다고 생각하면 되는 거예요?"

마음을 정리할 시간을 벌려는 듯이 슈는 스에노에게 물었다.

"그려. 이 기모노는 내가 좋아하던 옷이라 생전의 내 사념이 잔뜩 담겨 있는 겨. 혼을 옮기기엔 안성맞춤인 매개체였지."

그래서 스에노는 늘 똑같은 기모노만 입고 있었던 거였다. 예전부터 품었던 의문이 이런 식으로 해결될 줄은 상상조차 못했다.

"……그럼 지금의 사장님은 '미노와라지蓑草鞋' 같은 존재인 거네요."

미노리가 조용히 한 말을 듣고 슈는 고개를 갸웃거렸다. 그러자 미노리는 알기 쉽게 설명했다.

"미노와라지는 그 이름대로 도롱이(짚, 띠 따위로 엮어 허리나 어깨에 걸쳐 두르는 비옷)와 짚신의 츠쿠모가미여. 평소에 사람이 몸에 두르는 물건에는 사념이 깃들기 쉽다고 하거든. 사장님한테 도롱이와 짚신은 일할 때 입던 기모노였던 거지."

츠쿠모가미라면 장마 때 만난 카사바케가 있었지만 그건 우산의 자아가 각성한 것에 가까웠다. 반면 스에노처럼 사용자의 혼 자체가 물건에 옮겨 가는 일도 있는 모양이었다.

조금씩 마음이 진정된 슈는 지금까지 품었던 사소한 의문의 답을 찾기 시작했다.

"여기 처음 왔을 때 큰길 쪽 민박에선 할머니와 쭉 만나지 못했던 것도 그때 제가 선글라스를 쓴 탓에 요괴가 보이지 않아서 그랬던 거예요?"

그뿐만이 아니다. 스에노는 큰길 쪽 접객은 늘 슈에게만 맡겨두었고 상점가 사람들이 찾아와도 만나려 하지 않았다. 그 이유도 평범한 사람의 눈에 요괴인 스에노의 모습이 보이지 않을 것이기 때문이었다.

사카이미나토역에 처음 내렸을 때도 슈의 눈에만 보이지 않았을 뿐 어쩌면 스에노는 역 앞까지 마중 나왔던 건지도 모른다.

“이것저것 많은 생각이 들 테지만…… 어쨌든 그렇게 된 겨. 핫핫핫!”

늘 요괴 같다고 생각했던 그 웃음조차 진짜 요괴였다는 말에 씁쓸하게만 느껴졌다. 슈는 한동안 다다미의 결만 바라보다가 반드시 해야 하는 질문을 위해 고개를 들었다.

“할머니는…… 앞으로도 미노와라지라는 요괴로 여기에 머물 수 있는 거예요?”

그게 가장 중요한 부분이었다. 그럴 수 있다면 앞으로도 일을 배우면서 지금까지와 크게 다르지 않은 생활을 할 수 있었다.

하지만 대답을 듣기 전부터 어렴풋이 예상이 됐다.

“아녀. 이제 남은 시간이 별로 읎어. 기껏해야 내일이 끝날 때까질 겨.”

조금 전 갑자기 모습이 사라졌던 건 그 전조였던 걸까. 스에노가 사라진 것을 보고 손츠루 님은 ‘시간이 다 됐다.’라고 표현했다. 갑자기 후계자가 될지 말지 결정하라고 요구하는 것도 스에노가 곧 사라진다는 걸 알고 있기 때문일 것이다.

스에노가 사라진다. 그 사실 앞에서 다들 표정이 어두워졌다. 스에노는 곤란하다는 듯이 슬며시 입을 열었다.

“그런 표정 짓지 말어. 원래 가야 할 곳으로 가는 것뿐이니께. 근디 그 전에 한 가지 부탁이 있구먼."

슈는 다음에 이어질 말을 예상하며 눈을 꾹 감아버렸다.

시간이 필요했다. 슈는 분명 아야시 장을 좋아한다. 사람과 요괴의 가교 역할을 하고 싶다는 스에노의 마음도 잘 이해했고 힘이 되고 싶기도 했다.

하지만 아야시 장을 이어받는 건 그 무게감이 달라진다. 스에노가 지금까지 쌓아 올린 걸 짊어질 수 있을 만큼 슈는 대단한 사람이 아니었다. 그러니 생각할 시간이 필요했다. 하지만 그럴 시간이 없다는 것도 잘 알았다.

궁지에 몰린 셈이다. 그런데 스에노의 부탁은 예상했던 것과 전혀 다른 내용이었다.

"사라져버리기 전에 내 장례식을 치러줬으면 혀. 큰길 쪽 사람들과도 제대로 작별해야 하니께."

후계자가 되어달라는 부탁일 거라고만 생각하던 슈는 가슴을 쓸어내리면서도 그 말에 안도하는 자신이 한심하게 느껴졌다. 하지만 장례식도 확실히 중요한 일이다. 이별을 피할 수 없다면 제대로 추모하고 싶었다.

"그러고 보니……."

그때까지 잠자코 있던 코노스케가 입을 열었다.

"사장님의 시신은 지금 어디에 있나요?"

슈가 사카이미나토에 오기 전날에 죽었다면 이미 사후 4개월 정도가 지난 셈이었다. 시신이 없다면 장례식을 치르기 어렵다. 민박집 어딘가에 냉동 보존되고 있나 생각했지만 스에노에게서 너무나도 의외의 대답이 돌아왔다.

"나비가 되었구먼."

"어…… 나비요?"

슈가 제대로 알아듣지 못하자 스에노는 자세한 설명을 덧붙였다.

"너희도 본 적이 있을 겨. 아야시 장 안에서 파랗게 빛나는 나비가 날아다녔잖어."

분명 아야시 장의 미궁에 흘러든 미노리를 발견했을 때나 툇마루에서 야스시가 죽었다는 사실을 시즈쿠에게 어떻게 전할지 고민할 때 슈는 옅은 푸른색으로 빛나는 나비를 목격했다. 그리고 반응을 보면 미노리와 코노스케도 마찬가지인 것 같았다.

"전승되는 요괴담 중에는 사후의 시신이 나비가 된다는 이야기도 있어."

"'접화신蝶化身' 말이군요."

"역시 미노리는 잘 아는구먼."

스에노는 미노리의 지식을 칭찬한 뒤 설명을 이어갔다.

"퇴마사 술법 중에 퇴치한 요괴의 시신을 옮기거나 무력화시키기 위해서 나비로 변화시키는 게 있어. 변화한 동안은 시신이 썩지 않는 게 생각나서 난 내 시신에 혼 일부를 섞어서 한 마리의 나비로 바꾼 겨."

스에노는 기모노의 오비를 고정하는 끈을 풀어 슈에게 건넸다.

"나비는 아야시 장 안의 어딘가를 자유롭게 날고 있을 겨. 구체적인 위치는 내 혼의 일부가 똑같이 깃든 이 고정끈이 가르쳐줄 거구먼. 돌아올 땐 반대로 내 위치를 알려줄 테니께 헤맬 일은 없을 겨. 슈야, 미안허지만 코노스케하고 같이 가서 잡아 와라."

스에노에게 묻고 싶은 게 아직도 산더미처럼 남았지만 지금은 시신을 찾아오는 게 급선무였다.

"……알았어요."

받아 든 고정끈의 끝부분이 공중에 붕 뜨더니 나침반처럼 일정한 방향을 계속 가리켰다.

"그럼 다녀올게요."

슈는 코노스케를 데리고 방에서 나왔다. 스에노는 두 사람을 눈으로 배웅한 다음, 서랍장에서 오비를 대신 묶을 다른 끈을 꺼냈다.

"미노리는 나하고 같이 민박집 일을 도와줘야 쓰겄어. 손님한텐 이쪽 사정이 어떻든 아무 상관 없으니께."

"……괜찮으시겄어요? 이제 남은 시간이 얼마 없으시잖아요. 제가 나비를 찾으러 갈 테니께 사장님은 슈 군하고 조금이라도 시간을 보내는 게 낫지 않겄어요?”

스에노는 미노리의 배려에 기뻐하며 웃었다.

“단단혀. 그래도 그 마음만으로도 충분하구먼. 그리고 슈는 슈대로 내가 안 보이는 데서 생각할 시간이 필요할 겨.”

“손츠루 님이 말한 후계자 문제 말인가요?”

“그려. 내 입이 찢어져도 슈한테 물려받으라는 말은 못혀. 그 애가 어떻게 결정하든 난 묵묵히 받아들일 겨.”

끈을 다 묶은 스에노는 “내가 너무 많이 떠들었나 보구먼.” 하고 익살스럽게 혀를 내밀며 일하러 돌아갔다. 아야시 장에서 순식간에 벌어진 정신없는 변화에 아직 적응하지 못한 미노리는 한동안 그 자리에서 움직이지 못했다.

아야시 장 내부는 손츠루 님의 힘으로 한없이 넓고 복잡한 구조로 되어 있다. 정식으로 명부를 작성해서 철제문을 통과하면 뒷골목 쪽 로비로 직행할 수 있지만 무단으로 들어온 사람은 침입자를 교란하기 위해 생성되는 미궁으로 내던져진다. 슈도 그 덕분에 꽤 고생한 적이 있었다.

잠자리채를 짊어지고 곤충 채집통을 목에 건 슈는 코노스케와 함께 고정끈이 이끄는 대로 민박집 안쪽으로 들어갔다. 상당히 깊은 곳까지 들어와서 그런지 숙박한 요괴들의 기척이 느껴지지 않은 지 오래였고 지금은 어두워서 끝이 제대로 보이지 않는 좁고 긴 복도를 한없이 걷고만 있었다.

조명이라고는 드물게 나타나는 촛대에 놓인 촛불뿐이다. 통로 양쪽으로는 장지문, 자동문부터 고풍스러운 느낌의 서양식 문까지 통일감이 전혀 없는 입구들이 쭉 늘어서 있었다.

“슈 님을 처음 만났을 때가 생각나네요.”

코노스케가 어깨 위에서 말했다. 슈는 아야시 장에 처음 왔을 때를 떠올리며 감상에 젖었다.

“그때는 결국 둘이 같이 미아가 되는 바람에 고생했잖아.”

“마통모 님의 봉인까지 풀어버려서 여간 난리가 아니었죠.”

그로부터 아직 네 달밖에 지나지 않았는데도 아득히 먼 옛날처럼 느껴졌다. 그건 여기서 그동안 선명하고 충실한 시간을 보냈기 때문일 것이다.

그런 아야시 장이 자신의 결정에 따라 사라져버릴지도 모른다. 스에노가 지켜온 사람과 요괴의 가교는 더 이어지지 못한 채 그 역할을 끝마칠지도 모른다. 그 모든 게 내일 아침에 결정된다.

“슈 님!”

귓가에서 큰 소리가 들리면서 퍼뜩 생각에서 깨어났다. 코노스케가 작은 손가락으로 가리킨 복도 끝 모퉁이에서 푸르게 빛나는 나비가 나풀나풀 춤추고 있었다. 생각은 나중에 해도 된다. 지금은 주어진 역할에 집중해야만 했다.

나비를 쫓아서 달려가 모퉁이를 도니 장지문 틈새로 나비가 들어가는 모습이 보였다. 기세 좋게 열어젖힌 장지문 안은 놀랍게도 사방이 거울로 된 방이었다. 서로를 비추는 거울 탓에 방의 넓이를 짐작할 수 없었고, 거울에 반사되어 여러 개로 늘어난 나비는 어느 게 진짜인지 구분되지 않았다. 하지만 고정끈 덕분에 어느 나비를 쫓아야 할지는 어렵지 않게 알 수 있었다.

그대로 거울 방을 빠져나오자 이번엔 보일러실이 나왔다. 어둑어둑한 공간에서 사람도 통과할 수 있을 만큼 굵은 은색 배기관이 천장에 여럿 설치되어 있었고, 배의 조타기처럼 생긴 밸브가 곳곳에 달려 있었다. 배기관의 연결부에서는 하얀 증기가 슈우우 하는 소리를 내며 새어 나왔다.

"아, 뜨거!"

슈와 코노스케가 거의 동시에 외쳤다. 방 안의 온도는 사우나와 비교도 안 될 만큼 뜨거워서 들어온 지 10초도 지나지 않아 땀이 폭포처럼 쏟아졌다. 이 안에서 오래 있긴 힘들 것 같았다. 하지만 그런 공간에서도 스에노의 접화신은 유유히 안쪽을 향해 날아갔다. 슈도 질 수 없다는 듯 땀을 닦으며 뒤를 쫓았다.

보일러실을 나오자 이번엔 체육관만큼 크고 바닥에 다다미가 넓게 깔린 대형 연회실이 나왔다. 슈는 몸의 열을 식히며 주위를 관찰하다가 문득 깨달았다.

"……전에 한 번 왔던 곳이야."

슈는 올봄에 여기로 흘러들어온 적이 있었다. 천장을 올려다보니 그때처럼 여전히 박력 넘치는 용 그림이 있었다.

나비는 다다미 위로 우아하게 날아갔다. 탁 트인 곳이라 장애물은 없다. 슈는 잠자리채를 들고 슬며시 다가가 휘둘렀지만 나비는 아슬아슬하게 피했다. 나비는 슈를 놀리듯 제자리에서 돌다가 잠자리채가 닿지 않는 높이까지 올라가버렸다.

"곤란해졌군."

나비가 먼저 내려오지 않는 이상 더는 방법이 없었다. 이러다간 장기전이 될 수 있겠다고 각오한 순간, 코노스케가 "제게 맡기십쇼!" 하고 어깨 위에서 뛰어올랐다. 한 바퀴 공중제비를 돈 코노스케의 작은 몸이 커다란 매로 변했다. 마통모에게 집어삼켜질 뻔했을 때 슈를 구해준 듬직한 모습의 매였다.

"제 등에 타세요!"

"좋았어!"

슈를 태운 코노스케는 힘차게 날아올라 목표물을 향해 일직선으로 돌진했다. 슈는 타이밍을 재며 잠자리채를 휘둘렀다.

"슈 님, 해냈네요!"

"그래! 코노스케 덕분이야."

슈는 곤충 채집통 안에 담긴 접화신을 들여다보며 햄스터로 돌아온 코노스케와 하이파이브를 했다. 이제 남은 건 이 미궁을 탈출하는 일뿐이지만 피로가 한꺼번에 몰려왔다. 슈와 코노스케는 잠시만 쉬었다 가기로 했다.

슈와 코노스케는 다다미가 몇 장인지 셀 수도 없을 만큼 넓은 공간에서 대자로 누웠다. 천장의 용을 멍하니 올려보며 머릿속으로는 스에노나 민박집에 대한 생각에 잠겼다.

"아야시 장을 물려받을 결심은 역시 쉽지 않은 건가요?"

코노스케가 물었다. 아무래도 슈의 마음을 꿰뚫어 보고 있었나 보다.

스에노나 미노리 앞에서 약한 모습을 보일 순 없었다. 하지만 지금 여기 있는 건 몇 달 전까지만 해도 자신의 몸속에 있었던 코노스케뿐이다. 그에게는 속마음을 가감 없이 털어놓을 수 있었다.

"……난 말이지, 이 눈 때문에 쭉 외롭게 살았어."

다른 사람의 눈에 비친 슈는 보이지 않는 걸 보인다고 말하고, 눈을 마주치기만 해도 몸이 이상해지는 섬뜩한 녀석이었다. 그래서 친척 부부를 제외하면 모두가 그를 피했다.

"그런데 요즘 들어 이런 생각이 들어. 내가 외톨이였던 원인은 눈도, 하물며 선글라스도 아니고 나 자신한테 있었던 게 아닐까 하는 생각."

스에노의 책략에 빠져 민박집 일을 돕게 되었고 상대방을 피하지 않고 말을 나누다 보면 사람이든 요괴든 친해질 수 있다는 걸 배웠다. 그 덕분에 학교에서도 조금씩 잘 적응해가고 있다. 새 학기가 시작되면 이번엔 슈가 먼저 미코시바나 카타쿠라에게 말을 걸어볼 생각이었다.

"그건 참 멋진 사고방식이네요!"

"나도 그렇게 생각해. 그리고 이런 식으로 생각할 수 있게 된 건 여기에 오면서 만난 사람들과 요괴들 그리고 무엇보다 아야시 장 덕분이었어. 할머니 앞에선 쑥스러워서 말 못 하지만 나도 아야시 장을 많이 좋아해."

그런 마음에 한 치의 거짓도 없었다. 어디서도 찾아볼 수 없는 이 멋진 민박집이 계속 남아 있길 진심으로 바랐다.

하지만.

"그런데…… 무서워, 나는."

고등학생 혼자 민박집을 운영할 수 있을 리가 없다. 게다가 자신이 어중간하게 물려받아 아야시 장이 변해버린다면 발길을 끊는 손님들이 생길지도 모른다. 간판만 물려받아 망쳐버릴 바에야 차라리……. 자꾸만 생각이 그런 식으로 흘러갔다.

"시즈쿠 씨가 해준 이야기가 마음에 남아서 이제부터 시간을 들여 천천히 하고 싶은 일을 찾아볼 생각이었어. 어엿한 어른이 되어 다른 선택지들도 살펴본 다음, 그래도 이곳을 지켜 나가고 싶은 마음이 남아 있다면 그때는 할머니한테서 바통을 넘겨받아도 되지 않을까 했어. ……이젠 이뤄질 수 없는 바람이지만."

코노스케는 난감한 표정으로 슈를 바라보았다. 이런 이야기를 듣고 어떻게 대답해야 좋을지 몰라 고민하는 눈치였다. 슈는 괜히 미안해졌다.

"미안, 코노스케. 네가 이야기를 들어줘서 많이 후련해졌어. 정말 고마워."

"슈 님, 얼굴 빨개지게 왜 그러세요. 우리가 남도 아닌데요. 이야기 정도야 얼마든지 들어드리겠습니다!"

"네가 있어서 다행이야……. 앗!"

코노스케가 별생각 없이 꺼낸 '빨간'이라는 단어에 어떤 기억이 떠올랐다. 슈는 몸을 일으켰다.

"……코노스케. 처음 여기로 흘러들어왔을 때, 스테인드글라스 같은 램프 밑에 오동나무 서랍장이 있었잖아. 그 위에 빨간 소 인형이 놓여 있지 않았어?"

"빨간 소 인형이요? 음…… 확실히 있긴 했죠. 거기서 길을 헤매느라 몇 번이나 마주쳤으니까 저도 기억이 나네요."

오늘 아침 큰길 쪽 현관 앞에서 만난 쇼지는 어째서인지 그 빨간 소 인형, 즉 아카베코를 신경 쓰고 있었다. 그때는 생각이 나지 않았지만 슈는 민박집 안에서 빨간 소 인형을 봤던 것이다.

쇼지가 왜 그걸 언급했는지는 짐작조차 할 수 없지만 이 민박집에 있는 물건이라면 츠쿠모가미일 가능성도 충분했다. 만약 그렇다면 아카베코에게 직접 이야기를 들어볼 수도 있을 것이다.

무례한 삼촌의 약점을 하나라도 알아낼 수 있다면 그곳으로 가볼 만한 가치는 충분했다.

"돌아가기 전에 그 아카베코를 보러 가고 싶은데 그래도 될까?"

"물론이죠."

흔쾌히 승낙해준 코노스케를 어깨에 태운 뒤, 나비가 든 곤충 채집통을 목에 걸었다. 이번 모험은 조금 더 이어질 것 같다.

형형색색의 장지문을 닥치는 대로 열다 보니 낯익은 사다리

가 걸린 하얀 방을 찾아냈다. 지난번과는 다른 장지문 너머에 있었던 걸 보면 이 미궁의 구조도 고정된 것이 아니라 손츠루님의 기분에 따라 매번 바뀌는 모양이다. 아카베코의 위치까지 바뀌지는 않았을지 걱정이었다.

"좋아! 가자!"

스스로를 격려하듯 말하며 아득한 천장까지 뻗은 사다리를 붙잡았다. 그리고 한 단 한 단 신중히 올라가기 시작했다. 끝까지 무사히 올라가서 뚜껑 역할을 하는 다다미를 머리로 밀어 올렸더니 지난번처럼 다다미 네 장 반 크기의 일본식 방이 나왔다. 슈는 근육에 무리가 온 팔을 늘어뜨리며 그 자리에 드러누웠다.

"수고하셨습니다."

"이, 이 정도야 별거 아니지."

"그런데 제가 한 번 더 매로 변신해서 날아와도 되지 않았을까요?"

"……그 생각을 조금만 더 빨리하지 그랬어."

슈의 푸념이 다다미 위로 공허하게 흩어졌다.

그다음은 호수처럼 넓은 온천을 보트로 건너고, 천장과 바닥이 거꾸로 된 방을 빠져나와, 같은 방이 수없이 이어진 공간으로 돌입했다. 군데군데 바뀐 부분은 있었지만 봄에 들어왔을 때와 거의 같은 경로였다. 그렇게 해서 예상했던 것보다 순조롭게 목적지에 도착했다.

거미줄 쳐진 어둑한 복도에서는 스테인드글라스 갓을 씌운 전등 불빛이 오래된 오동나무 서랍장을 비췄고 그 위에는 아카베코 하나가 외로이 장식돼 있었다.

"안녕하세요."

일단 인사를 해봤다. 하지만 아카베코는 아무 반응도 없었다.

"아무래도 츠쿠모가미가 되지 않은 평범한 아카베코인가 보네요."

코노스케의 의견에 슈는 실망하며 어깨를 축 늘어뜨렸다. 모처럼 힘들게 여기까지 온 게 아니던가.

애초에 쇼지는 왜 아카베코를 신경 쓰는 걸까? 단순히 마음에 드는 물건을 여기 두고 온 것뿐인 걸까? 물론 이것 말고 다른 아카베코가 있을 가능성도 부정할 순 없겠지만.

그래도 긴 여정을 통해 얻은 수확이었다. 슈는 일단 그걸 가져가기로 했다.

미궁에서 복귀하자 시각은 어느새 오후 다섯 시가 넘었다. 그 공간에서는 창문이나 시계가 없어서 그런지 시간을 도통

가늠할 수가 없었다.

슈는 일단 큰길 쪽 식당의 식기 선반에 아카베코를 올려두고 자기 방으로 돌아와 나비가 든 곤충 채집통을 다다미 위에 내려놓았다. 그러자 피로가 확 몰려왔고, 정리하지 않은 이부자리에 쓰러진 채 꿈나라로 떠나고 말았다.

가만 놔두면 계속 가라앉을 것만 같은 끝없는 늪처럼 깊은 잠이었다. 거기서 슈를 끌어올린 것은 끼익끼익 하고 거대한 무언가를 질질 끄는 듯한 소리였다.

슈는 퍼뜩 눈을 뜨며 몸을 일으켰다. 그 바람에 배 위에서 잠들어 있던 코노스케가 방구석까지 데구루루 굴러갔다. 방금 소리는 꿈이었나 생각한 순간, 다시 한번 질질 끄는 소리가 방 앞에서 들리다 멈췄다.

"슈여, 대답을 듣겠다. 이어받을 것인가, 이어받지 않을 것인가. 어느 쪽이지?"

역시 손츠루 님이었다. 스에노 외에는 모습을 드러내지 않는 수호신이 지금 장지문 너머에 와 있었다. 햇빛이 잘 들지 않는 창밖이 희미하게 밝아지고 있었다. 그렇다면 대답을 기다려주기로 한 시간이 다 된 것이다.

"저기, 그게…… 조금만 기다려주세요."

아무리 피곤했다지만 그대로 아침까지 잠들어버릴 줄이야. 슈는 자신의 안일함을 저주하며 잠이 덜 깬 머리로 필사적으로 생각했다.

미궁을 탐색하는 동안에도 손츠루 님에게 어떻게 대답할지 계속 고민했다. 고민에 고민을 거듭했지만 답은 끝내 나오지 않았다.

따라서 답은 '모르겠다'였다. 그게 솔직한 지금의 심정이었다. 하지만 그런 어중간한 대답을 입 밖에 낼 수는 없다.

그러니 입을 다물고 있을 수밖에 없었다. 그러자 손츠루 님의 냉담한 목소리가 거북한 침묵을 깨뜨렸다.

"……그럼 선언한 대로 난 이곳을 떠나겠다."

슈의 긴 침묵을 이어받지 않겠다는 뜻으로 받아들인 듯했다.

"잠깐만요!"

슈는 급히 달려가 장지문을 열어젖혔다. 하지만 그곳에는 익숙한 복도가 놓여 있을 뿐이었다.

슈는 복도로 뛰쳐나와 계단을 뛰어 내려갔다. '관계자 및 요괴 외 출입 금지'라고 적힌 철제문 손잡이를 힘차게 열자 그 너머에는 평범한 창고가 있었다.

"슈 군, 왜 그려?"

잠옷 차림의 미노리가 졸린 눈을 비비며 다가왔다. 그녀도 스에노가 걱정되어 어제는 큰길 쪽 방에서 묵었나 보다. 미노리보다 조금 늦게 코노스케도 합류했다. 활짝 열린 철제문 안쪽을 보며 둘 다 말을 잇지 못했다.

"……미안. 나 때문에 손츠루 님이 민박집을 떠나버렸어."

아야시 장의 큰길 쪽과 골목길 쪽은 손츠루 님의 힘으로 이어져 있었다. 슈는 이 문 외에 그 둘 사이를 왕복하는 방법을 알지 못했다. 이제 뒷골목의 요괴들과는 영영 만날 수 없는 걸까? 만약 스에노가 지금 뒷골목 쪽에 있다면 작별 인사조차 하지 못하고 끝나버리는 걸까?

"왜 그렇게 시무룩한 얼굴을 하고 있는 겨?"

익숙한 목소리에 돌아보니 그곳에는 스에노가 있었다. 더 이상 못 만날지도 모른다고 생각한 직후였기에 놀라움과 안도감이 동시에 몰려왔다.

"할머니! 뒷골목이 아니라 이쪽에 계셨던 거예요?!"

"아니, 뒷골목 쪽에 있었지. 사람이 여기서 안쪽 세계로 가는 건 어렵지만 요괴는 바깥쪽이든 안쪽이든 마음대로 왕래할 수 있구먼. 핫핫핫!"

생각해보면 시즈쿠도 큰길 쪽 거리에서 야스시 씨와 만났다고 했다. 게다가 인간 세계에서 요괴를 목격하는 게 그리 드문 일도 아니었다. 불공평하다는 생각도 들지만 어쨌든 사람이 안쪽 세계로 가는 것만 어려운 모양이다.

"할머니, 제가 우유부단한 탓에 손츠루 님이……."

"이미 그렇게 돼버린 걸 어쩌겠냐. 지금은 그런 것보다 내 장례식이 먼저여. 사망진단서는 요괴를 잘 아는 의사한테 써달라고 혔어. 장의사한테는 미노리가 연락했으니께 머지않아 여기로 올 겨. 장례는 오늘 밤 여덟 시부터 시작이여."

슈가 깊이 잠든 사이 준비는 착착 진행된 것 같았다. 이렇게 돼버린 이상 장례식 준비가 우선인 건 틀림없다. 잔뜩 기대했던 미나토 축제 날이 스에노의 제삿날이 될 줄은 꿈에도 생각지 못했다.

"하지만 손츠루 님은 어떻게 해야……."

"슈야, 괜찮어."

스에노는 아이를 달래듯이 말했다.

"마음씨가 따뜻한 분이시니께 분명 지금도 근처에서 지켜보고 계실 겨."

정말로 그럴까? 그저 위로하는 말로만 느껴졌지만 스에노가 말한 것처럼 이미 벌어진 일은 어쩔 수 없다. 지금은 그저 할 수 있는 일을 할 뿐이다.

서둘러 가족과 친척, 친구와 지인들에게 연락해야 했다. 취재하러 나간 선생님에게는 제일 먼저 알리고 싶었지만 그는 요즘같은 세상에도 휴대전화를 갖고 다니지 않았다. 출판사와 연락할 때도 민박집의 까만 구식 전화기로 통화할 정도의 아날로그 인간이었다. 틀에 얽매이지 않는다는 것도 만화가답다고 할 수 있겠지만 급한 상황일 땐 역시 불편했다.

반드시 연락해야 할 사람은 아들인 쇼지였다. 스에노의 남편은 사망한 지 오래고 장남인 슈의 아버지도 이미 타계했다. 그렇다면 상주는 하나 남은 아들인 쇼지가 적임자였다.

요괴의 존재를 믿지 않는다고 해도, 스에노를 싫어한다고 해도 가족이라는 사실이 바뀌진 않는다. 연락을 취하자 쇼지는 바로 아야시 장으로 달려왔다.

현관문을 거칠게 열어젖히고 들어오더니 맞이하러 나온 슈에게 "할멈이 죽었다고?"라고 살벌하게 다그쳤다. 그런 모습에 내심 안심이 됐다. 입으로는 싫어하니 어쩌니 해도 막상 이렇게 되자 한걸음에 달려오지 않았는가. 숙부는 부모의 죽음을 제대로 슬퍼하는 사람이었다.

하지만.

"하하핫! 드디어 뒈졌구만!"

쇼지가 충격적인 말을 꺼냈다. 가장 먼저 달려온 것도 스에노의 죽음을 확인하기 위함이었을까. 너무 역겨운 말이었기에 슈는 토할 것만 같았다. 이런 남자와 자신의 피가 섞여 있다니 생각만 해도 구역질이 났다.

"좀 둘러봐야겠네. 이 낡은 민박집을 철거하기 전에 돈이 될 만한 물건은 다 챙겨둬야 할 테니까."

"……당신, 적당히 해!"

슈는 신발을 벗으려는 쇼지의 멱살을 잡았다.

"당신 엄마가 돌아가신 거잖아! 그런데 오자마자 돈 이야기만 해? 그보다 먼저 해야 할 일이 있지 않냐고!"

믿기지 않았다. 인간인지 의심스러웠다. 왜 슬퍼하지 않는 걸까? 왜 먼저 스에노의 얼굴부터 보여달라고 하지 않는 걸까?

부모님이 어린 시절에 돌아가신 슈에겐 제대로 작별할 기회조차 없었다. 그런데 이 사람에게는 기회가 있지 않은가.

"너무 열 내지 마라, 슈."

쇼지는 조카의 분노 따윈 아랑곳하지 않고 스마트폰으로 동영상 촬영을 하기 시작했다. 그의 행동에 당황하며 멱살을 놓은 슈는 왼손으로 자신의 얼굴을 가렸다.

"당신, 뭐하는 건데!"

"네 폭언을 찍어두는 거다. 할멈이 너한테 민박집을 물려준다는 유서라도 적어놨으면 최악의 경우 재판까지 갈 수도 있으니까. 나한테 유리할 수 있는 증거는 뭐든 모아놔야지."

더 이상 비난할 마음조차 들지 않았다. 이 남자의 머릿속에는 정말 돈 생각밖에 없는 것이다. 무엇보다 괴로운 것은 아야시 장이 스에노의 아들인 쇼지에게 상속될 가능성이 가장 높다는 사실이었다.

"……이제 됐어."

슈가 자연스레 손을 뻗은 곳은 자신이 쓰고 있던 안경이었다. 증오의 감정을 담아 쇼지를 노려보면 우엉종의 힘으로 몸 상태를 망가뜨릴 수 있다. 어린 시절에 힘을 잘못 사용했던 때와는 차원이 다른 위력일 것이다. 이렇게 창자가 들끓는 듯한 감정은 태어나서 처음 느껴보니까.

"안 됩니다, 슈 님!"

어깨에 타 있던 코노스케가 슈의 손에 매달렸다. 그 모습도 목소리도 당연히 쇼지에겐 보이지도, 들리지도 않았다.

"하지만……!"

"지금 여기서 힘을 사용했다간 슈 님은 이제부터 안경을 쓰고서도 사람들과 눈을 마주칠 수 없게 될 거예요!"

그 한마디에 퍼뜩 정신을 차린 슈는 안경에서 손을 뗐다. 코노스케의 말이 맞았다. 하마터면 우엉종의 힘을 두려워하던 시절로 돌아갈 뻔했다.

"……고마워, 코노스케."

감사를 전하자 코노스케도 기쁜 얼굴로 어깨 위의 자기 자리로 돌아갔다.

"혼자서 뭘 중얼거리냐? 아, 알았다. 요괴 놀이? 그렇게 어설픈 연기로 날 속이려고 하다니 어처구니가 없군. 난 할멈처럼 멍청하지 않아서 그런 이상한 것 따윈 안 믿는다. 난 정상인이라고."

"……최악이야, 당신."

경멸의 말을 내뱉자 쇼지는 코웃음을 쳤다.

"최악은 그 할멈이고. 이런 낡은 민박집에서 요괴가 어쩌니 하는 할멈을 엄마로 둔 탓에 내가 얼마나 힘들게 살았는지 알기나 해? 주위 사람들이 날 어떻게 대했는지 알기나 하냐고! 이런 데서 생활했으면 너도 조금은 느꼈을 거 아냐!"

분명 학교에서도 아야시 장에 산다는 것 때문에 험담을 들을 때가 있었다. 그런 귀신의 집 같은 곳에서 어떻게 살 수 있냐고. 슈가 그런 말을 신경 쓰지 않는 건 비밀을 공유할 수 있는 미노리와 만났고 요괴와 만날 수 있는 영력을 갖고 있기 때문이기도 했다.

하지만 쇼지는 달랐다. 요괴가 보이지 않는 그는 가족의 말을 믿지 못한 채 부당한 박해만 받아왔는지도 모른다. 분명 어디에도 안주할 수 없는 고독감을 느끼며 학창 시절을 보냈을 것이다.

쇼지의 말에 동의할 수는 없었다. 하지만 주위로부터 혼자 고립된다는 게 얼마나 괴로운지는 슈도 잘 알고 있었다.

"이 땅 정도는 받는 게 내 당연한 권리라고. 내가 그동안 고생한 거에 비하면 오히려 부족할 정도야. 비켜!"

쇼지는 슈를 밀쳐내며 민박집 안으로 들어갔다. 바닥을 삐걱거리며 걷던 그는 복도 중간에 서 있던 스에노를 스쳐 지나갔다. 스에노는 아들의 눈을 바라보았다. 하지만 두 사람의 시선이 마주치는 일은 없었다.

"할머니……."

방금의 대화를 들은 걸까? 좀 더 조심해야 했다고 반성하는 슈에게 스에노가 미소 지어 보였다.

"신경 쓰지 말어. 그것보다도 이제 곧 장의사가 올 겨. 내 시신을 이불에 눕혀줄 수 있겄어?"

슈는 고개를 끄덕이고 곤충 채집통을 가지러 2층의 자기 방으로 향했다.

곤충 채집통을 들고 1층의 빈방으로 향하자 마침 미노리가 이불을 막 깔아놓은 참이었다. 옆방에서는 쇼지가 민박집 안을 들쑤시고 다니는 소리가 들렸다. 지금 저 인간을 신경 써봤자 화만 날 것 같았기에 슈는 최대한 의식하지 않도록 노력했다.

"그래서 이 나비는 어떻게 하면 할머니 시신으로 돌아오는 거예요?"

슈가 묻자 스에노가 대답했다.

"나비를 꺼내서 이불 위에 올려놓으면 돼. 나머지는 내가 할 테니께."

"알겠어요."

슈는 곤충 채집통을 열려고 뚜껑의 움푹 들어간 곳에 손가락을 집어넣으려고 했다. 하지만 무슨 영문인지 채집통은 어느새 그의 손안에서 사라진 상태였다.

"……어라?"

처음엔 떨어뜨렸나 했지만 다다미 위 어디에도 곤충 채집통은 보이지 않았다. 바닥을 훑던 슈의 시선이 이불 위에 선, 털로 뒤덮인 다리를 발견했다.

살갗이 보이지 않을 만큼 갈색 털로 빼곡히 덮인 그 다리는 사람의 것이 아니었다. 얼핏 둥글고 귀여워 보이는 발에는 예리한 발톱이 돋아나 있다. 이건 고양이의 다리였다.

고개를 드니 이불 위에 사람 크기의 고양이처럼 생긴 생물이 두 다리로 서 있었다. 몸에는 낡은 천 조각을 걸치고 팔에는 곤충 채집통을 끌어안고 있었다. 고양이 얼굴로 이쪽을 경계하듯 귀를 쫑긋 세운 모습이었다.

아무래도 갑자기 나타난 이 요괴가 채집통을 가로채간 모양이다.

"히이익! 고양이다앗!"

코노스케가 슈의 등 뒤에 매달렸다. 타타리못케 때도 그랬지만 햄스터에겐 천적이 참 많은 것 같다.

"카샤火車!"

미노리가 외쳤다.

"카샤?"

"카샤는 장례식에 나타나서 시신을 빼앗아간다는 요괴야!"

그 요괴가 지금 스에노의 시신인 저 나비를 가져가려는 걸까. 슈는 미노리의 설명을 들으면서도 카샤에게서 절대 눈을 떼지 않았다. 상대도 꼬리털을 곤두세우며 이쪽을 경계하고 있었다.

대체 이 카샤는 어디서 나타난 걸까? 이 의문에 사실 짐작 가는 바가 있었다. 바로 이 카샤가 코노스케와 마찬가지로 방금 슈에게서 분리된 우엉종 중 한 마리일 수도 있다는 가능성이다.

슈는 빠르게 자신의 왼쪽 손목을 힐끔거렸다. 그곳에는 특수한 먹물로 몸에 씐 요괴의 숫자가 새겨져 있다. 확인한 숫자는 칠십사였다.

바뀌지 않았다. 그렇다면 카샤는 슈의 우엉종 일부가 아닌 걸까?

교착 상태를 먼저 깬 건 카샤였다. 카샤는 "쉬이익!" 하고 으르렁거리자마자 양다리에 잔뜩 힘을 주며 높이 뛰어올랐다. 다음 순간, 그 몸은 벽 속으로 빨려 들어가듯 사라졌다.

"우왓! 벽을 통과하다니?!"

"아녀, 슈. 뒷골목 쪽으로 도망친 겨."

슈의 착각을 스에노가 냉정히 정정했다.

"빨리 뒤쫓아야지!"

미노리가 장지문을 잡았지만 더 이상 아야시 장의 철제문이 뒷골목으로 연결되지 않는다는 사실을 떠올렸는지 손을 멈췄다. 슈가 스에노에게 다급히 물었다.

"할머니는 문이 없어도 뒷골목으로 갈 수 있잖아요? 그쪽으로 가서 카샤를 잡아 올 수는 없는 거예요?"

"안타깝지만 이제 그런 힘은 남아 있지 않어. 존재를 유지하는 게 고작이여."

스에노의 혼이 애용하던 기모노에 깃든 츠쿠모가미, 미노와라지. 그것이 존재하는 건 아무리 늦어도 오늘까지라고 했다. 몸은 이미 예전처럼 움직일 수 없게 된 모양이다.

"고, 고양이는 무섭지만 제가 가겠습니다!"

코노스케가 떨리는 목소리로 나섰다. 이 중에서 뒷골목으로 갈 수 있고 카샤를 잡아올 가능성이 있는 건 코노스케뿐일 것이다.

하지만.

"……안 돼." 슈는 코노스케의 결심을 받아들이지 않았다.

"슈 님, 어째서요?!"

"타타리못케 때도 그랬지만 코노스케는 두려워하는 상대

앞에선 변신할 수 없잖아? 그리고 지금 가장 큰 문제는 이제 곧 장의사가 올 텐데 할머니의 시신이 없다는 거야."

사람이 죽었는데 시신이 없다. 그렇게 되면 경찰이 움직일 만큼 큰 사건으로 확대될 게 뻔했다.

"그러니까 코노스케는 여기 남아줘."

"제가 여기 남는다고 대체 무슨 의미가…… 아, 설마!"

스에노의 시신을 빼앗긴 이상 되찾을 때까지 이곳에 시신이 있는 것처럼 보여야 한다. 그렇게 할 수 있는 건 코노스케밖에 없었다.

"저한테 사장님의 시신으로 변신하라는 건가요?!"

경악하는 요괴 햄스터에게 슈는 미안하다는 듯 고개를 끄덕였다.

"말도 안 됩니다! 들킬 게 뻔하다고요!"

"다른 방법이 없어! 부탁할게!"

"하지만 슈 님이 뒷골목으로 갈 수 없는 한 카샤 님을 붙잡을 방법은 없습니다!"

"나한테 생각이 있어! 날 믿고 기다려줘!"

그렇게까지 말하는데 거절할 수 없다고 생각했을 것이다. 고뇌에 찬 표정으로 마지못해 승낙한 코노스케에게 감사를 표한 뒤, 슈는 미노리를 데리고 방을 나왔다.

"슈 군. 뒷골목으로 어떻게 갈 생각이여?"

질문을 받은 슈는 멈춰서더니 몸을 돌려 미노리의 어깨를 힘껏 붙잡았다.

"부탁드릴게요! 미노리 선배의 기억만이 유일한 희망이에요!"

"내…… 기억?"

"미노리 선배는 일곱 살 때 뒷골목으로 흘러들어갔잖아요. 다시 말해 손츠루 님의 힘 없이도 사람이 뒷골목으로 가는 방법이 분명 있을 거예요!"

"응, 알았어. 알았으니께 일단 이것부터 놔주지 않을래?"

미노리가 곤란해하며 말하자 슈는 그제야 자신이 그녀의 어깨를 잡고 있었다는 걸 깨달았다.

"죄, 죄송해요!"

황급히 손을 놓으며 뭔가 부끄러워져서 서로 시선을 피했다. 이윽고 먼저 입을 연 건 미노리였다.

"……그때 일은 신의 목걸이가 부서졌기 때문인지 어제 일처럼 기억할 수 있어. 그때 난 요괴 신사에 있었어."

요괴 신사란 미즈키 시게루 로드 안에 세워진 작은 신사를 말한다. 커다란 돌 눈알이 담긴 돌 세숫대야와 잇탄모멘一反木綿(하얀 무명천처럼 생긴 날아다니는 요괴) 모양으로 만들어진 도리이鳥居(신사 입구에 세워두는 기둥문)가 특징이며 경내에는 사람 키보다 큰 흑화강암과 수령 300년의 느티나무를 신체로 모시고 있었다.

“도리이 너머가 눈부실 만큼 빛나고 있었어. 예쁘다고 생각하면서 빨려 들듯이 들어갔더니 신사 경내가 아니라 길가로 나왔던 겨. 주변 분위기도 완전히 다르고. 거기가 바로 뒷골목이었던 거지.”

전에 스에노가 말한 적이 있었다. 어쩌다 주파수가 맞춰져 뒷골목으로 넘어오는 사람이 간혹 있다고. 이야기를 들어보면 미노리가 뒷골목으로 오게 됐던 건 단순한 우연 같았다. 지금 요괴 신사로 간다고 쉽게 입구가 열리리란 보장은 없다.

하지만 지금은 그 가능성에 걸어볼 수밖에 없었다.

“요괴 신사로 가보죠.”

슈의 제안에 미노리가 고개를 끄덕였고 두 사람은 함께 달리기 시작했다.

현관으로 향하다가 식당 문이 살짝 열려 있는 게 신경 쓰였던 슈는 안을 들여다보았다. 그곳에서는 쇼지의 뒷모습이 보였다. 돈 될만한 물건을 찾아 이런 곳까지 뒤지나 싶어 화가 났지만 그런 것치고는 뭔가 이상했다.

쇼지가 가만히 바라보고 있던 것은 식기 선반 위에 올려둔 아카베코였다. 어제 미궁에서 가져온 전리품이다. 열심히 살피는 걸 보면 아무래도 그게 쇼지가 찾던 아카베코가 맞는 것 같았다.

"이봐. 내가 기억나냐?"

쇼지가 불쑥 아카베코에게 말을 건넸다. 슈는 그 모습이 의아하게 느껴졌다.

아야시 장에 처음 왔을 때, 슈는 영력에 대한 자세한 설명을 스에노에게 들은 적이 있다.

영력이란 요괴나 유령 등 인간 세계와 동떨어진 존재를 인식하는 감각이다. 그게 전혀 없는 사람이라면 코노스케가 변신한 모습조차 보이지 않는다. 실체를 가진 츠쿠모가미도 말하거나 돌아다니는 등의 행동을 할 때는 인식되지 않는다. 오감에서 요괴라는 존재가 철저히 배제된다고 했다.

따라서 쇼지에게 츠쿠모가미와 만난 기억이 있을 리 없다. 만약 그런 추억이 어떤 이유로든 남아 있었다면 그도 이렇게까지 요괴를 강하게 부정하진 않을 것이다. 게다가 무엇보다 그 아카베코가 츠쿠모가미가 아니라는 건 이미 확인된 사실이었다.

"……앗."

그때 슈는 쇼지의 스마트폰이 테이블 위에 놓여 있는 걸 발견했다. 스마트폰을 조작하다가 아카베코를 발견했는지 홈 화면이 켜진 상태였다. 지금이라면 잠금을 해제할 필요도 없다.

쇼지는 아카베코에 정신이 팔린 상태다. 이 틈에 아까 찍힌 동영상을 지우려고 스마트폰을 슬며시 집어 들었다. 가장 최근에 저장된 동영상을 음소거로 재생해서 지워야 할 내용이 맞는지 확인했다.

"어?"

그런데 슈는 재생되는 동영상에서 위화감을 느꼈다. 그게 정확히 무엇인지는 알 수 없지만 천천히 생각할 여유는 없었다. 일단 삭제한 다음 소리가 나지 않도록 스마트폰을 다시 테이블 위에 내려놓았다.

"……역시 내 착각이었나."

식당을 떠나기 직전에 쇼지의 낙담하는 목소리가 들렸다. 쇼지는 대체 그 아카베코와 무슨 일이 있었던 걸까? 큰맘 먹고 물어볼까 하는 생각도 들었지만 미노리를 더 기다리게 할 수도 없었기에 다시 현관으로 향했다.

슈와 미노리는 큰길을 달려 요괴 신사로 향했다.

미즈키 시게루 로드는 이미 축제 분위기였다. 축제는 오늘 밤부터 본격적으로 시작되지만 미리 영업을 시작한 노점도 보이고 사카이 해협 쪽에선 크게 틀어놓은 음악 소리가 들렸다. 아무래도 해상 퍼레이드가 시작된 모양이다.

베이커리를 지나 교차로로 들어간 다음, 커다란 동상과 악수하며 사진을 찍는 사람 앞을 "죄송합니다!"라는 사과와 함께 가로지른 끝에 목적지인 요괴 신사에 도착했다.

"도리이 안쪽은…… 역시 빛나고 있진 않네요."

슈는 거친 숨을 몰아쉬며 보이는 그대로의 감상을 말했다.

"난 슈 군하고 만나기 전부터 뒷골목에서 입구를 찾아다녔잖어. 여기도 수상하다 싶어서 몇 번이나 조사해봤어. 근디 입구 같은 건 전혀 찾아내지 못혔어."

쉽게 찾아낼 거란 생각은 처음부터 하지 않았다. 일단 신사로 들어가기 위해 커다란 돌 눈알이 담긴 세숫대야에서 손을 씻고 고개를 숙이는 의식을 한 뒤 도리이를 통과했다. 좁은 경내를 한차례 둘러봤지만 예상한 대로 힌트조차 찾아내지 못했다.

이제 신사에서 할 수 있는 일은 당연히 그것뿐이었다.

"밑져야 본전이지!"

슈는 지갑을 꺼내 새전함(신령이나 부처에게 바칠 돈을 넣는 함) 위에서 뒤집었다. 결코 많다고는 하기 힘든 액수가 짤랑거리는 소리와 함께 상자 안으로 빨려 들어갔다. 빈 지갑을 주머니에 구겨 넣은 다음 짝 하고 두 손을 맞댔다.

결국 신에게 부탁하기로 했다. 절대 효율적인 작전은 아니지만 미노리도 옆에서 동참했다. 슈는 눈을 감고 신체인 흑화강암과 느티나무 앞에서 기도했다.

'부탁드립니다. 우리를 다시 한번 뒷골목으로 데려다주세요.

꼭 해야 하는 일이 있습니다. 그쪽으로 이어지는 문이 닫혀버린 게 우유부단한 제 탓인 건 알지만 이렇게 뻔뻔하게 매달릴 수밖에 없습니다.

저는 요괴가 좋습니다. 징그럽고, 무섭고, 알 수 없고, 제멋대로고, 자존심도 강하고. 하지만 그런 요괴들과 보냈던 시간이 더할 나위 없이 소중했어요. 길이 막혀버린 지금에서야 겨우 그걸 실감했습니다.

저에겐 이제 뒷골목으로 갈 자격이 없을지도 모릅니다. 하지만 할머니를 정성껏 보내드리고 싶어요. 접화신을 되찾아서 사람들과 제대로 작별할 수 있게 해드리고 싶어요.

그러니 한 번만 길을 연결해주시면 안 될까요? 부디. 부디.'

"슈 군!"

미노리의 비명 같은 목소리에 슈가 감고 있던 눈을 떴다. 그녀가 가리키는 도리이는 반대편이 제대로 보이지 않을 만큼 하얗게 빛나고 있었다.

"기적이 일어났어! 설마 정말로 이어질 줄이야! 굉장혀!"

뛸 듯이 기뻐하는 미노리 옆에서 슈는 멍하니 그 빛을 바라보았다.

기적이란 게 이렇게 딱 필요할 때 일어날 리 없다. 슈의 뇌리를 스친 건 쇼지의 동영상을 지울 때 느낀 위화감이었다. 그것과 스에노에게 들었던 말이 퍼즐 조각처럼 정확히 들어맞았다.

"……그랬구나."

슈는 중얼거리며 손으로 자기 가슴을 꾹 눌렀다.

"미노리 선배, 시간이 없어요. 서두르죠!"

"응! 가자!"

슈와 미노리는 손을 맞잡으며 빛나는 도리이 안으로 나란히 뛰어들었다.

뒷골목 상점가에서도 축제는 이미 시작되고 있었다. 큰길 쪽 일정에 맞춰 매년 열리는 이쪽의 '미나토 뒷골목 축제'는 수많은 요괴로 북적거렸다. 상점가에 빼곡하게 이어진 노점에서는 인간계에선 절대 찾아볼 수 없는 음식이나 게임 등이 경쟁하듯 들어서 있었다.

그곳에 요괴 신사의 도리이에서 뒷골목으로 넘어온 슈와 미노리가 나타났다.

"어, 아야시 장의 아르바이트생들!"

안경원을 운영하는 하쿠메가 두 사람을 발견하고 말을 걸었다. 오늘은 밧줄처럼 꼬아 만든 끈을 이마에 두르고 노점의 철판 앞에 서 있었다.

"괜찮으면 하나씩 가져가서 먹어."

하쿠메는 그렇게 말하며 '눈알 타코야키'라는 그다지 식욕이 돋지 않는 음식을 내밀었다. 사람이 먹어도 괜찮을 법한 모양새는 아니었기에 둘 다 정중히 거절했다. 하쿠메는 타코야키를 다시 가져가더니 문득 생각났다는 듯 입을 열었다.

"그러고 보니 연락받았어. 스에노 씨, 이제 가버린다면서? 쓸쓸해지겠네."

아쉬운 듯 말하지만 그렇게 슬퍼하는 기색은 아니었다. 그건 요괴는 인간과 달리 죽음이라는 걸 훨씬 친근하게 느끼기 때문일 것이다. 멀리 떠나는 사람을 배웅하는 정도의 심정인 것 같았다.

"하쿠메 씨. 어떤 요괴를 찾고 있는데요. '카샤'라고, 고양이처럼 생긴 요괴예요. 푸르게 빛나는 나비가 든 곤충 채집통을 들고 있고요. 혹시 못 보셨나요?"

"그 녀석이라면 아까부터 저기 있던데."

하쿠메가 땅딸막한 손가락으로 가리킨 곳은 상점가에 늘어선 건물의 지붕 위였다. 그곳에 분명 채집통을 목에 건 채 털을 고르는 카샤의 모습이 보였다. 생김새대로 상당히 날렵한 요괴인 것 같다. 사다리를 타고 지붕 위로 올라가도 금방 도망칠 게 틀림없었다.

"저 녀석은 왜?"

"저 도깨비가 가져간 나비는 사실 할머니의 접화신이거든요. 되찾지 않으면 할머니 장례식을 치를 수 없어요."

"그건 큰일이잖아!"

사정을 알게 된 하쿠메는 상점가의 지인들에게 이 사실을 알렸다. 금세 신체 능력이 뛰어난 요괴와 하늘을 날 수 있는 요괴 등이 도와주러 잔뜩 모여들었고 지붕 위에 느긋하게 누워 있던 카샤를 붙잡기 위해 일제히 날아올랐다.

하지만 상대는 고양이 요괴였다. 커다란 귀로 위기를 감지하더니 즉시 몸을 일으켜 옆 지붕으로 옮겨갔다. 카샤는 고양이 특유의 민첩함으로 상점가 요괴들을 모두 따돌렸고 체력이 떨어진 요괴들은 하나씩 탈락하고 있었다.

"모, 못 따라잡겠어……."

"움직이지 못하게 만들지 않는 이상 붙잡긴 힘들겠군……."

도와주러 나선 문방구점의 아미키리와 악기점의 샤미쵸로가 숨을 헐떡이며 말했다. 카샤는 그렇게 뛰어다녔는데도 체력이 아직 남았는지 지붕 위에서 도발이라도 하듯 재주넘기하고 있었다.

"젠장, 붙잡을 방법이 없는 건가?"

없는 머리를 쥐어 짜내서 간신히 아이디어를 떠올렸지만, 별로 내키지 않는 방법이었다. 불안한 요소가 많았지만 그래도 이대로 가만히 있는 것보다는 행동에 옮기는 게 나았다.

"저한테 생각이 있어요. 미노리 선배, 일단 아야시 장으로 가요!"

"알았어!"

자기 일처럼 도와준 상점가의 요괴들에게 감사를 표한 뒤, 슈와 미노리는 민박집을 향해 달렸다. 조금도 꾸물거릴 여유가 없었다. 한시라도 빨리 나비를 되찾지 못한다면 민박집에서 기다리는 코노스케가 곤란해질 테니까.

한편 그 무렵, 큰길 쪽 아야시 장에는 두 명의 염습사가 찾아왔다. 상주인 쇼지의 "시신은 아마 저 방에 있을 테니까 알아서들 하쇼."라는 적당한 안내를 받고 다다미 여섯 장 크기의 방에서 스에노의 시신과 마주했다.

물론 이건 진짜 시신이 아니다. 시신으로 변신한 코노스케다.

"저렇게 성의 없는 상주가 다 있네요."

젊은 남자 염습사가 쇼지의 태도를 불평했다.

"떠나신 분 앞이야. 말조심하게."

베테랑으로 보이는 초로의 남자 염습사가 그의 발언을 타일렀다. 사제 관계로 보이는 두 사람은 정좌하며 양손을 맞댄 채로 시신…… 아니, 코노스케와 마주했다.

"그건 그렇고 떠나신 분의 혈색이 상당히 좋으신데요?"

제자의 말에 움찔한 코노스케는 재빨리 피부색을 하얗게 변화시켰다. 하지만 그건 되려 악수가 됐다. 갑자기 혈색이 나빠지는 걸 본 제자가 깜짝 놀라며 눈을 크게 떴다.

"스, 스승님! 방금 보셨습니까? 갑자기 피부색이 변한 거 맞죠?!"

"어어, 미안. 방금 안경을 쓰느라 제대로 못 봤네. 카멜레온도 아니고 그럴 리가 있겠나. 떠나신 분 앞에서 그렇게 떠들면 못 쓰네."

괜히 혼이 난 제자는 분명 잘못 본 게 아니었는데, 하며 불만스러운 표정이었다. 코노스케는 하마터면 위험할 뻔했다는 생각에 내심 가슴을 쓸어내렸다.

"그럼 화장을 시작하지. 그전에 난 화장실을 다녀올 테니 준비 좀 해주게나."

"알겠습니다."

스승이 방을 나가자 혼자 남은 제자는 조금 무서워하는 표정이었다.

"내 착각이었겠지……."

자신을 타이르듯 말하고는 화장 도구를 펼쳐놓았다. 그때 제자의 손에서 미끄러져 떨어진 파우더 케이스가 코노스케의 머리에 콕 부딪혔다.

"아얏."

반사적으로 목소리가 나와버렸다. 코노스케의 심장이 더는 감출 수 없을 만큼 맹렬히 뛰었다. 제자의 얼굴은 경악으로 물든 채 석상처럼 굳어 있었다. 그때 스승이 화장실에서 돌아왔다.

"스스스스, 스승님! 이 떠나신 분, 살아 계시는데요?!"

"무슨 바보 같은 소리를……."

"방금 말을 했다고요! 진짜로요!"

"잘못 들었겠지. 자, 알았으니까 일을 시작하세."

반쯤 울먹거리는 제자는 두려워하면서도 화장을 시작하는 스승을 거들었다. 훌륭한 화장술로 생전의 분위기를 재현한 스승은 "멋지게 완성되었습니다." 하고 코노스케에게 말을 건넸다.

"난 관을 가지고 올 테니까 자네는 구멍을 막아주게."

"아, 알겠습니다……."

제자는 체액이 흘러나오는 것을 방지하기 위해 작게 자른 천 조각을 핀셋으로 집어 코노스케의 코에 집어넣었다. 진짜 시신이 아닌 이상 그런 걸 버틸 수 있을 리가 없다.

"으엑취!"

재채기와 함께 튀어나온 천 조각이 제자의 이마에 명중했다. 그는 결국 울음을 터뜨리며 방을 뛰쳐나가고 말았다.

"스승니이이이임!"

코노스케는 식은땀을 줄줄 흘리며 마음속으로 빌었다.

'슈 님, 미노리 님, 제발 빨리 좀 돌아오세요!'

뒷골목 쪽 민박집에 도착한 슈와 미노리는 그 광경 앞에서 말문이 막혔다.

그곳에는 큰길 쪽과는 전혀 다른 호화찬란한 아야시 장……이 아닌, 다 무너져 내린 잔해 더미만이 남아 있을 뿐이었다. 그곳에 묵던 요괴들은 난감하다는 듯 폐허가 된 아야시 장을 바라보며 앞으로의 대책을 이야기하고 있었다.

"크, 큰일이여! 여러분, 다친 곳은 없나요?!"

퍼뜩 정신을 차린 미노리가 황급히 목소리를 높이자 손님들은 무사함을 알리듯 이쪽을 향해 손을 흔들었다.

"대체 무슨 일이 있었던 거죠?"

슈가 신선 같은 차림을 한 단골 요괴에게 물었다.

"오늘 아침 갑자기 무너지기 시작했어. 하마터면 잔해에 깔릴 뻔했지."

그 대답을 듣고 원인이 무엇인지 바로 이해할 수 있었다.

뒷골목 쪽 아야시 장이 거의 무한에 가까운 넓이를 자랑할 수 있었던 건 손츠루 님의 힘 덕분이었다. 수호신을 잃은 지금, 아야시 장은 당연히 원래 크기로 돌아왔다. 그 결과, 안에 들어 있던 잡동사니나 가재도구 등이 일제히 터져 나왔고, 건물이 견디지 못하며 붕괴해버린 것이다.

“이건 아마 손츠루 님이 떠나버린 영향이겠지? 큰길 쪽도 무너졌으면 어떡하지……. 괜찮을까?”

“그쪽은 아마 괜찮을 거예요. 무너진 건 손츠루 님의 영향을 받던 뒷골목 쪽뿐이에요. 큰길 쪽도 무너질 거면 손츠루 님이 떠난 시점에 무너져 내렸겠죠.”

만약 그런 일이 벌어졌다면 스에노의 시신인 척 변신해 있던 코노스케가 이미 이쪽으로 넘어왔을 것이다. 아무 소식도 없는 걸 보면 그는 지금도 자기 임무를 수행하고 있는 것이다.

익숙하던 장소가 흔적도 없이 사라진 걸 보니 허망했다. 하지만 충격에 휩싸일 여유는 없었다. 슈는 매달릴 곳을 잃고 땅에 떨어진 야캉즈루를 주워들어 흙먼지를 닦아낸 다음 미노리에게 건넸다. 그리고 무너진 건물을 향해 다가가 잔해 더미를 뒤지기 시작했다.

“슈 군, 뭐 하려고?”

“찾는 물건이 있어요. 이 정도 크기의 오동나무 상자요.”

슈는 양손으로 스마트폰 정도의 크기를 그려 보였다. 그가 찾는 건 올봄에 코노스케와 함께 발견한 무한으로 늘어나는 머리카락 신체인 마통모였다. 그걸 한 번 더 해방하면 카샤의 움직임을 막을 수 있다는 게 슈의 생각이었다.

그 말을 들은 미노리는 야캉즈루를 내려놓으며 잔해로 다가갔다.

"나도 찾을게!"

"위험해요, 선배. 손 다쳐요."

"그게 뭐 어쨌다고! 나도 아야시 장의 일원이여. 돕지 않고 보고만 있을 수는 없잖여!"

미노리는 울 것 같은 얼굴로 민박집 잔해를 과감하게 파헤쳤다. 다치는 것도 아랑곳하지 않고 도와준다는 건 진심으로 기뻤다. 하지만 이 어마어마한 잔해 속에서 상자를 찾으려면 시간이 얼마나 걸릴지 미지수였다.

"오동나무 상자를 찾으면 되는 거지?"

절망의 늪에 빠지기 직전, 그런 목소리가 들렸다. 슈가 돌아보니 하쿠메를 필두로 한 뒷골목 상점가의 요괴들이 몰려와 있었다. 찾아야 하는 물건을 확인한 그들은 인간은 엄두도 못 낼 만한 속도로 잔해를 파헤치기 시작했다.

"어디, 우리도 좀 도와볼까."

거기에 단골인 신선 요괴의 한마디와 함께 숙박객들까지 작업에 가담했다. 잔해 더미는 순식간에 수많은 요괴로 뒤덮였다. 슈는 그 광경을 멍하니 바라보았다.

“다들…… 왜 도와주시는 거예요?”

문득 그런 말이 흘러나왔다. 햐쿠메는 왓핫핫 하고 호쾌하게 웃어 젖혔다.

“그야 뻔하지. 다들 스에노 씨한테 얼마나 신세를 졌는데. 어떻게 돕지 않을 수 있겠어?”

“하지만 전 이 상점가에 마통모를 해방해서 카샤를 붙잡을 생각인데요? 방법이 없진 않겠지만 마통모를 다시 봉인할 수 있다는 보장은 없어요. 적어도 뒷골목 축제는 엉망이 돼버릴 거라고요.”

“그게 무슨 상관이겠어. 이상한 것들이 날뛰는 정도야 여기선 일상인데. 오히려 축제에는 좋은 자극이 될 거야. 자, 생각할 틈에 빨리 찾자고. 시간 없다면서?”

햐쿠메는 그렇게 말하며 백 개의 눈 중 쉰 개를 찡긋하며 윙크하더니 탐색에 가담했다. 이제는 축제를 즐기러 멀리서 찾아온 요괴들까지 차례차례 팔을 걷어붙이고 도우러 오고 있었다.

순식간에 퍼지는 따뜻한 선의의 물결. 슈는 자신도 모르게 눈가에 눈물이 고였다.

“다들 좋은 녀석들이지?”

언제부터 와 있었는지 옆에는 미노와라지인 스에노가 서 있었다.

"할머니……."

스에노의 몸은 희미하게 투명해지기 시작했다. 길어도 오늘까지라는 건 역시 피할 수 없는 운명인 듯했다. 현실을 외면하듯 시선을 피하자 스에노가 따뜻한 말투로 입을 열었다.

"난 말이여, 슈한테 민박집을 이어받으라고는 말 못혀. 지금까지 어떻게 살든 내버려둔 할미가 무슨 염치로 그런 소릴 하겄어. 그래도 널 요괴들하고 만나게 해주고 싶었어. 니 인생의 선택지에 요괴와 함께 살아가는 길도 생각해줬으면 했던 겨."

"……그래서 안경값이 백만 엔이었던 거예요?"

백만 엔을 다 받아낼 생각 같은 건 처음부터 없었다는 걸 어렴풋이 깨닫고는 있었다. 그건 조금 억지로나마 슈를 요괴들과 어울리게 하기 위한 구실이었던 것이다.

"여기로 와주기로 한 널 혼자 놔둘 수는 없었으니께 내 혼을 기모노에 옮겨서 현세에 머무르기로 한 겨. 슈가 투덜대면서도 일을 열심히 도와주는 걸 보고 나도 여기 남아서 천천히 일하는 법을 가르쳐줄 생각이었구먼. ……하지만 이제 그럴 수도 없게 된 겨."

"어째서요?"

"미련이 사라졌기 때문이여."

스에노는 미소 지었다.

"슈가 내 예상보다 민박집 일을 훨씬 좋아해주니께 내가 현세에 머물 이유가 완전히 사라져버린 겨."

혼을 속박하는 건 현세에 대한 미련이다. 스에노의 미련은 아야시 장과 봄부터 여기 와서 살기로 한 슈였다. 미숙하지만 올곧은 슈의 자세를 본 스에노는 안심할 수 있었고 미련을 잃은 혼은 이렇게 현세를 떠나려 하고 있다.

"……죄송해요."

"니가 왜 사과를 혀. 사과해야 하는 건 할민디. 미안혀, 슈야. 그 눈도 그렇고 너한테 고생만 떠넘겼구먼."

스에노는 이제 곧 사라진다. 이 세상에서 존재하지 않게 된다. 머리로는 이해하지만 도저히 받아들일 수 없었던 그 사실을 지금에서야 간신히 실감하게 된 건지도 몰랐다. 아니, 마음속 깊은 곳에선 처음부터 알고 있었다. 알고 있었기에 카샤가 나타났던 것이다.

"여기 있다! 찾았어, 슈 군!"

미노리가 갑자기 큰 소리로 외치며 작은 오동나무 상자를 들어 올렸다. 주변 요괴들이 일제히 박수갈채를 보냈다. 그녀는 넘어질 뻔하면서 잔해 더미 위에서 내려와 슈를 향해 걸어왔다.

"자, 여기."

오동나무 상자를 내미는 미노리의 손은 긁히고 베인 상처로 엉망이었다. 이렇게까지 해준 게 고맙고 미안해서 차마 얼굴을 들 수 없었다. 하지만 슈는 다시 얼굴을 들었다.

미노리도, 요괴들도 누군가에게 힘이 될 수 있다는 걸 기뻐하며 도움을 준 것이다. 그리고 그게 어떤 마음인지는 아야시장에서 많은 것을 경험해온 슈도 잘 알고 있었다.

따라서 지금 해야 하는 대답은 '미안해요.'가 아니었다.

"……고마워요, 미노리 선배! 감사합니다, 여러분!"

마통모를 발견한 것에 환호하는 요괴들. 그들 한가운데에 선 슈를 바라보며 스에노가 만면에 미소를 지었다.

"슈. 니 이름은 부모님이 고민하고 고민해서 지은 이름이여. '모일 집集'이라는 글자는 많은 새가 날개를 쉬는 나무를 상징하니께. 슈集라는 이름에는 좋은 벗들이 자연스레 많이 모여드는 사람이 되길 바라는 마음을 담았다고 혔어. 물론 사람이든 요괴든 상관없이 말이여."

지금까지 모르고 살았던 자기 이름의 의미를 듣고 나서 슈는 주변을 둘러보았다. 자신을 도와준 많은 벗을 눈에 담으며 하늘을 올려다보았다. 아버지와 어머니는 천국에서 이 광경을 보고 계실까?

"자, 그럼!"

슈는 양손으로 자신의 뺨을 짝 때리며 기합을 불어넣었다.

당장 해야 할 일도, 최종 목표도 이미 안개가 걷힌 듯 분명해졌다. 오동나무 상자를 힘껏 움켜쥐었다.

"지켜봐주세요, 할머니. 전 할 수 있는 만큼 해볼 테니까요."

결의를 다지는 슈에게 스에노는 힘 있게 고개를 끄덕였다.

"카샤! 채집통을 나한테 돌려줘!"

건어물집 지붕 위에 자리 잡은 카샤를 향해 슈가 큰 소리로 외쳤다. 하지만 카샤는 들은 체도 하지 않고 건물 몇 개를 뛰어넘어 다른 지붕 위로 옮겨가버렸다.

이야기조차 듣지 않는다면 역시 다른 방법은 없다. 고개를 돌려 뒤쪽에 있던 이들에게 신호를 보내고 나서 슈는 오동나무 상자의 뚜껑을 천천히 열었다.

그 안에 들어 있는 것은 한 가닥의 까만 털이었다. 털이 한순간 부르르 떨리나 싶더니 이내 무수한 갈래로 갈라지며 급격히 늘어나기 시작했다.

주변 일대가 털로 뒤덮이기까지 10초도 걸리지 않았다. 까만 물결이 된 마통모는 축제 노점을 파괴하고 건물을 휘감으며 순식간에 뒷골목을 집어삼켰다. 슈는 털로 된 바다 속에서 발버둥 치며 간신히 밖으로 얼굴을 내민 뒤, 근처에 있던 가로등에 매달리는 데 성공했다.

마통모의 물결은 순식간에 지붕 높이까지 올라갔다. 카샤는 절대 잡히지 않겠다는 듯 지붕 위로 종횡무진 도망 다녔지만 털이 뻗어나가는 속도가 훨씬 빨랐기에 결국 발목을 잡히고 말았다.

넘어진 카샤는 머리를 부딪치며 의식을 잃었는지 그대로 지붕에서 굴러떨어졌다. 슈는 간신히 손을 뻗어 까만 물결에 휩쓸려 가는 카샤의 팔을 잡아 가로등으로 끌어당겼다. 금세 의식을 되찾은 카샤는 슈의 얼굴을 보자마자 온 힘을 다해 도망치려 했다. 그러나 발 디딜 곳도 없는 지금 상황에선 불가능했다.

"미안해, 카샤."

슈의 입에서 사과의 말이 흘러나오자 카샤는 움직임을 멈췄다. 슈는 그 반응에 확신을 갖고 말했다.

"……넌 역시 나한테서 분리된 우엉종이었구나."

그렇게 단언할 수 있는 이유는 민박집 식당에서 열어본 쇼지의 스마트폰에 있었다. 삭제할 동영상이 맞는지 확인하기 위해 재생했을 때 무언가 이상하다고 느꼈다. 그 위화감의 정체는 슈가 얼굴을 가리듯 카메라 앞으로 뻗은 왼손이었다. 그리고 그 손목에는 '칠십오'라는 숫자가 새겨져 있었다.

그 시점에 칠십오였던 숫자가 카샤가 출현한 뒤에 확인하자 칠십사로 줄어들었다. 갑작스러운 출현이었던 점을 봐도 자신한테서 떨어져 나갔다고 설명해야 앞뒤가 맞았다.

그리고 우엉종은 자아가 생겨나면 숙주의 감정이 방아쇠가 되어 분리된다고 했다. 코노스케가 새로운 생활에 대한 불안감으로 분리되어 슈를 돕게 된 것과 마찬가지로 카샤 역시 분리의 기폭제가 된 슈의 감정을 토대로 행동하고 있다는 생각이 들었다.

"넌 날 대신해서 내가 하지 못하는 일을 해준 거지?"

스에노의 죽음을 앞둔 슈의 감정을 통해 현세로 나온 카샤. 그는 숙주의 마음을 읽고 푸른 나비가 든 채집통을 가로챘다.

다시 말해, 슈의 마음 깊은 곳에선 스에노의 장례식 같은 건 하기 싫다는 생각이 있었던 것이다.

시신이 없다면 장례식을 치를 수 없다. 따라서 카샤는 그것을 훔쳤다. 따라갈 수 없는 먼 곳까지 도망치지 않았던 건 한편으로는 할머니의 죽음을 피할 수 없다는 사실을 받아들이고 있었기 때문일 것이다.

"고마워, 카샤. 하지만 난 이제 괜찮아. 할머니와 웃는 얼굴로 작별할 수 있어. 그러니까…… 그 나비를 돌려줘."

슈의 눈빛에서 확실한 각오를 읽었는지 카샤는 고개를 끄덕이더니 순순히 채집통을 건넸다.

문제는 이제부터였다. 목적을 달성했으니 마통모를 다시 봉인해야만 한다. 이대로 가면 한없이 증식하는 털이 뒷골목을 완전히 집어삼킨 뒤, 큰길 쪽으로까지 새어 나갈지도 몰랐다.

슈는 털 물결에 흔들리며 자신의 왼쪽 손목 안쪽을 봤다. 그곳에는 특수한 먹물로 적힌 칠십사라는 숫자가 적혀 있었다. 하지만 애초에 그 숫자는 앞뒤가 맞지 않는다.

우엉종은 75마리의 요괴가 모인 집합체고, 그 숫자에서 코노스케와 카샤를 제외하면 73마리가 되어야만 한다. 다시 말해 슈의 몸속에 씐 요괴는 **한 마리 늘어났다.**

그 한 마리가 누구인지는 이미 알고 있었다. 요괴 신사에서 신에게 기도했을 때, 그 바람이 이뤄지며 뒷골목으로 가는 입구가 열렸다. 하지만 기적이라는 게 그렇게 편리하게 일어날 리는 없다. 그건 바깥세상과 안쪽 세계를 이어주는 힘을 가진 존재가 도와주었다고 생각하는 게 더 자연스러웠다.

스에노는 말했다. '그분은 마음씨가 따뜻하니께, 분명 지금도 근처에서 지켜보고 계실 겨.'라고.

정말 그 누구보다 가까이서 지켜보고 있었다. 집안 전체에 씌는 우엉종을 혼자 전부 짊어질 만한 영력을 가진 슈였기에 **손츠루 님이 슈의 몸에 씔 수 있었던** 셈이다.

슈는 가슴 앞에서 짝 하고 양손을 맞댔다.

"부탁드립니다. 손츠루 님!"

아야시 장의 전前 수호신은 숙주의 부탁을 들어주었다.

슈와 카샤를 태운 채 마통모를 찢어발기며 지붕보다 훨씬 높은 위치까지 솟아오른 것은 하얗게 빛나는 거대한 무언가였다. 균형을 잃은 슈가 손을 짚자 발밑에는 대리석 타일처럼 생긴 비늘이 쫙 깔려 있었다.

거목의 줄기만큼 굵고 한없이 길다. 그런 손츠루 님의 모습은 스에노 외에 누구도 본 적이 없다고 했다. 코노스케는 거대한 지렁이라는 소문이 있다고 말했지만 당치도 않았다.

뒷골목에 나타난 그 장엄한 자태는 목에 금색 고리를 두른, 하얀 이무기였다.

손츠루 님은 그 커다란 입으로 마통모의 일부를 집어삼킨 뒤, 엄청난 기세로 빨아들이기 시작했다. 시커먼 바다는 순식간에 그의 긴 위장 속으로 빨려 들어갔고 결국에는 한 가닥의 털만이 남겨졌다. 바람을 타고 흩날리는 그것을 슈가 오동나무 상자로 받아낸 다음 뚜껑을 꾹 닫았다.

뒷골목은 한동안 정적에 휩싸였다. 하지만 이내 귀가 찢어질듯한 함성이 거리 전체에서 터져 나왔다.

"……미안하다, 슈."

슈가 카샤와 끌어안고 기뻐하고 있는데 밑에 있던 손츠루 님이 낮은 목소리로 말을 건넸다.

"스에노가 사라지는 것 때문에 초조해진 건 나 역시 마찬가지였다. 너에게 무리한 선택을 강요하고 서둘러 결론을 내린 걸 미안하게 생각한다."

"사과하지 마세요, 손츠루 님. 떠나겠다는 듯이 말씀하셔놓고 당신은 가까이에서 저를 쭉 지켜봐주셨잖아요. 저를 시험해보신 거죠?"

이 정도 위기를 극복할 능력이 없다면 비일상적인 사건이 일상다반사인 아야시 장을 도저히 이어받을 수 없다. 물론 손츠루 님이 어디까지 예상했는지는 슈로서는 알 수 없지만.

"하지만 마통모를 해방한 건 너무했다. 그러면 내가 나설 수밖에 없지 않느냐."

"나와주실 거라 믿었으니까 해방한 거예요. 감사합니다."

쑥스러워하는 걸까? 감사 인사를 받은 손츠루 님은 긴 혀끝을 날름거렸다. 그 모습이 왠지 귀여워 보여서 슈는 웃고 말았다.

"……손츠루 님. 새삼스럽다고 생각하실지도 모르지만 저는 아야시 장이 사라지는 게 싫습니다. 그러니까 할머니를 대신해서 제가 아야시 장을 이어받을게요. 그래도 될까요?"

"정말인가? 오늘 아침엔 결단을 내리지 못했잖느냐."

"그건 제가 혼자 모든 걸 짊어져야 한다고 생각했기 때문입니다. 참 바보 같죠? 아무도 그래야 한다고 말하지 않았는데 말이에요."

손츠루 님의 머리 위에서는 거리의 풍경이 잘 보였다. 이쪽을 향해 손을 흔드는 미노리와 스에노, 상점가 이웃들과 숙박객들, 그밖의 다른 요괴들까지.

"저 혼자서는 아직 버겁겠죠. 하지만 모두와 힘을 합치면 괜찮을 겁니다. 물론 손츠루 님도 포함해서 말이죠. 이게 지금 할 수 있는 최선의 대답인데…… 괜찮겠습니까?"

조금 미덥지 못한 의지 표명이지만 손츠루 님은 슈의 말을 진지하게 받아들여주었다.

"괜찮고말고. 바로 그게 내가 바라는 대답이었다."

손츠루 님은 거대한 몸을 구부려서 슈와 카샤를 지상으로 내려주었다. 흰 이무기의 거대한 몸은 조금씩 하얗고 부드러운 빛에 휩싸였다.

"슈가 여기에 있는 한 내가 아야시 장을 지키겠다. 사람과 요괴를 잇는 가교가 될 것을 여기서 다시 한번 맹세하지."

엄숙한 선언을 남긴 채, 손츠루 님은 빛이 되어 아야시 장으로 빨려 들어갔다. 그 순간, 잔해 더미로 변했던 민박집이 빠르게 역재생되는 것처럼 복구되더니 원래대로의 호화찬란한 모습으로 뒷골목에서 부활했다.

슈는 자신의 왼쪽 손목을 확인했다. 숫자는 '칠십삼'으로 줄어들었다. 그건 손츠루 님이 슈의 몸에서 아야시 장으로 옮겨갔다는 의미였다. 이제 바깥세상과 안쪽 세계를 연결하는 통로도 다시 열렸을 것이다.

"자, 빨리 돌아가야지. 코노스케가 언제까지 버틸지 모르니께 말이여."

"맞다, 코노스케!"

스에노의 말을 듣고 슈의 얼굴이 창백해졌다.

자기 일처럼 도와준 뒷골목 요괴들에게 감사를 표한 뒤, 미노리, 스에노와 함께 아야시 장 안으로 뛰어 들어갔다. 큰길 쪽으로 통하는 철제문을 찾으며 슈는 문득 생각이 나 큰 소리로 말했다.

"그러고 보니 쇼지 삼촌 문제가 아직 아무것도 해결되지 않았어요!"

나비를 되찾고 아야시 장도 부활시켜 모든 게 마무리된 분위기로 흘러갔지만 아직 커다란 숙제가 남아 있었다. 스에노의 장례식이 끝나면 머지않아 민박집에 대한 모든 권리가 쇼지에게 상속된다. 그렇게 되면 아야시 장은 철거되고 토지는 매각될 것이다.

영력이 전혀 없는 쇼지는 요괴를 볼 수 없다. 사정을 설명할 수 없는 데다 그렇게나 뒤틀린 성격이었다. 이대로 가면 지금까지의 노력과 간신히 굳힌 결심이 물거품이 되고 만다.

"그자라면 내게 생각이 있다."

목소리의 주인공은 손츠루 님이었다. 예전처럼 모습은 보이지 않고 머리 위에서 목소리만 울렸다. 세 사람은 계속 뛰어가면서 수호신의 제안에 귀를 기울였다.

"니들은 대체 어딜 갔다 온 거야!"

철제문을 통해 큰길 쪽으로 돌아오자마자 쇼지의 호통을 들었다. 그의 눈에는 슈와 미노리만 보일 뿐 스에노가 여기 있다는 걸 여전히 인식하지 못했다.

"장의사가 돌아갔길래 관 속을 들여다봤더니 할멈의 시신이 없잖아! 그 자식들은 대체 뭘 하러 온 거야? 클레임을 걸든가 해야지!"

시끄럽게 떠들어대는 쇼지를 무시한 채, 슈는 바로 근처에 있는 스에노의 방으로 뛰어 들어갔다. 관의 얼굴 부분을 열어보니 기력이 다해 햄스터의 모습으로 돌아온 코노스케가 쓰러져 있었다.

"아아, 미안해, 코노스케! 잘 버텨줬구나!"

"왜, 왜 이제 오십니까, 슈 니임!"

관에서 뛰쳐나온 코노스케는 울음을 터뜨리며 슈에게 달려들었다. 어지간히 고생한 모양이었다. 하지만 그런 재회도 쇼지에겐 슈의 일인극처럼 보일 뿐이다. 그는 더욱 분노하며 말했다.

"뭐하는 거야? 그런 연기로 나한테 요괴를 믿게 하려고? 사람 만만하게 보지 마라, 슈."

“만만하게 본 적 없어요. 전 제 눈에 보이는 친구를 걱정한 것뿐이에요.”

“어, 그러셔. 하지만 말이다. 요괴라는 건 이 세상에 존재하지 않는다고.”

“왜 그렇게 철저히 부정하는 거죠?”

슈는 물었다.

“삼촌한테도 한 가지 짚이는 게 있으실 텐데요.”

슈의 말에 쇼지의 표정이 희미하게 구겨지더니 얼버무리듯 “뭐라는 거야.”라는 말을 거칠게 내뱉었다. 미노리는 그런 쇼지의 옆을 지나 식당에서 가져온 아카베코를 관 위에 올려놓았다.

“삼촌은 어렸을 때 이 아카베코에게 자주 말을 걸었다면서요.”

슈가 다가서며 묻자 쇼지는 의심스러운 듯 혀를 찼다.

“……칫, 그건 누구한테 들었냐? 할멈?”

스에노가 아니었다. 여기로 오는 도중에 손츠루 님에게서 들었던 이야기였다. 하지만 그걸 설명한다고 쇼지가 믿을 리는 없다. 슈는 질문을 무시하고 하던 이야기를 계속했다.

“어린 시절, 삼촌이 말을 걸면 이 아카베코는 고개를 흔들어서 대답해주었죠. 예스라면 위아래로, 노라면 옆으로요. 제 말이 틀렸나요?”

쇼지가 미간을 찡그렸다. 또 화를 내나 싶어 몸을 움츠렸지만 쇼지는 뜻밖에도 그 이야기를 부정하지 않았다.

"……네 말대로 꼬마였을 때 그런 짓을 했던 기억은 있어. 하지만 아니나 다를까 내 착각이었더군. 아까 시험해봤지만 그 녀석의 머리는 전혀 안 움직였어."

쇼지의 목소리에서 낙담하는 기색을 읽어낸 슈는 손츠루 님에게 들었던 이야기가 먹힐 수도 있다고 생각했다. 잘하면 영력이 전혀 없는 쇼지도 요괴의 존재를 조금은 믿게 될지도 모른다.

"아까 시험해보셨다고 했지만 질문 방식이 잘못됐던 건지도 모르죠. 다시 한번 시험해보시겠어요?"

"재밌네. 한번 해봐."

쇼지가 강압적으로 재촉하자 슈는 관 위의 아카베코와 마주 보았다. 그리고 질문했다.

"내 이름은 야모리 슈가 맞아?"

잠시 기다리자 아카베코는 고개를 위아래로 흔들었다. 쇼지의 눈가가 꿈틀거렸다.

"이 아저씨의 이름은 코타야?"

이어서 묻자 아카베코는 고개를 옆으로 흔들었다.

"그럼 지로?"

고개는 이번에도 옆으로 움직였다.

"그럼 쇼지?"

아카베코는 고개를 멈췄다가 천천히 위아래로 흔들기 시작했다.

"비켜!"

쇼지는 슈를 밀치고는 아카베코를 난폭하게 움켜쥐었다. 이리저리 뒤집고 안을 들여다보면서 무슨 장치 같은 게 없는지 확인하는 듯했다. 다음으로는 창문이 닫혀 있는 걸 확인해서 바람의 작용이 아니라는 것도 확인했다.

"……하찮은 속임수에 속아줄 시간 없어."

내뱉듯 말하며 방에서 나가려는 쇼지를 붙잡기 위해 슈는 다시 한번 아카베코에게 질문을 꺼냈다.

"넌 쇼지 삼촌이 싫어?"

쇼지는 걸음을 멈추고 돌아보았다. 아카베코는 조용히 고개를 옆으로 흔들었다. 쇼지는 아랫입술을 깨물더니 아카베코 앞으로 성큼성큼 걸어왔다.

"내 생일은 9월 10일이냐? 맞아?"

아카베코가 끄덕거렸다.

"그럼 난 아홉 살 때 다리가 부러진 적이 있었냐?"

이번에는 고개를 가로저었다.

"내가 싫어하는 음식은 키위다. 맞냐?"

아카베코는 고개를 크게 끄덕였다.

어차피 알아맞힐 리가 없다고 생각하며 일부러 아무 질문이나 던진 것 같았다. 하지만 당황을 감추지 못하는 걸 보면 전부 정답인 듯했다. 그도 그럴 것이 이 아카베코는 쇼지에 대해 그 누구보다도 잘 알고 있었다.

쇼지는 혼란스러워하며 슈에게 소리쳤다.

"야! 이 아카베코가 그 요괴라는 거냐?"

"아뇨. 그건 평범한 아카베코에요. 요괴는 아니고요."

"뭐어?"

슈의 대답이 예상 밖이었는지 쇼지는 얼빠진 목소리를 냈다. 실제로 아카베코는 츠쿠모가미로 변한 적이 없다. 고개를 움직인 장치는 따로 있었다. 사실 장치라고 할 만한 것도 아니었지만.

"그 아카베코는 평범한 장식품이에요. 지금이나 옛날이나 아카베코 옆에 있는 요괴가 고개를 움직여서 질문에 대답해줬던 거예요."

아카베코를 통한 대화는 영력이 없는 쇼지를 걱정한 손츠루 님이 당시의 그와 조금이라도 친해지기 위해 시도한 방법이었다고 한다. 그리고 지금 아카베코를 움직이는 것은…….

"아까부터 누가 질문에 대답하는지 모르시겠어요?"

"그걸 어떻게 알아! 나한테 아는 요괴가 어디 있다고!"

"그럼 좀 더 질문해보세요."

슈가 권하자 쇼지는 질문을 마구 쏟아내기 시작했다.

"내가 중학교 때 축구부였어?"

고개는 옆으로 움직였다.

"좋아하는 음식은 카레야. 어때?"

고개가 위아래로 흔들렸다. 쇼지는 짧게 심호흡을 한 다음, 두려워하듯 물었다.

"……설마, 엄마야?"

그 앞에 선 스에노는 아카베코의 코끝을 살짝 건드려서 고개를 끄덕이게 했다.

슈는 미노리와 코노스케를 데리고 방에서 나갔다. 이제부터는 모자만의 시간이었다. 직접 대화할 수는 없어도 의사소통은 가능했다. 스에노를 '할멈'이 아닌 '엄마'라고 부른 지금의 쇼지라면 분명 후회 없는 이별을 할 수 있을 것이다.

슈는 그렇게 믿으며 조용히 장지문을 닫았다.

등롱 불빛이 길게 이어진 큰길 상점가. 빈틈 없이 늘어선 노점에서 일하는 이들은 미나토 축제를 방문한 많은 방문객을 보고 행복한 비명을 질렀다. 그런 가운데 그 어떤 노점보다도 긴 행렬을 이루는 곳이 있었다. 한 낡아빠진 민박집이었다.

오후 여덟 시. 스에노의 장례식은 하늘로 솟구치는 불꽃놀이를 신호로 성대히 시작되었다. 끊임없이 들어오는 참례객들은 헌향을 마친 다음 축제의 떠들썩한 인파 속으로 사라졌다. 그동안 쇼지는 한 명 한 명에게 고개를 깊이 숙이며 상주 역할을 훌륭히 했다. 빨갛게 부어오른 눈가를 보면 아카베코를 통해 그동안 못다 한 이야기를 전부 털어놓은 것 같았다.

저녁에 취재에서 돌아온 선생님은 장례식 준비가 한창인 민박집을 보고도 별로 놀라지 않는 눈치였다. 스에노가 자기에게 남은 시간이 얼마 없다는 사실을 선생님에게만 미리 털어놓았던 것인지도 몰랐다.

"그건 그렇고, 믿기지 않는 광경이구먼."

아야시 장 앞에 선 스에노는 큰길을 바라보며 그렇게 중얼거렸다. 미즈키 시게루 로드는 축제에 온 많은 사람으로 북적거렸다. 그리고 그 안에는 수많은 요괴도 섞여 있었다.

뒷골목 축제를 망친 게 미안했던 슈는 요괴들에게 '큰길 쪽 축제에 오지 않으실래요?'라고 제안했다. 당연히 노점을 열 수는 없겠지만 불꽃놀이를 구경하는 정도라면 사람이든 요괴든 상관없이 즐길 수 있을 거라 생각한 것이다.

그렇게 해서 현재 아야시 장 앞에서는 많은 사람과 요괴가 같은 시간을 공유하고 있었다.

"사람하고 요괴가 공존할 수 있게 되믄 이런 광경이 당연해지겠지……."

어떤 이는 이별을 슬퍼하고, 어떤 이는 불꽃놀이에 넋을 잃고, 어떤 이는 웃는 얼굴로 배웅해드리자며 술판을 벌이고 있다. 펑펑 터지는 불꽃놀이 불빛이 비추는 그 모습이 마치 스에노가 꿈꾸던 '사람과 요괴가 공존하는 세상' 같았다.

실제로는 사람들에게 요괴가 보이지 않으므로 공존이라 할 수 없을지도 모른다. 그래도 스에노라는 한 사람의 죽음을 계기로 고인을 그리워하는 양쪽 존재들이 작별의 시간을 함께하고 있다.

스에노는 그 광경을 말없이 지켜보고 있었다. 눈에 선명히 새겨넣고 절대 잊지 않겠다는 듯이.

"……큰일이구먼. 이렇게 좋은 걸 봐버리니께 이제 미련이 하나도 안 남잖여."

스에노의 모습이 빛에 휩싸이기 시작했다.

"미노리. 앞으로도 슈하고 친허게 지내줘라."

"물론이죠, 사장님. 지금까지 수고 많으셨습니다!"

스에노는 눈물 흘리는 미노리를 안아주고 다음으로 코노스케를 손바닥 위에 올렸다.

"코노스케. 앞으로도 슈를 도와줘라. 니만큼 댄디하고 듬직한 햄스터는 어디에도 없을 겨."

"잘 알겠습니다. 맡겨만 주십쇼!"

코노스케의 머리를 쓰다듬으며 슈에게 건네준 뒤, 스에노는 선생님과 마주 보았다.

"선생님. 성가시게 하는 일도 많겄지만서도 우리 손자 잘 좀 부탁드려유."

"물론이야, 스에노. 거기서도 잘 지내."

스에노는 백발의 머리를 깊이 숙인 다음, 마지막으로 슈 앞에 섰다. 이제 정말 마지막 인사였다. 무슨 말을 해야 좋을지 고민하는 슈를 스에노가 부드럽게 안아주었다.

"단단혀, 슈야. 니가 언젠가 커다란 횃대로 성장하는 걸 하늘나라에서 꼭 지켜볼 겨."

"네. 안심하고 지켜봐주세요, 할머니. 절 이 동네로 불러줘서 정말 고마워요……. 아니, 단단혀요."

'고마워.'라는 뜻의 사투리에 미소 짓는 스에노의 몸이 다음 순간 빛이 되더니 폭죽이 터지는 밤하늘을 향해 올라갔다. 슈의 손안에는 하늘색 기모노만이 남았다.

그걸 끌어안는 팔의 떨림이 멈추지 않았다. 허물처럼 남은 기모노 앞에서 스에노가 사라졌다는 사실을 아플 만큼 실감하고 있었다.

슈의 눈에서 이윽고 터져 나온 굵은 눈물은 불꽃놀이가 끝날 때까지 멈추지 않고 흘렀다.

"난 요괴가 있다고 인정한 건 아냐."

아침 일찍 아야시 장을 찾은 쇼지는 현관에서 그를 맞은 슈를 보자마자 그런 말을 꺼냈다.

스에노의 장례식은 어제 별 탈 없이 끝났다. 장례식 동안엔 꽤 얌전해졌다 싶었는데 이제 완전히 원래대로 돌아온 걸까?

"그래서, 오늘은 무슨 일로 오셨어요?"

잔뜩 경계하는 슈에게 쇼지가 내민 것은 서류 뭉치였다.

"민박집을 계속하려면 간이 숙소 영업 허가를 상속해야 해. 넌 아직 미성년자니까 지금은 내 이름으로 상속해뒀다. 괜찮겠지?"

또 민박집에 대한 권리를 주장하러 온 줄 알았기에 전혀 예상치 못한 흐름에 슈는 당황하고 말았다.

"야, 듣고 있냐?"

쇼지가 묻자 슈는 당황하며 고개를 끄덕였다.

"어어…… 그럼 아야시 장을 계속 운영해도 되는 건가요?"

"여기 문 닫았다간 엄마한테 해코지당할걸."

쇼지는 서류를 가방에 넣으며 얼버무리듯 덧붙였다.

"하지만 아까도 말했듯이 난 요괴가 있다고 인정한 건 아냐. 역시 눈에 안 보이는 걸 믿을 수는 없고 널 도와주긴 힘들어.

내가 해줄 수 있는 건 고작해야 필요한 절차를 대신 밟아주는 정도겠지."

"그걸로 충분하죠! 정말 감사합니다!"

미소와 함께 감사를 표하자 쇼지는 겸연쩍은 얼굴로 등을 돌렸다.

"가끔 잘하고 있나 보러 오마. 뭐, 열심히 해봐."

현관문 손잡이를 잡은 쇼지를 "잠시만요." 하고 불러 세웠다. 슈는 식당까지 달려가서 아카베코를 들고 빠르게 돌아왔다.

"이건 삼촌이 갖고 계세요. 이제 고개가 움직이진 않겠지만…… 삼촌이 갖고 계셨으면 해요."

쇼지는 조금 망설이면서도 그걸 받았다. 아카베코의 코끝을 손가락으로 건드리자 고개가 천천히 흔들렸다. 웃는 쇼지의 눈가에 잡힌 주름이 스에노와 많이 닮아 있었다.

"아카베코는 잘 넘겨줬니?"

식당으로 돌아오자 선생님이 조금 타버린 구운 연어를 젓가락으로 발라내며 물었다. 슈는 "네." 하고 미소로 대답하고는 아까 먹다 만 아침 식사를 마저 해치우기 위해 의자에 앉았다.

옆자리에 앉은 미노리는 입가에 밥풀을 묻힌 채 "잘됐네." 하고 기뻐했다. 여름방학이 시작된 뒤로는 이렇게 미노리와 함께 아침 식사를 하고 나서 일을 시작할 때도 많았다.

"슈 님, 간장 좀 집어주실래요?"

맞은 편 자리의 코노스케가 작은 몸을 열심히 움직여 낫토를 저으며 부탁했다. 코노스케는 인간으로 변신하지 않은 상태에서도 어떻게 그 작은 몸에 다 들어가는지 의문일 만큼 많이 먹었다.

슈는 자기 그릇 위에 놓인 노른자가 터진 달걀프라이를 보며 스에노가 해주던 깔끔한 달걀프라이를 떠올렸다. 이제부턴 요리도 좀 더 연습해야 할 것 같다.

"자, 그럼."

슈는 분위기를 바꾸며 말했다.

"먹으면서 들으셔도 괜찮으니까 오늘 업무 내용을 확인하겠습니다. 미노리 선배, 오늘 예약된 요괴 손님은요?"

"으음, 캇파 가족하고 시코쿠에서 온 너구리 단체 손님. 미아게뉴도見上げ入道(높이 올려다봐야 할 만큼 거대한 거인 요괴. 올려다볼수록 몸이 커져서 결국 뒤로 자빠지게 된다고 한다)도 오는데 이 손님은 올려다보면 볼수록 더 커지니께 조심해야 혀."

"슈 님. 손님에 맞춰 객실의 구조도 변경해야 하지 않을까요?"

"그러네. 내가 손츠루 님에게 부탁할게."

"응, 맡겨줘."

무슨 영문인지 선생님이 대신 대답했다. 정적에 휩싸인 식당에서 유일하게 젓가락을 움직이던 선생님은 이윽고 자신이 이상한 소릴 했다는 걸 깨닫고 실수했다는 듯이 혀를 빼꼼 내밀었다.

그 혀끝은 뱀처럼 두 갈래로 갈라져 있었다.

"……선생님, 그 혀…… 설마!"

"응. 내가 손츠루야. 그동안 숨겨서 미안."

모두의 경악이 좁은 식당을 뒤흔들었다. 슈는 의자에서 넘어졌고, 미노리는 양손을 맞대며 기도했고, 코노스케는 멍하니 낫토에 간장을 들이붓고 있었다. 선생님은 미안하다는 듯 뒤통수를 긁적였다.

"속일 생각은 없었어. 하지만 내 정체를 알면 괜히 불편해할 것 같아서."

"할머니는 알고 계셨던 거예요? 선생님이 손츠루 님이라는 걸?!"

"그렇다기보다 스에노 말고는 아무도 몰랐지. 민박집을 시작한 뒤로 30년 동안 계속. 뭐, 오늘부로 두 사람과 한 마리가 늘어났지만."

선생님은 다들 놀라든 말든 소리 높여 웃었다.

생각해보면 처음 만났을 때부터 선생님은 어딘지 모르게

속세를 초월한듯한 신비한 분위기를 풍겼다. 카샤와 술래잡기를 했을 때 선생님은 출장 중인 줄 알았지만 손츠루 님으로서 슈의 몸속에 계속 있었던 것이다.

본인의 의지로 정체를 알려준 걸 보면 아야시 장을 함께 꾸려나갈 동료로 슈와 미노리, 코노스케를 인정해준 것 같았다.

슈는 그 사실이 견딜 수 없이 기뻤다.

“자, 느긋하게 있을 때가 아냐!”

선생님이 양손을 짝 맞대자 뒷골목 쪽 로비로 직접 이어지는 입구가 나타났다. 슈와 미노리, 코노스케는 남은 아침밥을 빠르게 입에 털어넣은 다음, “다녀오겠습니다!” 하고 외치며 그 입구로 뛰어들었다.

앞으로의 생활이 불안하지 않다면 거짓말이다. 슈의 몸속에는 아직도 73마리나 되는 요괴가 씌어 있고, 민박집 일도 모르는 부분이 많아 얼마나 실수하게 될지 알 수 없다.

하지만 슈는 혼자가 아니다.

코노스케가 있고, 미노리가 있다. 선생님도 있다. 무뚝뚝하긴 해도 조카를 위해 움직여주는 삼촌도 있다. 그리고 무엇보다, 아야시 장의 접객을 기대하며 찾아주는 손님들이 있다.

할 수 있는 데까지 해볼 것이다. 많이 고민하면서 스스로 선택한 길이니까. 지금은 작아도 언젠가 커다란 횃대가 될 거라고 믿으면서.

현관 앞에서 야캉즈루가 딸랑딸랑 소리를 내며 손님이 왔음을 알렸다. 슈는 미노리, 코노스케와 함께 현관까지 달려가 오늘도 기운차게 손님을 맞았다.

"어서 오십시오. 아야시 장에 오신 걸 환영합니다!"

기묘한 민박집

초판 1쇄 발행 2024년 6월 25일
초판 2쇄 발행 2024년 7월 25일

지은이 가이토 구로스케
옮긴이 김진환

대표 장선희 **총괄** 이영철
책임편집 오향림 **기획편집** 현미나, 한이슬, 정시아
표지디자인 최아영 **외주디자인** 한채린 **디자인** 양혜민
마케팅 최의범, 김경률, 유효주, 박예은
경영관리 전선애

펴낸곳 서사원 **출판등록** 제2023-000199호
주소 서울시 마포구 성암로 330 DMC첨단산업센터 713호
전화 02-898-8778 **팩스** 02-6008-1673
이메일 cr@seosawon.com
네이버 포스트 post.naver.com/seosawon
페이스북 www.facebook.com/seosawon
인스타그램 www.instagram.com/seosawon

ⓒ 가이토 구로스케, 2024

ISBN 979-11-6822-289-2 03830

• 이 책은 저작권법에 따라 보호를 받는 저작물이므로 무단 전재와 무단 복제를 금지합니다.
• 이 책 내용의 전부 또는 일부를 이용하려면 반드시 저작권자와 서사원 주식회사의 서면 동의를 받아야 합니다.
• 잘못된 책은 구입하신 서점에서 바꿔 드립니다.
• 책값은 뒤표지에 있습니다.

서사원은 독자 여러분의 책에 관한 아이디어와 원고 투고를 설레는 마음으로 기다리고 있습니다.
책으로 엮기를 원하는 아이디어가 있는 분은 이메일 cr@seosawon.com으로 간단한 개요와 취지,
연락처 등을 보내주세요. 고민을 멈추고 실행해보세요. 꿈이 이루어집니다.